著 持崎湯葉
Yuba Mochizaki
画 かれい
Karei
~Isekai Sauna Katsudou~
異世界サ活
～サウナでととのったらダンジョンだ!～

ピィレーヴェ
魔術に長けたノーム。見たこともないダンジョンの創造主に劣情を抱く変態。
高虎《たかとら》
サウナでは『ロジハラサウナー』になるほどのサウナ好きの変態。

エウフェリア
銀狐族の地位向上のため
ダンジョンに挑む。
かなりの負けず嫌いだが、
変態ではない。
ベル
『尽くしマゾ』の
性質を持つ女騎士。
サウナに魅了された、
明らかな変態。

ここで初体験となる、静謐なサウナ時間。
始めこそしっくりこない様子だったが、
ととのってしまえば問題はなかったようだ。

「ふぅ……たまには良いな。
こんな静かなサウナも」
三セット目の外気浴にて、ベルと高虎は
普段よりもずっと穏やかなととのいに達していた。
乱高下の激しいサウナプレイとは異なる、
飾り気のないサウナもまた良しと、
ベルの知識へ新たに刻まれたのだった。

四人は耐え続けた。暑さにも寒さにもドラゴンの猛攻にも、耐え続けた。

一抹の不安がよぎった時は、そばにいる見慣れた仲間の顔を見る。

大いに苦しみ悶えている仲間の表情を見て、心の中で叫ぶのだ。

「俺たちは──」

「私たちは──」

「ピィたちは――」
「わらわたちは――」
「「「ととのえば、勝てるッ！」」」

CONTENTS

ダッシュエックス文庫

異世界サ活
～サウナでととのったらダンジョンだ！～

持崎湯葉

Prologue プロローグ

声が聞こえる。

元気づけるような、でもどこか悲しみが滲《にじ》んでいるような、そんな声。

「なら、僕が君の――」

どうしてかそれは、ここではないどこかへ、誘われているようにも感じられた。


スマホのアラーム音が鳴るのとほぼ同時。デスクに突っ伏して寝ていた高虎《たかとら》は、重い頭とまぶたを上げ、ため息をひとつ。そんな彼を見て、後輩が小さく笑う。

「チーフ、キツそうですね」

「ああ……今週はハードだったな」

「ええ。でも今日の走行テストで、一段落ですよ」

そこへ、高虎の同期がやってくる。

「納谷《なや》、テストの準備できたってよ」

「ああ、それじゃ行こうか」

高虎は伸びをして腰を鳴らしたのち、後輩らと共に事務室を出た。

納谷高虎は自動車メーカーに勤務する三十歳。車両開発部門のチーフとして日々、車両テストや事務仕事に勤《いそ》しんでいる。そんな彼の趣味は筋トレと、そしてもうひとつ。

「え、サウナ？　サウナが自宅にあるんですか？」

走行テストの休憩《きゅうけい》時間、高虎の思わぬ情報に後輩は目を丸くした。高虎の代わりに同期が、なぜか誇らしそうに語る。

「すごいよな。入社した年からサウナ積立をして、数年前に本当に建てちゃったんだよ。庭にサウナ小屋を」

「親父《おやじ》の貯金にも手伝ってもらって、だけどな。ウチは家族全員サウナ好きだったから」

一昨年《おととし》亡くなった父と共に満喫した自宅サウナでの時間、その記憶が頭をよぎる。高虎はコーヒーから立つ湯気で、緩《ゆる》んだ口元を隠した。

「そんなに前からサウナ好きだったんですか？」

「ああ。大学時代に東京で得た収穫は、ここの内定とサウナ趣味だな」

「じゃあサウナの入り方を熟知してるんですね！　なら、今度一緒に……」

「あっ、納谷。マネジが来たぞ。状況報告があるんだろ？」

「ああ。行ってくる」

高虎の背中が小さくなるのを見つめながら、同期は後輩へ、優しく言い聞かせる。

「悪いことは言わない。納谷とサウナに行くのだけはやめとけ」

「え、なんでですか？」

「納谷はいい奴《やつ》だ。あれほど面倒見《めんどうみ》が良く、優しく無害な人間はいない。だが……サウナの中での奴は違う。納谷を慕《した》い続けたいのなら奴とサウナにだけは行くな」

「そ、それってどういう……」

困惑《こんわく》する後輩を尻目《しりめ》に、同期はコーヒーを片手に遠い目をするのだった。

「今時はハラスメントとか、うるさいからなぁ……」

その頃、当の高虎は上司と話し合っていた。

「運転者のフィーリング評価も芳《かんば》しく、振動性能はクリアできるかと」

「ああ、良かった。設計部門と揉《も》めた甲斐《かい》があったな……ところで高虎」

上司は声色《こわいろ》を高くする。少し踏み込んだ話をするサインであり、その話題に関して高虎は、おおよそ見当がついていた。

「昇進の件だが……」

「その件ですが、やはり今回は見送らせてください」

なればこそ高虎の返答は早かった。上司はペンで頭を掻《か》き、困ったように笑う。

「まぁそうだよな……次のリーダーがお前なら、みんな納得だろうに」

「すみません。せめて妹が卒業してから……」

「わかっているよ。大事なことだ。それじゃ、この後のテストもしっかりな」

高虎の腰をポンと叩《たた》き、上司は現場を後にした。


夕刻、高虎が訪れたのは大学のキャンパスだ。黄金色《こがねいろ》のイチョウ並木を進んだ先、広場のベンチで談笑する女子三人組のひとりが、高虎を見つける。

「伊予《いよ》、お兄さん来たよ」

「ホントだ。お兄ちゃんおそーい」

「すまん、ちょっと道が混《こ》んでた」

女子二人は立ち上がり、高虎にフレンドリーな笑顔を見せる。ただ妹の伊予は座ったまま、いたずらっぽい笑みを浮かべ高虎を見上げる。そうして車椅子《くるまいす》を転がし、彼の隣へ。

「それじゃ、また日曜日にね」

伊予がそう言うと、友達二人は「うん」「また連絡するー」とその場を後にした。

高虎は先ほどまでより少しだけゆっくり歩きながら、ハンドリムを回す伊予に尋《たず》ねる。

「日曜、遊びに行くのか？」

「うん、アウトレットだけどね。また東京行きたいなー」

「先月行っただろ」

「夢の国は毎月でも行きたいの！」

東京じゃなくて千葉なんだけどね、とあどけなく笑う伊予。風が吹くたびに、肩まで伸びた黒絹《くろぎぬ》のような髪を整える。

座ったまま、百八十センチを超える高虎の目を見て会話するのは首が疲れるらしい。兄妹は正面を向いたまま談笑する。

伊予は高虎に抱えられて車の助手席へ。高虎が運転し、帰路につく。

「そういえば……俺、同じ夢をよく見るんだけどな」

「あー、なんか昔からたまに言ってるよね？」

「それがここ最近、さらに高頻度《ひんど》で見るんだよなぁ」

「へー、どんな夢なの」

「それが起きるとほぼ忘れるんだ。何にも覚えてない」

「なんそれ。じゃあなんで言ったの今。時間返してよ、この厄介《やっかい》サウナ筋肉」

伊予の非難もどこ吹く風。高虎は夕暮れに浮かぶ赤信号を見つめながらハンドルにもたれ、件《くだん》の夢についてぼんやりと考える。

幼少期から幾度《いくど》となく見た夢。しかし起きればほぼ記憶に残らない夢。

しかし唯一《ゆいいつ》、断片的に刻《きざ》まれた、夢の中の誰かの言葉。

『なら、僕が君の――』

「あ、お兄ちゃんスーパー寄って。足りないのがいくつかある。長ネギとか」

「ん、ああ。わかった」

「これからの季節は、お鍋《なべ》ですなぁ」

　隣で鍋に思いを馳《は》せる妹を笑っていると、もう何を考えていたのかも忘れてしまった。

　紫色《むらさき》に染まる空の下、高虎は撫《な》でるようにハンドルを持ち、夜を迎える街を駆けた。

＊＊＊

「お兄ちゃ……ううぇ」

　縁側《えんがわ》から庭を覗《のぞ》いた伊予は、途端《とたん》に怪訝《けげん》な声を漏《も》らす。

「お兄ちゃん……裸《はだか》で筋トレしないでって言ってるじゃん」

　庭に刺さった懸垂《けんすい》器具にぶら下がる高虎は、上半身を露《あら》わにしていた。うっすら陰影がついている身体《からだ》には汗《あせ》が伝っている。

「塀《へい》もあるし大丈夫だ。どうせ誰も通らないし」

「たまに通るでしょ、たまにだけど。そもそも寒くないの……？」

　納谷兄妹が住んでいるのは四方を田んぼに囲まれ、隣家は三百メートル先といういかにも田舎《いなか》の家。父が建てた立派《りっぱ》な日本家屋も、今では高虎と伊予しか住んでいない。

「それに外気浴してる時は、より裸じゃないか」

「何を自信満々に。より裸って何よ。イヤな日本語……」

「それで、何か用か？」

小言が長くなりそうだったので、高虎は無理やり話題を変える。伊予は頬《ほお》を膨《ふく》らませながらも当初の目的を告げた。

「届いたよ、石」

「お、来たか。玄関？」

「うん。あ、ちょっと！　そのまま行かないでよ、もー！」

上裸《じょうら》のまま庭から玄関へと回り込む高虎。伊予は「おもちゃが届いた子供か……」と辟易《へきえき》しながら、室内用の車椅子を転がして家屋内から玄関へと向かった。

玄関に鎮座《ちんざ》する箱の中身は、サウナストーンだ。

「重そうだったよ、業者の人。何キロ買ったの？」

「二十キロ。念のためにな……よいしょ！」

伊予の「気をつけてねー」との声を背に、高虎は筋肉を隆起させて持ち上げる。

そうして向かった先は、庭にポツンと建つ納谷家自慢のサウナ小屋。煙突《えんとつ》が伸びる三角屋根の小さなログハウスで、六人ほどが入れるゆったりとした空間である。

サウナ内にて、二段ベンチの下段に箱を置いた高虎は、サウナストーブのカゴに慣れた手つきで石を詰めていく。

「ん、なんだこの石……これもか」

ふと手が止まる。高虎が手にとった二つのサウナストーンは見るからに異様だった。

石が何かに侵食されているように、一部分に光沢がある。明かりにかざすとひとつは赤く、
もうひとつはマジックアワーの空のような不思議な色彩で乱反射していた。

「ま、いいか」

高虎は特に気にせず、それらも同様にカゴの中へ放り込んだ。

その後ストーブに薪《まき》を詰め、ガスバーナーで点火。後は石が熱されるのを待つだけだ。

サウナの準備を終えて居間に向かうと、伊予がペットボトルの水を手渡す。

「はい。水分補給、ちゃんとしてね」

「ああ、ありがとう」

「サウナストーンって買い替える必要あるの？」

「石が劣化して割れると空気の対流が滞《とどこお》り、温度上昇がうまくいかなくなることがあるんだ。
二、三年で入れ替えるのが理想的だな」
「あー。確かに三年くらい前、お父さんが石を入れ替えてたね。その後に三人で一緒にサウナ
入ったっけ。懐《なつ》かしいねぇ」
伊予は戯《たわむ》れに車椅子でその場をクルクル回りながら、しみじみと呟《つぶや》く。

軽快に車椅子で去っていく伊予。その小さな背中を見つめ、高虎はひとつため息をついた。

「今日もお鍋ですよー。まだ材料が余ってるからね。残念でしたー」

「今日の晩飯《ばんめし》はなんだ？」

一緒に入るか。そう言いかけたが、呑《の》み込んだ。

「ん、何？」

「……伊予」


サウナ内の温度計の針が80を指した頃、高虎はひとり入室する。他の誰も入ってくる心配はないが、腰にタオルを巻いて。それがないと落ち着かないのだ。

何者にも侵《おか》されない、孤独のサウナ時間。

じわりと皮膚《ひふ》から汗が浮かぶ、その過程を見つめながら考えているのは、仕事のこと、筋トレのこと、晩ごはんのこと、妹のこと。

しかし時が過ぎるにつれ、それらは溶け入るようにボヤけていく。

サウナ・水風呂・外気浴を二セット行った頃には、頭には良質な『無』が訪れていた。

呼吸は深く、長く。それに合わせてまばたきをひとつふたつ。ゆっくりとまぶたを落とす。

無心の境地を目指す、静謐《せいひつ》な時間。

その先に――女騎士がいた。

「ほわあぁっ⁉」

すっとんきょうな声を上げたのは女騎士の方だ。続いて高虎も「うおっ⁉」と叫ぶ。驚くのも無理はない。突如《とつじょ》として真隣に重装備の女騎士が、一方では半裸《はんら》の男が現れたのだから。

「な、何者だ貴様っ……というかここはどこだ！　アッツ！　なんだここアッツゥ！」

女騎士はサウナの暑さに大パニック。床に落ちていた剣を拾おうとするが、まず柄《つか》の部分が熱々らしく、握った瞬間「アッツゥイ！」と悲鳴。その拍子《ひょうし》に、同じく熱々になっている甲冑《かっちゅう》の首回りが顔面にジュッと触れ、「ふおぉおぉおっ！」とその場でのたうち回っていた。

対して高虎はそんな彼女を見て、言葉はなくとも尋常《じんじょう》でない衝撃を受けていた。

少なくとも、同じ人間ではない。

薄い金色の長い髪と白い肌《はだ》、やたらと目が大きく鼻が高い左右対称の顔立ち。そこまでならとてつもない美形ということで呑み込める。問題はその長く尖《とが》っている耳だ。熱々甲冑地獄で芸人顔負けのリアクションをしているが、それでもやはり同じ世界の者とは思えなかった。

「アツゥゥイッ！」

「……とりあえず出るぞ」

高虎の中で、不気味さよりも女騎士への不憫《ふびん》さが勝った瞬間だった。

「なっ……⁉」

扉を開けた直後、高虎は言葉を失った。

愛するサウナ小屋を出たその先は——遥《はる》かなる大草原。

見たこともない生物が闊歩《かっぽ》し、聞いたことのない鳴き声の生物が空を飛んでいる。遠くに見える山々も、足元の草花も、目に映る全《すべ》てが異様に感じられる。

それはもう、異世界としか表現のしようがない、空想的な光景であった。

Chapter 1

1章 異世界×サ活＝運命の出逢い

灼熱《しゃくねつ》のサウナに、二人の男女。

高虎《たかとら》は半裸《はんら》で目を瞑《つむ》り、置き物のように動かない。対して甲冑《かっちゅう》を脱いだ女騎士は、高虎の斜《なな》め下段に座り、後悔が色濃く映る苦悶《くもん》の表情。

「なんで私、こんなことをしてるんだ……」

エルフの女騎士——ベル・セーレン・ユニオーティは、ため息をつくように呟《つぶや》いた。


時は遡《さかのぼ》り、数十分前。高虎は呆《ほう》けていた。

そこにあったはずの自宅や庭はなく、代わりに広がっているのは大草原。すぐ目の前には小川が流れ、水中には奇妙な色の花が咲いている。

信じがたいが、即座に理解した。ここが自分の住んでいる世界とは、別の世界なのだと。

「な、なんだこれは——っ!」

同じくサウナを出たベルは、高虎とは反対方向を見て驚愕《きょうがく》していた。

「わ、私の家から……変な小屋が生《は》えてる！」

それは言い得て妙な表現だった。高虎のサウナ小屋が、ベルの住む石造《いしづく》りの家に、いわばゲームのバグのようにめり込んでいるのだ。

しかもどうやらそこにあったはずの空間は、消失してしまったらしい。

「し、寝室はどこに……？」

家に入ったベルは、その光景を見てへたり込む。寝室への入り口がログハウスの外壁で遮《さえぎ》られているのだ。言うなれば空からサウナ小屋が降ってきて、ちょうど寝室の部分を圧《お》し潰《つぶ》したような状態であった。

「そこに寝室があったのか。不憫《ふびん》だな」

「ああ……って貴様っ、勝手に家に上がるな！　しかも、は、裸《はだか》で！」

「服がないんだから仕方ないだろ」

サウナ小屋ごとこの世界に転移したと思《おぼ》しき高虎。着替えは小屋の外に置いていたので、身を覆《おお》い隠すものといえば腰に巻いていたタオルのみなのだ。

とはいえ高虎も、その口調ほど余裕があるわけではない。

「申し訳ないが、帰らなければならない。どうすればいい？」

「知るか！　私だって何が何だか……と、とりあえずこれを羽織《はお》れ！」

ベルは真っ赤な顔で、その場にあったローブを放る。そして頭を抱えながら尋《たず》ねた。

「お前は何者なんだ」

「俺は納谷《なや》高虎という」

「なんだそれは、名前か？　名前なんてどうでも……いやまぁ大事か。私はベル・セーレン・ユニオーティだ。ベルと呼べ」

名乗り合ったところで、高虎はベルにこの世界に来るまでの全《すべ》てを包み隠さず説明する。それでもベルの顔は曇《くも》っていくばかりだ。

「わからん……何もかもわからん。なにがどうなっている……？」

「それは困る。俺は帰らなければならないんだ」

「そんなこと言われても、お前がどのようにここへ来たのかわからなければ、どうすることもできないだろう。仮に魔術によるものだとしても、私は転移系は専門外で……ピィレーヴェに頼るか？　いやそもそも別世界からの転移など聞いたことが……」

ベルの言葉は徐々《じょじょ》に独《ひと》り言になっていく。それも魔術など突飛《とっぴ》な単語や、知らない人物の名前が出てきたところで、高虎は耳に入れるのをやめた。

そうしてひとりで導き出した次なる行動。

「……サウナ入るか」

「ん……おい待て、どこへ行く？」

「サウナ小屋に戻る。俺は考え事をする時は、サウナに入ると決めているんだ」

「サウナとはなんだ？　この小屋のことか……っておい、勝手に動くな！」

「俺のサウナに戻るのに、何の問題がある」

「元は私の寝室があった場所だ！　ああもう、なら私も入る！　内部を調べるからな！」

「それはいいが……鎧《よろい》は脱いだ方がいいぞ」

「わかっている！　あんな思い、二度としてたまるか！　ふぅんっ！」

熱々甲冑地獄は、ベルにとって軽いトラウマとなっているらしい。

ただ、語尾に置かれた謎《なぞ》の唸《うな》り声には、高虎も首を傾《かし》げるのだった。


「なんで私、こんなことしてるんだ……」

そうして再度サウナに入った結果、この状態である。

家庭用サウナの場合、熱源は電気によるものが多い。だが納谷家のサウナは薪《まき》ストーブ式なので、電気の通っていない異世界のこの地でも、最大限のパワーを発揮《はっき》していた。

ゆえに調査のため意気揚々《ようよう》と入室したベルは、三分でグロッキー。鎧を脱ぎ綿《めん》素材の肌着《はだぎ》で入ったが、それでもこの暑さは耐えがたいものだった。

サウナに慣れていないどころかサウナという文化すら知らないベルにとっては、自《みずか》ら暑い思いをしに入る高虎の思考は、微塵《みじん》も理解できないのだ。

「もういい……私は出るぞ」

それでも気力でサウナ内を調べたが、転移に関係していると思われるような収穫はなし。これ以上こんな場所にいる必要はないと、ベルは立ち上がる。

が、高虎がその手を摑《つか》んだ。

「――待て。あと九十秒だ」

「え……な、なぜだ？」

「まだ外気を入れるわけにはいかない。お前も、あと九十秒は我慢《がまん》できるはずだ」

少しずつ、高虎の中の厄介《やっかい》な部分が顔を出し始める。

サウナに入って三分半すぎ、彼はゾーンに入りつつあった。だからこそ今、外気が入ることでサウナ内の温度が低下することを、彼は絶対に許さない。

加えてそれはベルにとっても正しくない選択だと、高虎は知っている。

「な、何を……なぜ我慢する必要がある！」

「今ここを出てもお前は、安い快気《かいき》を得るだけ。そんなものには何の価値もない。本当の価値を知りたいのならサウナ初心者でも五分間は我慢すべきだ」

（※）サウナの入室時間を人に強要するのはやめましょう。

「ずっと何を言っているんだお前は！　もう無理だ、私は出る……」

「この四分間を無駄にしたいのか？」

「え……」

「四分間、この暑さを我慢していたのは他でもないお前だ。そして今、逃げ出そうとするのもまたお前だ。お前はお前を、裏切る気か？」

「……なんだと？」

「残り六十秒を耐え抜いた時、お前は己《おのれ》の新たな価値を知る。新たな扉を開く。にもかかわらずお前はその扉を前にして、情けなく遁走《とんそう》するというのか？」

謎のロジハラを展開する高虎は、完全に目がイッていた。

しかしあろうことかベルは、その意味不明な煽動《せんどう》に心を燃やしてしまったらしい。挑発的な目で高虎を睨《にら》んだのち、ドカッと元いた場所に座る。

「いいだろう……この程度の暑さ、残り一分耐えるなど造作《ぞうさ》もない。ゆえに貴様、もしも耐え抜いてみせたなら、私を愚弄《ぐろう》したことを謝罪しろ」

「わかった」

「ふんっ…………くっ、あっつぅ……」

挑発に乗ったその直後、ベルの胸に特大の後悔が押し寄せる。

そして、彼女にとって壮絶な一分間が始まった。

「――ああああっつうぅぅぅぅぅいッ！」

一分後。ベルは扉を吹き飛ばす勢いで、サウナ小屋から飛び出した。雪のような肌は、今や全身しもやけのように赤くなっている。

ベルは体を冷やすため、そのまま目の前の小川に飛び込む。その行為に高虎は一言。

「何も教えていないのに、自ら温冷交代浴を試《こころ》みるとは……見込みがあるな」

なぜか満足げであった。

続いて小川に入って来た高虎に、ベルは息荒く突っかかる。

「ど、どうだ……耐えてみせたぞ。約束通り謝罪を……」

「待て。なぜ出ようとしている？」

ものの数秒で小川を後にしようとするベルの手を、高虎は再び掴む。

「水風呂は約一分、少なくとも三十秒浸《つ》かれ」

（※）水風呂の入浴時間を人に強要するのはやめましょう。

「なっ……しかしもう体は冷えて……」

「もっと冷やせ。でなければサウナでの五分間は無意味になる」

「ま、またそれか！　そもそも意味とは何だ！　この行為の先に何があると言うんだ！」

「それはお前自身が体感することで、初めて価値が生まれる。知りたければ言う通りにしろ。もちろん無理強《むりじ》いはしない。全ては己の意思だからな」

そう言いながら高虎は決してベルの手を放さない。これを無理強いと呼ばずして何と呼ぶのか。高虎の中にいる怪物は、この時完全に目覚めてしまっていた。

そんな理不尽極《きわ》まりない要求を前に、ベルは……。

「……くっ！」

何の「……くっ！」なのかはわからないが、言う通りにした。

どうしてかその表情は、わずかに恍惚《こうこつ》としている。

再び小川に腰を下ろす彼女に、高虎は「肩まで浸かれ」と告げるのだった。

「──ひぃぃぃぃっ！」

数十秒後。高虎の退浴許可と同時に、ベルは悲鳴を上げながら小川から飛び出した。

「寒い！　風が冷たいぃぃ！」

「よし。では身体《からだ》を拭《ふ》き、そこの椅子《いす》で外気浴だ」

「が、外気浴……このまま外にいろと!?　凍《こご》えさせる気か！」

「そんなことはない。ほら、座ってじっとしてみろ」

庭先のガーデンチェアに座った高虎は、グッと伸びをして気持ち良さそうなため息をつく。

「………………」

この男、新手《あらて》の拷問《ごうもん》を仕掛けているのではないか。あるいは魔物の類《たぐい》で、私を美味《おい》しく食べるために肉を柔らかくさせているのではないか。ベルの脳内で様々な疑念が巡《めぐ》る。

しかし最後には、高虎の気持ち良さそうな表情に負け、同じくガーデンチェアに座った。

するとものの数秒でベルは、一連の流れの『意味』を知る。

「寒くはないいな。むしろ心地いい……？」

「身体の中から温められている感覚だろう。そのまま体内に意識を集中させてみろ。変化する体温、巡る血流、研《と》ぎ澄《す》まされる神経……外気浴とはすなわち生命との対話なんだ」

「大げさだろう、それは……」

それでもベルは、強く否定しない。そうして彼女も対話を始める。

その時、完全に彼女の中で、扉は開かれた。

だがそれは、サウナ世界のほんの入り口でしかないこと、何より高虎という男の本当の厄介さを、ベルはまだ知らなかった。

外気浴を始めて五分。高虎は立ち上がり、ベルに告げる。

「よし、あと二セットだ。またサウナに戻るぞ」

「えっ……これで終わりではないのか？　またあの灼熱の空間に……？」

「当然だ。今のお前は『ととのう』までの第一歩を踏み出したにすぎない」

「『ととのう』……なんだそれは」

「とにかく俺についてこい。お前に本物の快楽を教えてやる」

「ほ、本物の快楽っ……？」

言われるがまま、ベルは高虎の後についてサウナに戻る。心の高鳴りを抑えながら。

彼女もまた、サウナにて本性を露《あら》わにしようとしていた。

サウナ・水風呂・外気浴を繰り返して『ととのい』を目指す活動、通称サ活。

サ活は、己の本質を浮かび上がらせる行為である。

そこにあるのは究極の自問自答。耐えがたい暑さを我慢し続けるのも自分、我慢できずに逃げ出すのも自分。そこに他者は介在《かいざい》しない。

灼熱の空間で、あるいは極寒《ごっかん》の水中で、己に語りかけるのだ。

なぜこんな思いをしているのか。何の意味があるのか。この先に何があるのか。

己とは、何者なのか。

サウナで己に問い、水風呂で己を忘れ、外気浴で己を知る。

サ活とは己との対話、孤独な戦いなのだ。

だがもしもそこに、究極的に響き合う最高の『他者』が現れたなら――。

「待て高虎！　限界だ……これ以上はもう体がもたないっ！」

「まだだ、お前はまだ限界を知らない！　だが俺はお前を信じている！」

三セット目のサウナにて。高虎は水の入った桶《おけ》をサウナストーンの上でチラつかせて、意味不明な主張を展開している。それをベルは、必死の形相《ぎょうそう》で止めようとしていた。

高虎が行おうとしているのはロウリュ。熱したサウナストーンに水をかけることで水蒸気を発生させ、体感温度を高めようとする行為。かける水の量によっては、息をすることさえ苦しくなる。つまり高虎は、サウナ内の負荷《ふか》を更《さら》に高めようとしているのだ。

「先ほどのロウリュで私はもう限界を超えた……今や静かに座っていることすら苦しくてたまらない……にもかかわらずお前は、再度ロウリュしようというのか！」

「お前はここまで俺の期待を超え続けてきた。だからこそ最終セットの残り二分弱、このままのうのうと過ごすのはあまりに惜《お》しい……お前はこの壁を越えるべきなんだ！」

ここで、満身創痍《まんしんそうい》のベルの瞳《ひとみ》に火が灯《とも》る。

「高虎お前……そんなに私を痛めつけたいのか！　私を苦しめて悦《よろこ》びを得ようというのか！」

「そう思われても構わないッ！　全てはお前のためなんだ、ベル・セーレン・ユニオーティ！　だから……苦痛に耐えるその顔を、俺に見せてみろ！」

「ふぅぅぅぅんっ！　よしわかった、好きにするがいい！」

ベルは開眼《かいげん》した。トキめいてしまったのだ。

なぜならベル・セーレン・ユニオーティは、マゾなのだから。

マゾヒストにも種類がある。ひたすら痛めつけられたい者、精神的に蹂躙《じゅうりん》されたい者。

ベルはその中でもまた特殊。痛めつけられることはもちろん、己を痛めつけることで相手は悦んでいる、そう実感することでもう一段深い快楽に辿《たど》り着く。つまりはその身を捧《ささ》げて相手に尽くすことで最大級の快感を得る『尽くしマゾ』なのだ。

そんなベルにとって、己の肌をロウリュにて焼き尽くさんとする高虎は、それで悦びを得ると言う高虎は、考えうる究極の他者なのだ。

「いいぞベル……お前は最高だ！」

　そしてそれは、高虎にとっても同様だった。

　高虎の同僚や友人は、彼とサウナに行くことを恐れた。普段の彼は優しく頼りがいのある男だが、サウナに入ると途端《とたん》に豹変《ひょうへん》する。サウナへのこだわりが強いあまり、一緒に入った相手に熱血すぎる指導をしてしまう無自覚な加虐《かぎゃく》体質。

　人は彼を『ロジハラサウナー』と呼んだ。

　だからこそ高虎にとって、どんなにハードな状況を課しても決して引き下がらないベル・セーレン・ユニオーティという才能（マゾ）もまた、己を満足させる究極の他者なのだ。

　サ活とは己との対話、孤独な戦いだ。

　しかしそこに、究極の他者が現れたなら。互いの欲求を最大限に引き出し、高め合える逸材《いつざい》同士であったなら――世界は新たな色彩を魅《み》せる。

「はぁぁ蒸気がっ！　アツゥイッ！」

「辛《つら》いか、辛いよな？　ロウリュをしたこの俺が憎《にく》いよな？　忘れるな、その暑さを。そして俺への憎しみを、決して忘れるなッ！」

「ふううぅんっ！　私を……私を痛めつけるその表情を見せてみろッ！　私はその顔を決して忘れない！　もっと近くで見せてみろォォォッ！」

　その日、二人の変態は出逢《であ》ってしまった。

尽くしマゾと、ロジハラサウナー。

ありふれた都合の良い言葉だが、その出逢いを表するには——運命と言う他ないだろう。

（※）ロウリュをする際は、周りの人への配慮を心がけましょう。

＊＊＊

「すごかったぁ……これがサウナ……」

新たなる世界との邂逅《かいこう》を果たした二人は今、ガーデンチェアにて緩《ゆる》みきっていた。三セット目の外気浴、つまりは全てを終えた至福《しふく》の時である。

「ああ……俺もこんな感覚は初めてだ……」

大草原をオレンジ色に染める夕日の下、高虎は噛《か》み締めるように呟く。

大自然の中、小川の水風呂に、草原での外気浴。

これだけでもサウナー垂涎《すいぜん》の状況であるが、そのうえ高虎はベルという最高の相棒（マゾ）を見つけてしまった。それは間違いなく、彼のサウナ史に刻《きざ》まれる最高の出来事だった。

「まさかこれほど『ととのう』とは……」

「ととのう……先ほども言っていたな。どういう意味なんだ、それは」

「灼熱、極寒、清風。これらを繰り返した先に、己という精神の中に小さな世界が生まれる。

無我《むが》の境地……それがととのうということだ」

理解や共感の獲得など目的としていない、極めて抽象的な表現をする高虎。

「なるほど、よくわかるぞ高虎」

そして難なく理解するベル。常人《じょうじん》では計り知れぬ絆《きずな》が、二人の意思疎通《そつう》を叶《かな》えていた。

「ところで高虎、このサウナ小屋はお前のものなのか？」

「ああ、ウチの庭に建てたものだ」

「ひとりで使うには少々広いように感じられるが……家族はいるのか？」

その問いに、高虎は呼吸をひとつ。一拍《いっぱく》の間《ま》を置いて答える。

「このサウナを建ててすぐの頃は、親父《おやじ》と妹と一緒に入っていたよ。だが父親は二年前に亡くなった。母親はさらに前……亡くなって十年が経《た》ったか」

ベルは少し申し訳なさそうに「ふむ……」と呟き、続ける。

「では今は、妹と暮らしているのか。兄妹で共にととのうとは、良きことだ」

「ああ、妹は開放的な性格でな。下着姿でも平気で部屋をウロチョロする奴《やつ》だから、一緒にサウナなんて普通だったよ。ただ……最近ではそれも難しい」

ベルは首を傾げ、その言葉の意味を求める。

「妹は去年から、歩けなくなったんだ。脊髄《せきずい》の病気でな。下半身の感覚がほぼないらしい」

「え……」

顔を青ざめさせるベル。だが高虎は優しく笑いかけた。

「ただ妹は元来前向きな性格でな。今ではその不運を正面から受け止めて、普通の学校生活を送っているよ。そんな奴だから友人にも恵まれている。本当にすごいと思っているんだ」

「ああ……すごいな、それは」

ベルは高虎につられ、柔らかな笑みを浮かべる。

「ただサウナは……もちろん俺が入れてやることもできるが、あまり入りたがらない」

「気を遣《つか》っているのだろうか」

「いや、妹は俺には気を遣わない。おそらくだが、サウナの熱をその足で感じられないのが、辛いんだろう」

サウナでさえ熱も感じられない足。それはまるで自身の不運を再認識するようなものだ。

ベルは無理やり笑顔を作ってみせた。

「……なら、妹のためにも早く元の世界に帰らねばな」

「ああ。ここは良いところだが……妹をひとりにはしたくない。きっと心配しているだろう。一刻も早く帰る方法を見つけないと」

高虎が帰りたがっていたのは、ひとえに妹のためだった。

「ちなみにだがベル、お前の家族はどうなんだ」

「私か……私にはもう、家族はいない」

その回答を聞いて、高虎の頭に真っ先に蘇《よみがえ》ったのは、家の中の様子だった。

ひとりで住むには少し広い家屋内は、物が少なく明らかに持て余していた。目立ったものと言えば、本棚へ乱雑に並べられた大量の本くらい。

「兄弟はいない。幼《おさな》い頃から父親とこの家で暮らしていたのだが……一年ほど前に病死した。一緒だな、高虎と」

「そうか。ああ一緒だ」

あえて口にしないのだろう、母親について聞くことはなかった。

「あの大量の本は何なんだ？」

「アレはほとんど父が集めた本だ。父はダンジョンの研究をしていたからな」

「ダンジョン？」

「ん？　そういえばその辺《あた》りの話をしていなかったな。実はこの島には……」

その時だ。腹に響くような唸り声が聞こえた。

高虎が首を傾げるのとほぼ同時、ベルは緩んだ表情を一変させ、鋭い眼光で立ち上がる。

その視線の先にいるのもまた人間でないと、高虎は瞬時に理解した。緑色の肌で、爪《つめ》と牙《きば》が恐ろしく発達した生物。獰猛《どうもう》な唸り声を上げてこちらに近づいてきている。

「くっ、こんなところに……下がっていろ高虎！」

「あれは何だ？」

「ゴブリンだ！　人型をしているが意志の疎通はできないぞ！」

立ち向かわねば殺される。それはベルの態度を見れば一目瞭然《いちもくりようぜん》だった。

ゴブリンは「なに半裸でイチャついてんだテメェらこの野郎！」といった敵意丸出しの眼光で、ベルと高虎を睨みつけている。

「油断した……そうか、今夜は満月か……」

夕空に浮かぶ真円《しんえん》の月を、ベルは恨《うら》めしそうに見上げる。

「満月だとこいつら魔物は活発になるのか？」

「ああ、加えてより凶暴性を帯びる」

「それも元の世界と同じか。鎧、持ってこようか？」

「いや、装備する時間はない……」

外気浴中であったためベルは上下肌着のまま。かろうじて剣はサウナ小屋の壁に立てかけていたが、鎧がない今、一撃でも食らえば命に関《かか》わるだろう。

もしベルが戦闘不能に陥《おちい》れば、高虎にまで危害が及ぶ。絶対に負けられないのだ。

「（火炎魔法で牽制《けんせい》し、一太刀《ひとたち》で斬《き》り伏せる……）」

意識を集中し、魔力を両手へ流し込んでいく魔法剣士ベル。全身に緊張が走る。

「お、おいベル……すごい光ってるぞ、大丈夫か？」

「そりゃそうだろう、術式《じゅつしき》を組み立てている真っ最中だから……って、えええええっ⁉」

それは、ベル自身も思わず腰を抜かすほどの事態だった。火炎魔法を繰り出そうとするその魔剣から、全身を包み込むほどの異常な光が放たれている。

「そ、それが普通なのか……？」

「いや、これほどの魔術反応は見たことが……うわっ！」

不意にゴブリンが急接近。光に怯《ひる》むことなく、「リア充ぶっころ！」との凄《すご》みを孕《はら》んだ表情でベルに襲《おそ》いかかった。

「このっ……食ら、えええええええええ⁉」

刹那《せつな》、ベルから放たれたのは特大の火柱。ゴブリンは一瞬にして火炎の渦《うず》に呑《の》み込まれた。

これには高虎だけでなくベルも驚愕。それもそのはず、彼女が想定した魔法の、数倍の出力でもって発動したのだ。

悲鳴もなく焼き払われたゴブリン。辺り一帯コゲついた草原。陽炎《かげろう》で揺れる月。

目を見開いて固まるベルの背中を見て、高虎は小さく声を漏《も》らすのだった。

「お前……そこまでやらなくても……」

すっかり日の落ちた草原を行くベルと高虎。

ベルは鎧を身にまとい、騎士然とした格好《かっこう》に戻った。そして高虎は、亡くなったベルの父親の服を借りた。サイズがキツく、盛り上がる胸筋《きょうきん》を隠すためケープマントも羽織っている。

「それで、どこへ行くんだ？」

「ダンジョンだ。そこに私の仲間がいる。彼女にソレを見せれば、何かわかるかもしれない」

高虎の持つ麻袋《あさぶくろ》をベルは指差す。中には石が二つ入っていた。

それが高虎の異世界転移における重要なファクターだと、ベルが推測《すいそく》したのは数十分前。

ゴブリンを烈火《れっか》で焼き尽くした後のこと。ベルは再びサウナ内を調べた。

あの火炎魔法は尋常《じんじょう》でなかった。ベルの体内で何らかの変化があり、魔力が増幅したとしか考えられない。となれば要因は、サウナの他にないだろう。

サウナ小屋の扉を開放した状態で再調査。そこで、先ほどは熱すぎて調べられなかったサウナストーンを、ひとつひとつ火バサミで確認していく。すると異質な石を二つ発見した。

「これは……」

灰色《はいいろ》の岩石に混じった、光沢がある二つの石。ベルが明かりにかざすと、それぞれ不思議な色で輝く。ひとつは赤色。もうひとつはマジックアワーのような、言うなれば薄明色《はくめいいろ》だ。

「まさか……魔石の原石か？」

「魔石？」

「様々な性質の魔力を秘めた鉱石だ。ダンジョンなどから採掘《さいくつ》される代物《しろもの》だが……これは高虎の世界にもある物なのか？」

「いや、魔石なんて聞いたこともない。なぜこっちの世界のものが、ウチに……？」

「ひとつ確かなのは、この二つの魔石が私の魔力を増幅させた、そして高虎をこの世界へと転移させた可能性が高いということだ」

そこでベルは博識な仲間にその魔石を見てもらおうと、ダンジョンを目指す。

ベルの家から歩くこと三十分、ダンジョンの入り口に到着する。

踏み慣らされた森の道の先、巨大な岩山の断面にポツンとひとつ、石造アーチ型の入り口。その先の通路を、等間隔《とうかんかく》に並ぶ松明《たいまつ》がオレンジ色に妖《あや》しく照らす。

すれ違う人の姿形は様々だ。ベルと同じく耳の長い者に、背は低いが腕が丸太ほど太い者、何やら大型の獣《けもの》を従える者、獣のような耳や尻尾《しっぽ》が生えた者など多種多様。

その光景に高虎は、改めて異世界に来たのだと自覚する。

しばらく歩くと、一気に開けた場所に辿り着く。ドーム状の広い空間の中では、多様な種族が賑々《にぎにぎ》しく集結していた。真剣な表情で地図らしき紙を睨む者たちがいる一方で、座り込んで酒盛りをしている者たちもいる。何とも自由な場所だった。

彼らに共通しているのは戦闘装束《しょうぞく》ということのみ。ただ誰もがベルのような鎧姿をしているわけではなく三角帽子のローブ姿の者など、こちらも種々雑多である。

「こっちだ、高虎」

ごった返すその広間を、ベルは高虎の手首を握って突っ切っていく。その中でふと高虎は、自身が何やら注目を集めていることに気づく。

広間の中には高虎と同じただの人間らしき種族も多くいる。身につけているものは全てベルの父親のものであるため、特別目立つ風体《ふうてい》というわけでもない。

にもかかわらず好奇心を孕んだ視線が向けられる理由、それはベルにあるらしい。

微《かす》かに、彼らの会話が聞こえてくる。

「ベル、ついに仲間を増やしたのか？」

「見たことないねぇ、あんな男。ガタイはいいけど、なんかボーッとしてない？」

「あのベルが引き入れたのだ。相当の覚悟と強さを持った男なのだろう」

どうやらベルの仲間になったと勘違《かんちが》いしているらしい。だがなぜ仲間になるだけでそこまで注目されるのか。気にならなくもなかったが、高虎は黙ってベルについていくのだった。

広間を抜けて大きな通路を進むと、突如《とつじょ》迷宮と化す。三方向に分かれた道を右に、更に分岐《ぶんき》したところを左に。ベルは一切の迷いも見せずズンズンと進む。

途中、「カップルでダンジョンとはナメ腐ってんなボケェ！」といった顔のゴブリンと何体も遭遇《そうぐう》したが、ベルの火炎魔法によって難なく押し通った。

「……先ほどより、わずかに魔力が低下しているな」

「そうなのか」

「ああ、それでも通常よりは強力だがな。一時的な魔力増幅が解けつつあるのだろう」

ダンジョンを進むこと五分ほど。行き止まりの広い場所に出た。

一見、何の変哲《へんてつ》もないデッドスペースのようだが、ベルが一方の石壁に手をかざすと、途端に新たな顔を見せる。

「おお、隠し扉か」

ベルの手が魔法光で輝くのと同時にカチッと乾いた音が響き、壁がゆっくりと開いていく。そこに新たな道ができた。

「すごいなベル。そんなこともできるのか」

「いいや、私は術式を教えてもらった、つまりは鍵《かぎ》をもらっただけ。魔術施錠式《せじようしき》の構築なんて高等魔法、私にはできない」

「そうなのか。俺からしたら炎の魔法も十分すごいが」

「そんなことはない。少なくとも魔法の知識や技術に限って言えば、私は足元にも及ばない。今から会う者と比べたらな」

閉ざされた秘密の扉の先を進んでいく二人。

「なっ……ここは……！」

その場所に辿り着いた瞬間、高虎は思わず息を呑んだ。

壁や絨毯《じゆうたん》、寝具に天蓋《てんがい》などは基本ピンクと白を基調としており、化粧台や衣装戸棚などは綺麗《きれい》に整頓《せいとん》されている。机や本棚の周辺は乱雑だが、その本の数から知的な雰囲気《ふんいき》が漂う。

いかにも知的でガーリーな女子が住んでいそうなインテリアであった。

「……ここ、本当にダンジョンなんだよな？」

「ああ。ダンジョンの南南西に位置する場所で、彼女の秘密の研究室だ」

なぜダンジョン内に、明らかなプライベート空間があるのか。なぜこんなにもフェミニンな部屋なのか。あらゆる疑問が集約されたこの部屋の住人は、ソファですやすや眠っていた。

光除《ひかりよ》けに本で顔を隠している彼女は、遠目で見てもそのサイズの異様さがわかる。百四十センチもないほどに小柄なのだ。高虎は一瞬、子供かと錯覚《さっかく》してしまう。

だがその胸の膨《ふく》らみは、決して子供サイズとは言えない。胸の部分がぱっくり開いたレース生地《きじ》のワンピース、いわゆるネグリジェを着ているせいで余計に大きさが強調されていた。

「ピィ、起きろ」

「ん、んん……」

その足をベルがちょんちょんと突《つつ》くと、彼女は吐息《といき》を漏らして寝返りを打った。すると丈《たけ》の短いネグリジェから、細い足が際どいラインまで露わになる。高虎はつい目を逸《そ》らした。

「……ベル、とっとと起こしてやってくれ」

「ん……ああっ！　すまない、そうだな！」

目のやり場に困る高虎の心情を察し、ベルまで赤面。大声で「起きろ！」と叫ぶと、ソファの彼女はのっそりと体を起こした。

「なぁにべゥ……ふあぁ……」

小さな手で口を隠し、大きなあくびをする彼女。寝ぼけまなこでベル、そして高虎を確認すると、どこか湿り気を帯びた声で話しかけた。

「あら、べぅがここに人を連れてくるなんて珍《めずら》しいね。キミ、名前は？」

「あ、ああ……納谷高虎だ」

「なやたかとら……あんまり聞かない響きだね。ピィはね、ピィレーヴェ・ロゥ。親しい人はピィって呼ぶから、キミもそう呼んでね」

「いや、会ったばかりだろう」

「べぅがここに連れてきたのなら、いずれ親しくなるに決まってる。だからピィでいいよ？」

その口調は、どうやら寝ぼけているからではないらしい。甘ったるいしゃべり方、高虎を見つめる蕩《とろ》けるようなタレ目。子供のような身長や顔立ちながら、やけに色気が漂っている。

「見たところ人間かな？」

「ああ。そちらは……？」

「んん？　見ればわかるでしょ、ノームよ」

「ピィ、実は高虎には少し変わった事情があってな。私たちの常識は通用しない」

「わぁ、何だか愉快《ゆかい》な事情みたいだね。いいね、聞かせてよ」

そうしてベルは高虎についての全てを語る。ピィレーヴェは話が進むにつれ真剣な表情に、しかし終盤には悦びが満ちていくように頬《ほお》が緩んでいった。

「異世界からの転移、しかもベゥのリスポーン地点に！　加えて魔石による魔力増幅まで！　これはこれは、一粒で何度も美味《おい》しそうな男の子だね！」

あらゆる謎《なぞ》を秘めた高虎にピィレーヴェは垂涎の眼差《まなざ》しを送る。というより本当によだれを垂《た》らしていた。

「気持ちはわかるが落ち着けピィ」

「うふぅんっ……ふぅ、そうだね。謎が多いからこそ慎重に調べないと……」

なぜ一度喘《あえ》いだのか、高虎はあえて聞かなかった。怖かったからだ。

「でもじゃあ、ベゥのリスポーン地点はどうなったの？　別の場所に転移したの？」

「いいや、私の寝室は消失した……」

「それは災難だね。でもそうか、小屋の転移によって圧し潰されたのではなく、そこにあった質量ごと消失したのなら……あるいはその質量は次元間で宙に浮いた状態に……？」

ピィレーヴェは申し訳程度の同情を口にすると、独り言をこぼしながらその場を歩き回る。

彼女が自分の世界へ入っている間に、高虎はベルに尋ねた。

「なあベル。さっきから言ってる『リスポーン地点』ってのはなんだ？」

「あれ、ダンジョンについての説明はしてなかったの？」

ベルが答えるよりも早く、ピィレーヴェが反応した。熟考中でも声が届かなくなるタイプではないらしい。彼女はネグリジェの裾《すそ》をひらひらと翻《ひるがえ》し、本棚へと向かう。

「ピィは魔石に関する書物を漁《あさ》ってみるから、その間にベゥ、いろいろ教えてあげたら？」

「ああ、そうだな。といっても何から説明すべきか……とりあえず質問に答えよう」

ベルと高虎は先ほどピィレーヴェが寝ていたソファにかけ、向かい合う。

「実はこのダンジョンにはな、ひとつ変わったルールがある。基本的にダンジョン内において『死』という概念《がいねん》は存在しない」

「……うん？　何を言っているんだ？」

「例《たと》えば、運悪く魔物に心臓をひと突きされたとしよう。それがこのダンジョンの外であれば即死、この世からおさらばだ。高虎の世界でもそうだろう？」

高虎は「当たり前だ」と、呆《あき》れるように答える。

「だがこのダンジョンの中では違う。心臓をひと突きされるなどして、肉体的な死を迎え意識が途絶《とだ》えると、ダンジョンの外……特定の場所で目が覚めるんだ。身体には傷ひとつついていない状態でな。その特定の場所のことを、リスポーン地点と私たちは呼んでいる」

「ちょ、ちょっと待て……頭が追いつかない」

ベルの至《いた》って真面目《まじめ》な表情がかえって高虎を困惑《こんわく》させる。三十年の人生において培《つちか》ってきた死生観が、ダンジョンルールの理解を著《いちじる》しく妨げていた。

「い、生き返るっていうのか……？」

「生き返るというのとはまた少し違う。肉体が再生される、もっと言えば肉体の時間が戻る類の魔術らしい。気が遠くなるほど複雑な術式が、このダンジョンに構築されているようだ」

「そ、それが普通なのか……この世界では」

「いや、この世界においてもかなり不可思議な現象だ。そのためこの術式の謎を解き明かそうとダンジョンに潜る魔術師や研究者も多い」

　そう言ってベルはピィレーヴェの方へ視線を誘導する。彼女はこちらの目線には気づかず、本棚の本のいくつかを魔法によって次々に浮遊させ、机に重ねていた。

「ただ、ダンジョンへ探索に入ったまま戻ってこない行方《ゆくえ》不明者もいるらしい。だから確実にリスポーンするとは限らないとも言われている」

「ええ……なんだそりゃ」

「それだけ、解明されていないことが多いということだ。まぁおそらく、リスポーンした後に行方不明になったんだと思うんだがな。もしくはダンジョンに住み着いているとか？」

　そう言ってベルは、このファンシーな研究室を見渡す。住み着くのも無理ではないという、妙な説得力が醸《かも》し出されていた。

「仮に俺がここで死んでも、ちゃんとリスポーンされるのかな……？」

「おそらくな。ただ痛みを感じないわけではないから、オススメはしない」

「いや、試す気はないがな」

　話を聞いただけで、本当にリスポーンするか試せる度胸《どきょう》は高虎にはない。当然である。

「まぁ高虎がリスポーンするとしたら、十中八九あのサウナ小屋だろう」

「リスポーン地点は人によって違うのか？」

「ダンジョン研究にて、その者の精神が救済される唯一無二《ゆいいつむに》の場所へリスポーンするという説が、最も有力とされている。有り体《てい》に言えば一番癒《いや》される場所だな。教会や恋人の家など様々だが、大概《たいがい》は自宅にリスポーンする。私も自宅の寝室だ」

遠い目をするベル。「もう消え失《う》せたがな……」と小さく呟いた。

「それはまた不思議で、妙に優しいシステムだな」

ふと高虎は、ひとつの予想に行き着く。

「もしかして、あの時ベルが突然サウナに現れたのは……リスポーンしたからなのか？」

ベルの本来のリスポーン地点は寝室。しかし高虎のサウナ小屋が転移したことで消失した。それでも同じ座標にリスポーンした結果が、あの出逢いだったのではないか。

ベルは苦笑しつつ、回答する。

「その通りだ。つい数時間前、私とピィはダンジョンを探索していたが、厄介な魔物と遭遇してしまってな。身体を強く打ち……気づけばあのサウナにいた」

「………」

「ピィは間一髪《かんいっぱつ》、死なずに転移魔法で逃げられたようだ。リスポーンすると道中で得たアイテムは失われるから、その保護のためにな。探索の疲れから、ピィは寝ていたのだろう」

踏み込むかどうか迷う高虎。ついには神妙《しんみよう》な面持《おもも》ちで尋ねた。

「……結構あるのか、そういうこと」

「ああ。ダンジョンに潜るようになって一年ほどだが、リスポーンした回数はもう両手両足の指を合わせても足りない。最初の頃に比べれば随分《ずいぶん》減ったがな。今回は運が悪かった」

笑い混じりに自虐《じぎやく》的に語るベルだが、高虎は素直に受け取れない。

『痛みを感じないわけではないからな』

つい先ほどベルが口にした言葉を、頭の中で反芻《はんすう》する。ダンジョン内で死ぬことはないと言っても、そんな思いをする必要があるのか。

「なぜ二人は、そんな危険なダンジョンに入るんだ？」

この問いに、ベルは一度開いた口を閉じる。そうして軽い笑みを浮かべた。

「このダンジョンには秘宝がいくつも眠っているらしい。中には数百年は遊んで暮らせるほどの価値のある品もあるようだ。それにダンジョンで生成される植物や骨董《こつとう》品、倒した魔物から得られる素材を売ることもできる。どうだ、現実的でありつつも夢があるだろう？」

「……本当に、それだけが目的か？」

サウナで出逢い、サウナで語り合った二人。だからこそ高虎はベルがただ日銭《ひぜに》を稼《かせ》ぐため、大金を得るために危険なことをする性質ではないとわかっていた。

グッと言葉を詰まらせるベル。そこへ、助け舟がやってくる。

「正解はね、べゥが変態だからだよ」

ただその助け舟に乗るには、犠牲《ぎせい》にするものが多すぎた。

「なぁっ……何を言っているピィ！」

「べゥはね、肉体的にも精神的にも追い詰められるのが大好き……もがぁ」

ピィレーヴェの爆弾発言に、ベルは無理やりその口を塞《ふさ》ぐ。

ベルとダンジョン探索を共にして一年。ピィレーヴェは彼女の変態性を察していた。

魔物と戦い、痛めつけられることで快感を得てしまう変態エルフ騎士ベル。業《ごう》の深い欲を満たしつつも絶対に死ぬことがないこのダンジョンは、ベルにとって絶好の場所なのだ。

「ウソだぞ高虎！　今のはピィの冗談だ、忘れろ！」

「なるほど、確かにベルらしいな」

「高虎⁉」

「肉体的にも精神的にも自らを追い込むことで、魔術や剣術、メンタルの成長へと繋《つな》げる……サウナで見たお前と重なるところがある」

「……うむ！　そういうことだ高虎！」

ベルは、そういうことにした。

「ふーん、さすが半裸で熱い時間を過ごした者同士、妬《や》けるぅ。絶妙にズレてるけどね」

「黙れピィ！　変態というなら、お前こそそうだろうが！」

「ひどーい。ピィの純愛をそんな風に言うなんて」

高虎が首を傾げていると、ピィレーヴェ自らその言葉の真意を語る。

「ピィはね、恋をしているの。ダンジョンの創造主さまに」

「創造主……このダンジョンは誰かが作ったものなのか？」

「もちろん。こんな繊細《せんさい》かつ情緒的、何より革新的なリスポーンシステムが自然発生するはずがない。きっとピィたちの理解を遥《はる》かに超える、大魔導師さまが創造したんだよ」

ピィレーヴェがステップを踏むようにして向かった壁には、小さな魔法陣が刻まれている。その部分だけ壁紙が切り抜いてあり、まるで絵画を飾っているようだ。

「この魔法陣。ダンジョン中に張り巡らされている再生魔法の一端《いったん》なんだけど……教科書には決して載《の》っていないだろうこの独自の応用術式がね、むせ返るような官能《かんのう》性を帯びていてね、んんんッ……インモラルなの……」

なぜ途中で喘いだのか、高虎はあえて聞かなかった。怖かったからだ。

「この魔法陣と出会って一目惚《ひとめぼ》れしたの……ダンジョンの創造主さまに」

「一目惚れ……会ったことはあるのか？」

「ないよ。誰ひとり、その顔を知らない」

果たしてそれは一目惚れというのだろうか。高虎がベルに視線を送ると、全てを察した彼女は切《せつ》ない表情で、ゆっくりと首を振った。

「ピィはね、ベルとこのダンジョンを巡る中でこういった魔法陣を探して、解析《かいせき》しているの。それはまるで、お茶目な恋人が隠したいくつものラブレターを見つけるように」

「…………」

「そうしていつかダンジョンを構築する術式の全て読み解き、創造主さまに出逢うことができたなら……この思いを伝える。プロポーズするの。それがピィの夢」

世界は広く、美しく、自由だ。ゆえに人の数だけ性癖《せいへき》がある。

それでも目前の彼女は、想像の何段も上にいる変態だろう。高虎とベルは静かに理解した。

しかし——言わずもがな高虎とベルもまた、変態である。それぞれ別のフィールドにて幅をきかせている、どこに出しても恥《は》ずかしくない変態である。

ゆえに今ここは、三人の変態がひしめき合う地獄の空間なのであった。

「そんなことよりピィ、魔石のことはわかったのか？」

そんなことより、という言い草が気に入らなかったらしい。ピィレーヴェは頬を膨らませながらも一冊の本を開いてみせた。鉱石《こうせき》の図鑑のようだ。

「赤い光沢がある石は、おそらくこれだね」

ピィレーヴェが指差したページには、石の絵が描かれている。見たこともない文字も羅列《られつ》されており、高虎には読めなかった。代わりにベルが音読する。

「アスリオス。万能《ばんのう》魔力を多量に内包しており、魔力増幅に効果……なるほど。私の身に起きたのと同じ効用のようだな」

「うん。だからこの魔石の力を取り込んだのは間違いないんだろうけど……興味深いのはその手段だね。まさかそんな方法で取り込めるなんてね」

何やらすごいことらしい、くらいの認識の高虎に、ベルがアスリオスを手に解説する。

「昨今、魔石をダンジョン探索などにおいて使用している者は少数なんだ。というのも加工が面倒《めんどう》でな。これはいわば原石で、ここから切削《せっさく》・研磨《けんま》・成形などの過程を踏んだ物を身につけることで、やっと本来の力を発揮する。逆に原石のままだと石ころと何ら変わらないんだ」

つまりダイヤやルビーなど宝石の製造と同じで、加工しなければ真に輝かないとのこと。

さらにピィレーヴェが補足する。

「手間《てま》がかかるし職人も減っているから、加工費がどんどん高額になっているんだよ。だから戦闘とかの補助アイテムは薬とか薬草が主流なんだ」

「ただし魔石には持続性というメリットがある。同じ魔力増幅アイテムでも薬草ではどんなに長くとも二十分で効果が切れる。対して魔石には一時間以上効力が続く代物もあるらしい」

「そういやさっきのベルも、サウナを出てからこのダンジョン内を進んでいる時まで、ずっと魔力が増幅されていたな」

「ざっと四十五分くらいは効力が続いていた。それに、そんじょそこらの魔力増幅薬と比べても出力が格段に違った。だから画期的《かっきてき》なんだ」

本来複雑な加工を必要とする魔石だが、原石でもサウナストーンとして使用し『ととのう』ことで、加工なしでも十分な力を発揮できるということだ。

そこまで説明するとベル&ピィレーヴェの二人組は、何やら悪い顔をして微笑《ほほえ》み合う。

「これは他のパーティを大きく引き離せそうだなぁ、ピィ？」

「いひひ、そうねべぅ。誰も魔石になんて手をつけないから、ダンジョン中で取り放題だし。この方法、絶対に秘密にしようね？」

どうやらダンジョンを攻略するための、大きな武器を手にしたようだ。

ふと、ピィレーヴェが冗談めかして言う。

「賢者《けんじゃ》の石とか手に入れちゃったらどうする？　それもサウナストーンにしてみる？」

「はは、それはもったいないだろう」

「賢者の石？」

またも知らない単語の登場。高虎はその石のことが妙に気になった。

「賢者の石はね、このダンジョンのどこかに隠されている秘宝のひとつだよ。どんな病《やまい》でも治せる伝説級の魔石なんだって」

「賢者の石によって不治の病が完治した、なんて言い伝えもある。まぁ少なくとも私たちには必要ない物だから、手に入れても売却するだけだろうが」

「どんな病でも……？」

その話を聞き、高虎が真っ先に思い浮かべたのは妹の伊予《いよ》のことだ。

どんな病でも治せる賢者の石。そんなもの本当にあるかどうかさえ信じがたい。

だがもし、そんな夢のような魔石があるならば。もし伊予に使えたならば――。

「……ところで、元の世界に帰る方法はあるのか？」

伊予について考えたことで、彼女をひとりにしている現状を思い出した高虎。その問いに、ピィレーヴェとベルは真摯《しんし》な表情で答える。

「ごめんごめん、話が逸れちゃったね」

「そうだった。妹のためにも高虎は早く帰らねばな。何かわからないのかピィ」

「可能性があるとすれば、もうひとつの魔石だね」

ピィレーヴェは薄明色の魔石を掲《かか》げてみせる。ベルも納得の様子だ。

「魔石がサウナでととのうことによって力を発揮するのがわかった今、その魔石が作用した可能性は十分に考えられるな。それで、図鑑には載っていないのか？」

「それがね、ずっと探しているんだけど……なかなか見つからなくてね」

ピィレーヴェはここまで話している間もずっとその魔石について検索していた。しかしいくらページをめくっても出てこないらしい。

が、ついに見つけたようだ。ピィレーヴェが興奮《こうふん》した様子でそのページを指差す。

「これだよ！　すごい、伝説級の魔石の分類に入ってる！」

例によって高虎は文字が全く読めないため、ベルが代読する。

「ラルトエラツァイト。宿願の地への転移を可能にする……つまり望んだ場所へと転移できる魔石、ということか？」

「それはすごい魔石だねぇ。それに、このダンジョンのリスポーンシステムと少し似てるね。でもじゃあ……キミはこの世界に来ることを望んだの？」

「いや……そもそもこの世界のことなど知りもしなかったが……」

「そうだろうな……ん、待て。ここに記載されている内容……」

ベルが指差した段落を、今度はピィレーヴェが読む。

「ラルトエラツァイトはそれ自体が魔力を生成し、半永久的に使用可能……え、すごいっ！じゃあ他の魔石みたいに一回きりじゃなく、何度でも使えるんだ！」

「ならこの魔石を使えば、この世界に来たみたいに、元の世界に戻れるんじゃないか⁉」

声を弾《はず》ませる高虎だが、さらにベルが付け加える。

「ただどうやら、一度使用すると魔力は失われるらしい。なんでも満月の光を吸収することで魔力反応を起こして使用できるように……はっ！」

「満月……じゃあ今夜ならっ……！」

ラルトエラツァイトを手にした高虎は、ベルとピィレーヴェを見つめる。二人は全てを察した表情で力強く頷《うなず》いた。

「急いでいる！　そこを退《ど》けッ！」

ベルの魔剣から放たれた炎は、アスリオスで魔力を増幅した時ほどではないが、ゴブリンたちを怯ませるには十分な火力だった。その隙《すき》に間を詰め、一体一体斬り伏せていく。

「女二人連れとはいいご身分だなクソがァ！」との憤《いきどお》りでもって高虎に襲いかかったゴブリンの群れだが、ベルの猛攻には二の足を踏んでいた。

後方で、高虎とピィレーヴェが戦況を見つめる。

「魔石なしでもあれだけやれるのか」

「うん、強いよベゥは。あのレベルの相手なら、ピィの援護もいらないくらいにね」

むんっ、とベルの代わりに胸を張るピィレーヴェ。高虎からすれば、ピィレーヴェがネグリジェのまま研究室から出てきたことの方が衝撃であった。風体はほぼ痴女《ちじょ》である。

「ところで、ベルがダンジョンに入る本当の理由は何なんだ？」

一切の回り道もない質問に、ピィレーヴェはクスクスと笑う。

「ふふっ。ベゥが戦っている隙に、ピィに聞くなんてズルいね」

「このまま何も知らず、元の世界に帰るのはイヤだ。きっとベルに尋ねても教えてはくれないだろう。だから失礼を承知《しょうち》で聞いている」

ベルがダンジョンに入る理由。ベル自身は金のためだと言い、ピィレーヴェは変態だからと言った。しかし高虎には、他にも大きな目的があるのだろうと確信めいた予感があった。

ピィレーヴェはじっと高虎を見つめ、柔らかく微笑んでみせた。

「優しいね。いいよ、教える。べゥがダンジョンに潜る一番の理由はね、お父さんなの」

「父親……一年前に病死したんだったな」

「そう。ダンジョン研究に熱心な人でね。寝る間も惜しんでダンジョンを探索していたなぁ。人間なのに、無理してさ」

「人間？　ベルの父親が？」

「エルフはそう簡単に死んだりしないもん。だからべゥは、正確にはハーフエルフなの」

ピィレーヴェは懐《なつ》かしそうに、記憶を噛み締めながら話す。

「べゥはお父さんが亡くなった後、島の騎士団を抜けてダンジョン探索を始めたの。お父さんの研究を継ぐためにね。じゃないと、お父さんが頑張ってきた意味がなくなるからって」

「……そうか」

「まぁ被虐《ひぎゃく》欲求の解消も一因《いちいん》としてあるけど」との補足は、高虎の耳には届かなかった。

そうこうしているうちに、ベルがゴブリンの群れを退治《たいじ》し終えていた。

「さあ急いでサウナに戻るぞ！　満月の夜が終わる前に！」

高虎を元の世界に帰すために、意気高らかに先導して行くベル。その後ろ姿はたくましく、しかしどこか危うくも見えるのは、父親の話を聞いたからだろう。

「キミにはもうちょっと、この世界にいてほしいかな。べゥのためにも」

ピィレーヴェは小さく、高虎に囁《ささや》いた。まっすぐな要望。だが強要という言葉からはかけ離れた、ひどく申し訳なさそうな笑みを前に、高虎は言葉を詰まらせる。

「まぁ、サウナを失うのは惜しいだろうが……」

「そうだねー、せっかく発見した魔石の運用方法。それを失うのは痛いねー。でもね、サウナよりもずっとずっと惜しいのは、キミだよ高虎」

「……俺がいてどうなる」

「だってキミとべゥ、とっても相性がいいでしょ。起き抜け、寝ぼけまなこで見ていても伝わったよ。べゥって堅物《かたぶつ》で頑固《がんこ》なせいか友達がいなくてさ。だからいつも寂《さび》しそうで」

「ふたりとも、そろそろ大広間だぞ！」

ベルの力強い声に、ピィレーヴェの声は掻《か》き消される。ピィレーヴェはそんなベル、そして高虎へと視線を移ろわせ、最後には力なく笑ってみせた。


ダンジョンを抜け、闇夜《やみよ》の森を駆け、無事にベルの家に到着した三人。

ラルトエラツァイトにどれだけ満月の光を吸収させれば使用できるようになるか、図鑑にも載っていなかったため、ひとまず夜明けギリギリまで待つことにした。

一日で計二回ダンジョンを行き来した二人は、流石《さすが》に疲れたらしい。ベルはソファで眠り、ピィレーヴェは魔法によるものか、どこからかベッドを発現させ、そこで寝息を立てていた。

高虎もまた異世界での度重《たびかさ》なる初体験を経て疲労困憊《こんぱい》だったが、それより伊予への心配が勝っているがゆえ、眠気は一切なかった。

窓の外に広がる真夜中の大草原は、街灯はなくとも満月の光で明るく照らされている。

「……父さん」

ベルの声が聞こえた。だが彼女は目を閉じたまま。寝言だったようだ。

見ればベルは、先ほどまで高虎が身につけていた、父の形見であるケープマントを抱きしめて眠っている。ゴブリンを前に凛々《りり》しく戦っていた彼女からは想像できないほど、その寝顔はあどけなく、うっすら哀愁《あいしゅう》が滲《にじ》む。

「…………」

異世界での孤独な夜。当然のように逡巡《しゅんじゅん》する高虎。

『キミにはもうちょっと、この世界にいてほしいかな。ベルのためにも』

ピィレーヴェの言葉はまるで呪文《じゅもん》のようで、幾度《いくど》となく高虎の頭を巡っていた。

うっすら青白い光が部屋に入ってきた頃、高虎はサウナストーブに薪を入れて火をつける。

そしてラルトエラツァイトも忘れずに、サウナストーンの山の中に入れた。

サウナの準備ができたところで、ベルとピィレーヴェも起きてきた。

「わっ、あっつい！」

ピィレーヴェはサウナに入った途端、反射的に退避《たいひ》。驚いた表情で高虎とベルを見つめる。

「こんな中で何分間も我慢するの⁉　ピィ無理かもー」

「私も最初はそうだったが、入るうちにだんだん慣れてくるんだ。もし私たちだけでサウナを作ることができたら、一緒に入ろう！」

「うへー。加工なしで魔石を使えるのはいいけど、こっちはこっちで大変そー」

ベルの熱い説得にピィレーヴェは尻込《しりご》み。二人のそんな会話を聞きながら、高虎は準備を終えた。その格好はこの世界に来た当初と同じ、腰にタオルを巻いた状態だ。

「わぁわぁ良い身体ー。お腹《なか》のベコベコ触らせてー」

「こらピィ、高虎はこれから、ととのわなければいけないんだ。心を乱すな」

「ととのうって、そんな儀式みたいなものなの？」

そうして高虎はサウナ・水風呂・外気浴と普段通りのルーティンを繰り返す。

その様子をピィレーヴェは興味深そうに、そしてベルは羨《うらや》ましそうに見つめる。

「……そんな目で見るなよ」

「なんかホント、儀式めいてるね。超暑い思いした直後に超寒い思いをして」

「これがクセになるんだ……ああくそ。なんとかして作りたいな、サウナ」

ベルは心底《しんそこ》羨ましそうな表情だ。そんな彼女を見て高虎は満面の笑みを堪《たた》える。

初めはあんなにも拒絶していた彼女が、今やこんなにもサウナを求めている。あの時二人で過ごしたサウナでの熱い時間が、高虎の脳内で再生されていた。

その時だ。外気浴中の高虎の体がほんのり光り始める。

「これは……成功ってことか」

「うん、おそらくね。これでもう一度入れば、サウナ小屋ごと元の世界に帰れるはずだよ。どんな風に転移するんだろう……目に焼き付けないと！」

興奮するピィレーヴェとは裏腹《うらはら》に、ベルは無理やり作ったような笑顔だった。

「それではな、高虎。妹を大切にしてやるんだぞ」

「……ああ。ベルは、無理をするなよ」

「何を言っている。大丈夫、私は強いんだ」

「……そうか」

ベルたちを背に、サウナへ踏み込む高虎。

振り返って扉を閉めるその直前まで、二人を見つめる。「じゃーね」と小さく手を振るピィレーヴェは少し残念そう。対してベルは最後まで気高き微笑みを崩《くず》さなかった。

そうして、孤独なサウナでひとり座る高虎。

身体はほんのり輝いたまま、鼓動《こどう》に合わせるように光は揺らいでいる。

この世界に転移した際はずっと目を瞑《つむ》っていたから、この光は見えなかったのだろう。そんなことをぼんやり考えていると——ふと光が消えた。

その時、小屋の外からほんのり聞こえたのは、走り去るバイクのエンジン音。それは異世界では聞こえるはずのないものだ。高虎はすぐさまサウナ小屋を飛び出す。

「……よかった」

木の温《ぬく》もりを感じる日本家屋に、懸垂棒《けんすい》などの筋トレグッズ、塀《へい》の向こうに広がる田んぼ。見慣れた景色を前に高虎は、心の底から安堵《あんど》のため息をつく。

「……そうだ！　今日は何日だ⁉」

太陽の位置は南西。転移する前とあまり変わらない青空が広がっている。

高虎は慌《あわ》てて自宅へ入っていく。リビングに、彼女はいた。

「伊予……！」

「ん、お兄ちゃんどうしたの、そんなに慌てて」

安心して身体中がほぐれていく高虎とは対照的な、伊予の泰然《たいぜん》とした表情。せんべいを片手に海外ドラマを見ている。その様子と反応に高虎は当惑《とうわく》する。

「ていうか早くない？　もうととのったの？」

「……早い？」

高虎はテーブルにあった自身のスマホを見る。表示されたのは、転移したのと同じ日付だ。

「サウナに行ってからまだ二、三十分くらいでしょ」

それは高虎が、サウナ小屋に入ってから異世界へ転移するまでの時間と等しかった。

じんわりと、高虎は理解していく。

つまり転移してから戻ってくるまで、この世界は一切時間が進んでいなかったのだ。

「どうしたのお兄ちゃん、なんか変だよ」

「いや、なんでもない……もう一回サウナに入ってくる」

「そ、りょーかい」

伊予はせんべいを持った手をひらひらと振って、再びテレビに目を向けるのだった。

高虎はサウナストーンの山の中からラルトエラツァイトを取り出し、小屋の外に置く。そうして再びサウナへ。体に熱気をまとわせながら、水風呂に浸けたタオルで頭を冷やす。

複雑に絡《から》み合う感情を、慣れ親しんだこの場所で一本一本紐解《ひもと》いていく。

最も大きな感情は安堵。しかしそれが過ぎ去った先に待っていたのは、新たなる葛藤《かっとう》。

高虎が思いを巡らせる、その舞台は異世界だった。

どんな病でも治せる賢者の石。

そしてあの地で出逢った、究極の他者。そして彼女の切ない夢。

ベルとの会話、ベルの表情。半日にも満たない彼女との時間が、高虎の脳裏《のうり》に蘇る。

『ほわあぁっ⁉』『ふおぉぉおっ』『ふうぅぅうんっ！』

『アツゥイ！』『あぁああぁあっつうぅぅうぃっ！』

思い出すのは彼女が変顔《へんがお》で喚《わめ》き散らしている場面。高虎は「そこじゃない」とばかりに頭を激しく振る。

『私にはもう、家族はいない』『……父さん』『大丈夫、私は強いんだ』

『すごかったぁ……これが、サウナ……』『私を痛めつけるその表情を見せてみろッ！』

ベルとのまた別の場面を回想。高虎は「そうそう、これこれ」と満足そうに頷く。若干怪《じゃっかんあや》しい場面もあるが、高虎にとっては綺麗な思い出のようだ。

「……よし」

決断までは長かった。しかし決断してからは早かった。

サウナ小屋を出ると、空は茜色《あかねいろ》に染まっていた。そこにうっすら見える、真円の月。

「……こっちも、満月だったのか」

高虎はまるで月に捧げるように、ラルトエラツァイトをサウナ小屋の屋根にそっと置いた。


「ごちそうさま」

空《から》の食器を前に手を合わせる高虎。伊予は申し訳なさそうに笑う。

「昨日と全く同じでごめんね。本当は豆乳鍋《とうにゅうなべ》にしようと思ったんだけど、豆乳が足りなくて」

「いいよ。寄せ鍋の方が、ウチの味って感じがする」

「お袋の味ってやつ？　でもたまには違った味もほしいでしょ？」

「ああ。だけど今日は、これで良かった」

立ち上がった高虎は伊予の顔、そして彼女の座る車椅子を見て深呼吸。そして告げる。

「サウナ行ってくるわ」

「お、二回行動ってやつですか。ホントに好きだねー」

「ああ……なぁ伊予」

「何、お兄ちゃん」

「俺、頑張ってくるから」

ひどく柔らかな笑顔でそう言い残し、高虎は食卓を後にする。

伊予は「んん?」と首を傾げながら、しいたけをもぐもぐと食すのだった。

＊＊＊

「なかなか転移しないね」

「ああ。ラルトエラツァイトの発動に時間がかかっているのだろうか」

ベルとピィレーヴェは、いまだ消えないサウナ小屋を見つめ続けていた。高虎が入って五分ほどの時間が経過していた。

しゃがんで両頬に手を当てるピィレーヴェは、視線は向けないままベルに告げる。

「行かないでって言えばよかったのに。たぶん、結構揺れてたよ」

「……そんな勝手なこと言えるか」

「まぁ、いいけどね。でもピィは単純に仲間がほしいよ、強くなくてもいいからさ。二人きりのパーティなんていつか絶対に限界が来るよ」

ため息をつきながらピィレーヴェは、「ベルがもうちょっと柔軟ならなぁ」と嘆《なげ》いた。しかしそれに対しベルは、凜然《りんぜん》と言い放つ。

「背中を預ける仲間なんだ。日銭稼ぎや一攫千金《いっかくせんきん》、名声が目的の者は信用できない。強い意志と覚悟がなければ……ん？」

その時だ。サウナ小屋の扉が開く。

朝焼けに照らされた高虎が、蒸気をまといながら何食わぬ表情で出てきた。

「高虎⁉　どうした、転移に失敗したのか⁉」

「いや成功した。一度元の世界に戻り、再度ここへやってきたんだ」

高虎は事実をありのまま告げる。ベルは戸惑《とまど》いを隠せない。

「な、なぜだ……妹は……？」

「俺は、俺の目的のためにここへ戻ってきたんだ」

「目的……？」

「賢者の石だ。それを手に入れて俺は、妹の病気を治す」

高虎の目にはもう一片の迷いもなかった。

「このサウナは自由に使っていい。代わりに俺を仲間に入れてくれ。賢者の石が必要なんだ」

ピィレーヴェはニコニコと人懐《ひとなつ》っこい笑みを浮かべて、ベルへ軽口を叩《たた》く。

「秘宝目当てだってさ。どうするベル」

それにはベルも思わずフッと笑う。しかしすぐに言い返した。

「奴の覚悟の強さは知っている。あの小屋の中で、十二分に思い知ったのだからな」

そして意志の固さは、その瞳が雄弁に語っていた。ゆえにベルは、高虎に歩み寄る。

地平線から白い陽《ひ》が顔を出す。朝日を浴びる草原は雨上がりのように輝き始める。希望と欲望が渦巻くダンジョンの鎮座《ちんざ》する地に、新たな朝がやってきた。

それはまるで、この世界が高虎の選択を祝福するような、そんな光景だった。

Chapter 2

2章　銀狐×サ活＝脱却

ととのうとは、温冷交代浴によって自律神経のバランスを正常に戻す行為の俗称《ぞくしょう》である。高温のサウナで体を温め、水風呂で体を冷やす。この温度変化を繰り返すことで自律神経に適度な刺激を与え、ストレスを緩和《かんわ》する。また血管の収縮と拡大が促《うなが》されることによって血流の流れもスムーズになり、体の不調も改善される。

まさに心身共に整った状態へと誘う。ゆえにサウナは愛されているのだ。

「ぷへぇ～、ととのったぁ。サウナさいこ～」

ピィレーヴェは紅潮《こうちょう》したえびす顔で、ガーデンチェアにトロけるように座っていた。バスタオルで体を巻いたその姿は、普段のネグリジェ姿よりもずっと健全に見える。

現在高虎《たかとら》とベルとピィレーヴェは、三人並んで三セット目の外気浴を堪能《たんのう》していた。

見上げれば遙《はる》かな青空、眼下には新緑の大草原、青葉の香りを含んだ穏《おだ》やかな風。日本の春のような気候が続くこの島の環境は、外気浴にはもってこいなのだ。

初めは高虎も女性二人とサウナに入るという異常な状況には、居心地の悪さを感じていた。

だが入室して三分で即厄介化《やっかい》するので、あまり関係はなかった。

「な、言っただろうピィ？」

「ほんとベゥとトァの言う通り！　ととのうたび精神的にも肉体的にも生まれ変わるみたい！　見てこのツヤツヤな肌《はだ》！」

　高虎が再度この世界に転移してきて早三日。初めはサウナに恐れをなしていたピィレーヴェだったが、一セット経験しただけで目の色が変わった。効率的な血行促進《そくしん》やデトックスを身をもって感じることで、美容への効果を理解したらしい。今では病《や》みつきになっていた。

「魔石の効果を発動できる上、美容にも良いなんて最高だね！　トァさまさまだよー」

「そう言われるのは嬉《うれ》しいが……その呼び名は慣れないな」

　舌《した》足らずで横着なピィレーヴェは親しくなるほど相手の呼び名を崩《くず》していく。ベルはベゥ。そして高虎は、最終的にはトァにまで崩れた。そんな高虎のやんわりとした抗議にもピィレーヴェは、「えぇーかぁいいじゃーん」とどこ吹く風だった。

「そんな最っっっ高なサウナだけどさ、ただひとつの難点は……ダンジョンに行くような精神状態じゃなくなることだよね……」

　今回のサウナには、アスリオスをサウナストーンとして使用した。よって現在ピィレーヴェたちは魔力増幅状態。だがそれに相反して精神面は、サウナのリフレッシュ効果によって落ち着ききっていた。これからダンジョンへ繰り出すとは思えない、ほんわか気分なのである。

サウナによって臨戦《りんせん》態勢、しかし精神的には脱力。究極のジレンマが発生していた。

「ああわかるぞピィレーヴェ。もはやここから動きたくないな」

「ほんとにね。あとはここで、アワアワでシュワシュワな飲み物をグーッといければ……」

「コラ二人共っ、何を言っている！　目的を忘れるんじゃない！」

だらけきった高虎とピィレーヴェとは裏腹《うらはら》に、ベルは気合い十分。切り替えの早さもあるが、それ以上にベルにとっては、サウナが発奮《はっぷん》のスイッチになっていた。

より具体的に言えば、高虎とのサウナが、である。

「あれだけプレイを楽しんだら、そりゃ心も体も興奮《こうふん》状態だよねぇ」

「な、何を言っているピィ！　サウナは私にとって、戦地へ赴《おもむ》く儀式のようなものであって、邪《よこしま》な気持ちは断じて……っ！」

高虎によるロジハラサウナプレイは、本日も平常運転でベルの尽くしマゾ心を刺激。ピィレーヴェも最近ではその異様な光景に慣れたらしい。むしろベルに矛先《ほこさき》が向いているおかげで、最小限のロジハラ被害にしか遭《あ》わず好都合のようだ。

「変態カップルのプレイを隣で見せられる身にもなってほしいな」

「ピィレーヴェ、さっきからプレイとはなんのことだ？」

高虎だけがベルの異常性に気づいていなかった。そしてベルはそんな己《おの》が欲情を決して高虎には知られたくない。かろうじて残る乙女《おとめ》心がそう叫ぶのだ。

「なんでもないぞ高虎っ、またピィがバカを言っているだけだ！　こいつは変態だからな！　まったく仕方がないな変態は！」

ゆえにこのような、変態が変態を変態と呼ぶ、おぞましい空間が完成してしまった。

「とにかく準備をするぞ！　魔力増幅の効果には時間制限があるんだから！」

「仕方ないなぁ……着替えてきますよーっと」

数分後。ベルは鎧《よろい》姿、ピィレーヴェはネグリジェ姿で集合した。

高虎を困惑《こんわく》させるピィレーヴェの格好《かっこう》は、見かけによらず優《すぐ》れ物だという。彼女自身が繊維《せんい》レベルで魔力を込め練り上げた、れっきとした魔装束《ましようぞく》なのだ。ただそのデザインに関しては、彼女の嗜好《しこう》が大いに反映されている。

対して高虎の服装は最初にダンジョンに入った時と同じ、ベルの父の服とケープマントだ。

「すまないな高虎。お前にもきちんとした鎧を見繕《みつくろ》ってやりたいのだが、資金難でな」

「いや、寝床と飯《めし》を用意してもらっているんだ。感謝こそあれど文句はない」

賢者《けんじや》の石を手に入れるため異世界からやってきた高虎は、今はベルの家で彼女と寝食を共にしている。ダンジョン進行にも帯同しているため、二人は常《つね》に一緒に行動しているのだ。

「……堅物《かたぶつ》同士だけど、よろしくやってるのかねぇ、この二人……」

「ピィ、どうかしたのか？」

「ひとつ聞いていい？　寝室がなくなったんなら、二人はどうやって寝てるの？」

「二段ベッドだ。ちょうどいいサイズの物が街に売っていてな」

「ベッドふたつ買うよりも安いからな。あれはいい買い物だった」

「うん健全。オーケーなんでもないでーす」

いかがわしい雰囲気《ふんいき》が一切感じられない二人を前に、ピィレーヴェはむしろつまらなそうにため息をつくのだった。

そうして三人は、ピィレーヴェの転移魔法によってダンジョンへ瞬間移動していった。


賢者の石などの秘宝が眠るとされるダンジョン、その序盤の0階層は闊大《かつだい》なる迷宮である。複雑に入り組んでおり、日々その構造が変化しているという噂《うわさ》もある。まるでこの迷宮自体が生き物であるかのように、冒険者たちを嘲《わら》笑っているのだ。

しかしそのどこかに、地下第一階層への入り口がある。

更《さら》にその先、第二階層、第三階層へと続く。どれほど潜った先に最深部があるのか、秘宝が眠っているのか、確かな情報はない。ただ深く進むほど強い魔物との遭遇《そうぐう》率は高まり、凶悪な罠《わな》も増加するなど、危険度が跳《は》ね上がっていくことは言うまでもない。

その先に比類なき至宝《しほう》がある。そう信じて冒険者たちはダンジョンに挑むのだ。

しかし、本日ベルたちがダンジョンに入っている目的は、まだ見ぬ地下第一階層への入り口の探索でなく、それに向けたアイテム採取であった。

「お、また見つけたぞ。アスリオスだ」

高虎が指差す先、岩肌に赤い斑点《はんてん》が見えた。他の冒険者は見向きもしないだろう魔石の原石を前に、ベルとピィレーヴェは声を弾《はず》ませる。

「いやぁ、手付かずの宝の山ですなぁ！」

「私たち以外は宝だとは思っていないからな」

魔石の市場価値が低い理由は前述の通りである。

その上採掘《さいくつ》して売るにしても運搬《うんぱん》が重労働で、薬草や魔物の素材などと比べ圧倒的にコスパが悪い。なので少なくともこのダンジョンにて、魔石を目的としている冒険者は多くない。

ただしベルたちは、運搬の苦労はほぼ無いに等しかった。

「ピィレーヴェ、ツルハシをくれ」

「はいよーん」

ピィレーヴェが肩にかけたポシェットから取り出したのは、ポシェットよりも数倍の大きなツルハシだ。高虎がその光景を初めて見た時は、それはそれは驚愕《きょうがく》していた。

このポシェット、正式には魔術式圧縮皮包《ひほう》と呼ぶらしい。圧縮魔法が施《ほどこ》してあり、冒険に必要な備品や拾ったアイテムを入れているのだ。採掘した魔石も、これに格納している。

「トァってさ、ピィがこの皮包を使うといつも熱い視線を送ってくるね。そんな気になる？」

「ああ……それを見ているとつい、郷愁《きょうしゅう》に駆られてな」

「高虎の世界にもあるのか？　こういう道具が」

「幼少期のヒーローが、そんな道具を持っていたんだ……」

高虎はドラ〇もんが大好きだった。

圧縮魔法は高等技術であるが、ピィレーヴェの他にも使える魔法使いはいる。ただそのレベルの魔法使いを有するパーティなら、強い魔物から得られる素材や宝石など、より価値の高い物を優先的に獲得する。それくらい魔石は脚光《きゃっこう》を浴びることのない存在なのだ。

「ピィレーヴェは、この界隈《かいわい》でも腕利《うでき》きの魔法使いなんだな」

高虎はツルハシで魔石の周辺を削《けず》りながら尋《たず》ねる。

「ピィはすごいぞ。地下二階層まで進んだパーティにも、誘われたくらいだからな」

「んー、でもあそこは一攫千金《いっかくせんきん》目当てのパーティだからなぁ。目的意識が違いすぎると、いずれどこかで軋轢《あつれき》が生まれちゃうからさ」

岩に座って足を組むピィレーヴェは、幼《おさな》い顔立ちながら大人な表情だ。しかしその心中には、類《たぐい》まれな劣情が詰まっていることを、ベルと高虎は知っている。

「はぁー早く会いたいよぉ、創造主さま……サウナでツルツルになったピィのお肌、舐《な》め回すように見つめてほしいなぁ……」

「一応聞くが……どんな性格で、どんな外見で、どんな種族かもわからないヤツが創造主なんだよな？　それでも問題ないのか？」

「あらトァ、ピィの愛を疑うの？」

ピィレーヴェは煽情《せんじょう》的な瞳《ひとみ》で、穏やかに高虎に反論する。

「ピィはね、創造主さまがどんなお方でも、受け入れる覚悟はできているよ。仮に創造主さまが触手《しょくしゅ》持ちの異形種《いぎょうしゅ》であったとしても、全身でその情熱を受け止められるように、日夜シミュレーションを欠かさない」

「シミュレーション……」

「恋ってそういうものなんだよ？」

「恋……」

「高虎、それ以上踏み込むのはやめておけ。そこにあるのはもう深淵《しんえん》でしかない」

ベルに呼び戻され、高虎は難解な思考の渦《うず》から脱する。

以降、高虎はピィレーヴェの恋愛観に関して、理解することを諦《あきら》めた。

「よし、こんなもんか」

高虎が採掘したアスリオスを圧縮しながら、ピィレーヴェはしみじみと呟《つぶや》く。

「やっぱ魔石の採掘となると男手が不可欠だね。トァがいてくれて本当に良かったよ。ウチのパーティのリーダーさまは、なかなか仲間を加えないからさ」

「またそれか。今ピィ自身が言っただろう、目的意識が違いすぎれば、軋轢が生まれると」

ベルは亡き父の代わりにダンジョンの成り立ちなどを解き明かすため。ピィレーヴェは恋。

これらの目的意識と釣り合うものを持つ者は、なかなかいないだろう。

ベルが仲間に求める条件は、確固たる意志と覚悟を持ってダンジョンに挑んでいることだ。目的が抽象的な者は信頼できないという。金持ちになりたい、有名になりたいなど、ベルからすれば論外な冒険者がこの島では大多数なため、パーティメンバーは二人だけだったのだ。

「まぁ俺もひとまずは、一端《いっぱし》の戦力になれるよう努力するよ。ちなみに、他に仲間を入れるとしたらどんなヤツがいいんだ？」

その問いにピィレーヴェは、顎《あご》に指を当ててしばし思案。

「バランスを考えるなら、近接戦のスペシャリストかなぁ。身軽で素早くてさ、ひとりで敵を翻弄《ほんろう》してくれるタイプ。あの子とかいいよね、銀狐《ぎんこ》の子」

「アレは厳しいだろう。言うことを聞くタイプではないし、何を考えているのかわからない。なぜだか私に敵意を向けてくるし……む？」

ふとベルが、長い耳に手を当てる。見つめるのは真っ暗な道の先。

高虎もすぐに異変に気づいた。暗闇《くらやみ》の中から、振動が伝播《でんぱ》してくる。そしてそれはだんだんと激しくなってくる。まるで何かが近づいてくるように――。

「来るぞッ！　下がれ二人ともッ！」

「ガアアアアアアアアアアアアッ！」

腹の底を揺らすような雄叫《おたけ》びを上げ、暗闇から飛び出してきたのは、体長三メートルほどの人型の怪物。分厚い灰色《はいいろ》の体、首や腕は高虎の身体よりもずっと太い。頭には巨大な角《つの》が生《は》えており、鈍《にぶ》く光る真っ赤な目はベルたちを捉《とら》えて離さない。

「アアアアアアアアアアッ！」

「ぐっ……くううぅっ！」

怪物がいきなり振り下ろしてきた戦斧《せんぷ》を、ベルは魔剣で受け流す。

ギイィインッという剣と戦斧の鈍い衝突音が響いてから、戦斧が石畳《いしだたみ》に突き刺さるまで、高虎は一切目で追えなかった。気づけば自《みずか》らの足元まで、地面にヒビが入っていた。

「な、なんだあいつは⁉」

「オーガだよ！　ゴブリンとかよりもずっと強い魔物！」

ピィレーヴェは何らかの術式を組み上げながら、早口で高虎に説明する。

「見ての通りの怪力で、スピードはないけど腕が長いから間合いに入らないよう気をつけて！小指一本でも当たれば脳震盪《のうしんとう》レベルだからね！」

ベルとピィレーヴェの顔には、数秒前の弛緩《しかん》した雰囲気を忘れさせる緊張感がある。

ただ目前の魔物がどれほど危険かは、そんな空気の変化を感じ取るまでもなく理解できた。

オーガからは今まで見た魔物とは比べ物にならない、暴力と血の匂《にお》いが溢《あふ》れていた。

「食らえッ！」

ベルの魔剣から放たれた火炎が、オーガの眼前に広がる。

だがオーガは悲鳴を上げたものの、腕の一振りで払い除《の》け、火の粉を散らした。

「はあぁぁあっ！」

その隙《すき》に、ベルがオーガの懐《ふところ》へ駆ける。だがその斬撃《ざんげき》は、オーガの腹に弾《はじ》かれた。

「ベル！　避《よ》けろ！」

刹那《せつな》、オーガが振り下ろした拳《こぶし》が地面をえぐる。

間一髪《かんいっぱつ》で回避したベルは、一旦《いったん》高虎たちのもとまで退《ひ》いてきた。

「相変わらずなんて皮膚《ひふ》だ。傷跡があんなに小さい。イヤになるな」

「でもアスリオスで火力が上がったおかげで、火炎魔法はこの前よりもずっと効《き》いてるね！」

オーガについた火傷《やけど》の跡は、斬撃の跡よりも大きくただれている。

「だが時間の制限もある。この前のような、体力を削り合う長期戦は避け――たいッ！」

「メラメラァッ！」

会話中に突っ込んできたオーガに対し、ベルとピィレーヴェは左右に避けながら火炎魔法を放つ。オーガは苦痛の声を上げ、顔の周りを払った。

「ふぅー、すごいねアスリオス！　この程度の魔力消費でこの威力《いりょく》！」

高虎はベルから借りた予備の剣を握りながらも、無闇《むやみ》に攻勢には出ず。まだ魔法は使えないため、アスリオスの恩恵は受けていない。その剣のみで立ち向かうしかないのだ。

だからこそ集中力だけは途切らせず、オーガを視界に入れたまま、疑問を口にする。

「二人共、つい最近戦ったような口ぶりだが……」

「ああ。お前と初めてサウナで出逢《であ》ったあのリスポーン時、ダンジョンにて私を殺したのが、オーガだった」

「え……」

「まさにあの時のオーガだよね、アレ。目の横に残ってる傷、べゥがつけたものでしょ」

「ああ。眼球を狙《ねら》ったがかわされ、その直後に殴打《おうだ》され……といった具合だ」

ベルの表情は変わらない。気丈《きじょう》に振る舞っているが、汗《あせ》の量は尋常《じんじょう》でなかった。

つまりこれはリベンジマッチ。ベルとピィレーヴェにとっては雪辱《せつじょく》を果たす絶好の機会だ。

「あの日、魔法攻撃の効き目はほとんど微妙だったけど……偶然口の中に火の粉が落ちた時、ヒーヒー言って痛がってたよね。猫舌なのかな」

「そういう問題じゃないだろ……でもそれなら、口がウイークポイントなのか？」

「皮膚で覆《おお》われていない部分が弱点だ。目や鼻の穴や耳の穴、あと尻《しり》のあ――ハッ！」

センシティブなワードが飛び出しかけたところへ、またもオーガが戦斧を振り回して突撃。

オーガの猛攻とベルのＮＧワードを同時に回避し、高虎は一安心である。

「あとは尻の穴だ高虎ァ！」

「言うんかい！」

と、このツッコミが油断を生んでしまった。

「トァ危ない！」

「なっ……ぐあっ！」

ピィレーヴェの叫びはわずかに遅かった。急襲《きゆうしゆう》するオーガの蹴《け》りを高虎はとっさに避けようとしたが、ギリギリ間に合わず。足の小指で弾き飛ばされる。

『小指一本でも当たれば脳震盪レベルだからね！』

ピィレーヴェの言葉の通り、足の小指に激突しただけで高虎は意識が飛びかけ、気づけば壁にめり込んでいた。

「高虎ッ！　大丈夫か！」

「ぐぅ……ああ、まだ生きてる……！」

直撃していれば、あるいは剣で庇《かば》っていなければ、身体《からだ》の内も外も弾け飛んでいただろう。そう確信させるほどの蹴りだった。

が、対するオーガはというと。

「……ん？　何をしてるんだ、あれは……」

「……丸まってる？」

オーガは何やらその場でうずくまって震えている。「アアアァァァ……」と悲しそうな唸《うな》りを上げながら、足の小指を大事そうにさすっていた。

「……はっ！　まさか足の小指を高虎の剣にぶつけて痛いのか⁉」

堅牢《けんろう》なオーガの皮膚でも、痛覚が刺激を受けやすい足の小指への衝撃には耐えられなかったようだ。とっさに剣で身体を守ったのが功《こう》を奏《そう》したらしい。

「あれ痛いよね！　オーガも一緒なんだね！」

「いちいち人間臭いの、なんか腹立つな……」

「この機を逃す手はないッ！」

一直線に駆け抜けるベル。膝《ひざ》をついたオーガはもう片方の手で懸命に振り払おうとするも、しなやかに回避する。

そうして足元まで潜り込んだベルは煌《きら》めく魔剣で、ある部分を貫《つらぬ》いた。

「尻の穴だあああああああッ！」

ベルは突き刺した。容赦《ようしゃ》なく。

アウトプットすることでしか存在意義はないと思われた部分への、唐突《とうとつ》なインプットを壮絶に初体験したオーガは、「アアアアアアンッ！」と慟哭《どうこく》。魔剣の刺さった尻を突き出した状態でうずくまり震えている。苦痛で歪《ゆが》むその表情には、いくばくかの快感が見え隠れしていた。

「ありったけの魔力を剣に込めた！　ピィ、やれ！」

「りょーかい！　はあぁぁぁぁぁ！」

ピィレーヴェの杖《つえ》にバチバチッと電気が走り始める。同時にオーガの肛門《こうもん》に刺さったベルの魔剣にも、閃光《せんこう》が浮かぶ。低周波電流によってオーガはプルプルと振動していた。

杖を高く振り上げたピィレーヴェは、叫ぶ。

「バチバチィイィッ、いっけ────────ッ！」

放たれた稲妻《いなずま》は激しい迅雷《じんらい》を伴《ともな》って駆ける。向かう先はベルの魔剣。まるで避雷針のように稲妻を誘導し、オーガの身体へと通電させる。その電撃の強さを見て、ベルは舌を巻く。

「すごいぞピィ……今までの比じゃない威力だ……っ！」

雷鳴、轟音《ごうおん》、叫喚《きょうかん》。目も開けていられない雷光の中、凄絶《せいぜつ》に鳴り響く。

しばらくして音と光が落ち着いた時、三人の目に映ったのは、微動だにしないオーガの姿。

一度敗北したとは思えない、圧勝である。それはもちろん、アスリオスのおかげと言っても過言ではないだろう。魔石とサウナの存在が、パーティの力を大きく底上げしたのだ。

ベルはオーガの尻から魔剣を抜き、高く突き上げた。

「私たちの勝利だッ！」

「まず剣を洗え」

「うん、絶対こっちに向けないで」

「えっ……」

高虎が加入後、初の大捕り物。しかしその余韻《よいん》は、切《せつ》なく儚《はかな》いものだった。

＊＊＊

モフッと、銀色の毛で覆われた獣耳《けものみみ》が反応する。その名前が聞こえたからだ。

「おい見ろ。ベルたちのパーティ、オーガの角を持って帰ってきたぞ」

即座に彼女は振り返り、キョロキョロとその姿を捜す。

ベルとその仲間二人はダンジョンの大広間にて、魔物の素材買い取り専門の行商人と取引をしている真っ最中だ。ベルが差し出しているのは、オーガの角に爪《つめ》に牙《きば》。

それを遠目に眺《なが》める冒険者の二人。その会話は背後にいる彼女の大きな耳にも入ってくる。

「死闘を繰り広げた、という風体《ふうてい》でもないな」

「あの角のサイズ、体長三メートル超の大物だったんだろうよ。ベルとピィレーヴェでも楽な相手ではないはずだ。つまりあの噂の男、かなり腕が立つってことだな」

冒険者のひとりはため息まじりに語る。

「俺は昔、ベルをパーティに誘ったことがあるんだ。その時、あいつは言ったよ。『私を仲間にしたいのなら、ここで私を殴ってみろ。いざという時に切り捨てる覚悟があるか、見極《みきわ》めてやる。さあ殴れ、殴るんだ！』とな。俺は怖気《おじけ》づいちまってよ……」

「それは殴れまい……流石《さすが》はユニカ騎士団の雄《ゆう》、ベル・セーレン・ユニオーティ。きっと己《おのれ》の欲望など一切排し、ダンジョンに挑んでいるのだろう」

「そしてあの男は、そんな覚悟さえ受け止め、パーティ加入を認められたということか……」

そこまで聞くと彼女は、不服そうな面持《おもも》ちで耳を引っ込めた。

そうして大広間を後にしようとする。しかしそんな彼女を呼び止めたのは同じような獣耳、だが色は全く異なる、上品そうな女性だった。

「あらエウフェリア、まだこんなところにいたの？」

「む、フィローシアン……」

エウフェリアと呼ばれた彼女は、更に表情を曇《くも》らせた。それを面白《おもしろ》がるようにフィローシアンは、自身を取り囲む多様な種族の男たちに語りかける。

「この子ね、どのパーティにも入れてもらえないから、いつもこうやってひとりでダンジョンをウロチョロしてるのよ。可哀想《かわいそう》でしょう？」

「んなっ……！」

「仕方ないわよねぇ、『銀色』じゃあ」

男たちはフィローシアンの機嫌を取るように笑う。

狐《きつね》の獣人《じゅうじん》である彼女。その髪や耳、尻尾《しっぽ》は煌めくような金色だ。対してエウフェリアも同じ狐の獣人だが、毛は銀色。一般に前者を金狐《きんこ》族、後者を銀狐族と呼ぶ。

エウフェリアは顔を真っ赤にして反論した。

「そんなことはない！　わらわに見合うパーティがないだけじゃ！」

「馬鹿《ばか》ね、そんな見栄《みえ》を張って。銀色のくせに態度まで大きいんじゃ誰も相手にしないわよ」

「ぐっ……」

「自分を変える気がないなら、ずっとそうしていなさいよ。もしくは集落に帰ってくれたら、ありがたいわね。目障《めざわ》りなのよ」

そこまで言うとフィローシアンとその取り巻きは、ダンジョンへと入っていく。

残されたエウフェリアはひとり、悔《くや》しさに耐えるように震えていた。


エウフェリアがその足で向かったのは、ベルの家だ。

こそこそと、誰にも姿が見られないよう慎重に近づいていく。そこで異変に気づいた。

「む、なんじゃあれは……？」

ベルの家に密着している煙突《えんとつ》屋根の小屋を見て、エウフェリアは目を丸くする。

「あんな小屋、前はなかったはずじゃが……」

更に近づくと、その異様さはより明確になっていく。石造《いしづく》りの家に、強引に割り込んだように鎮座《ちんざ》する小屋。その謎《なぞ》すぎる建築物の煙突からは、モクモクと煙が上がっていた。

ふと、小屋の中から声が聞こえる。男女の声だということだけわかった。

「もしかしてベルとあの男か？　こんな小屋で一体何を……？」

迷いに迷ったエウフェリアだが、ついには意を決した。恐る恐る小屋の入り口へ近づいて、扉をゆっくりと開く。

その隙間から、彼女が見たものは——。

「どうだ熱いかベルッ、俺の熱波は！」

「アツゥイ！　た、高虎……まさかそんな新技《しんわざ》がっ！　もう無理だ、やめてくれぇ！」

「止《や》めないぞ……お前が泣き喚《わめ》いても絶対に止めない！　なぜなら全《すべ》てお前のためだから！　お前のための熱波なんだ！」

「わ、私のための熱波!?　よしわかった……お前の全てを受け止めてやる！　来い！」

「いくぞベルッ！　これが俺のッ、全力熱波だあああああッ！」

「ふぅぅぅうんっ、アツゥイイイ！」

パタン、と扉を閉めたエウフェリア。

息をひとつ、吸って吐いて。遠い目で空を見つめる。

「ヤベェところに来ちゃったなぁ、わらわ……」

そう、小さく呟くのだった。

「扉を開けたのは誰だアアアアアアアッ！」

「みゃあああぁぁぁぁっ!?」

次の瞬間、飛び出してきたのは汗だく半裸《はんら》の男。しかもなぜか猛烈に怒っている。この異常事態にはエウフェリアもピョーンッと跳ね飛び、四足歩行で後退《あとずさ》りする。

「む、誰だお前は。客か？」

「あ、あ……」

もはや突如《とつじょ》冷静に尋ねてくるその様《さま》すら怖かった。エウフェリアは高虎を見上げて涙目だ。

続いてベルがグロッキー状態で小屋から出てくる。そしてヘロヘロの声で尋ねた。

「エ、エウフェリア……？　何をしているんだ……？」

「完全にこっちのセリフじゃい！」

そこへ更に、小屋ではなくベルの家からピィレーヴェも出てきた。「うるさいなー」と文句を垂《た》れるその顔は赤く、手には樽《たる》型のジョッキが握られている。

ピィレーヴェはエウフェリアの姿を見た途端《とたん》、驚いたのち愉快《ゆかい》そうに笑う。

「んふふー、面白くなってきたねぇ」

トロけるような酔っ払い声で言ったのち、ピィレーヴェはグイッとジョッキを傾けた。

＊＊＊

「ピィレーヴェ、それ何を飲んでいるんだ？」

高虎の問いに、樽ジョッキ片手にガーデンチェアでだらけながらピィレーヴェは「にゃははー」と意味もなく笑う。口元も口調もゆるゆるだった。

「おしゃけだよーん。トァも飲んでみる？」

「ああ、じゃあ一口」

その見た目や味わい、そして喉越《のどご》し。高虎が真っ先に連想したのはビールだった。やや雑味と苦味が強いのが、かえって高虎の好みに合っている。

「いいな。なんていう酒なんだ？」

「ツョピュムガブョクャヌ」

「なんて？」

「ツョピュムガブョクャヌ」

何度聞いても覚えられない。発音など未来永劫《えいごう》できそうもない。

この異世界で謎にコミュニケーションが取れてきた中、突如として現れた言語の壁ツョピュムガブョクャヌ。高虎はなす術《すべ》なく首を垂れる。

「ツォ……無理だ、発音できない……」

「高虎の世界じゃこういうお酒、なんていうのー？」

「似ているのはビールだな」

「へー、ビール……」

ピィレーヴェはツョピュムガブョクャヌをまじまじと見ながら、一言。

「ビールの方が言いやすいね」

「そりゃな」

「てかなんでツョピュムガブョクャヌなんて名前なんだろう。なんか響きが気持ち悪いし……どうしよう、一回気になり出したらすごいムズムズしてきた」

「呼び名に対して突然当たりが強くなったな」

「それじゃ今日からピィも、これのことビールって呼ぶね。はー、ビールは美味《おい》しいなぁ」

以降、ツョピュムガブョクャヌの通称は『ビール』とする。

と、高虎とピィレーヴェがビール談義に花を咲かせている間も、草原にて睨《にら》み合っている者が二人。ベルはサウナから出立ての肌着姿で剣を構え、エウフェリアは尻尾を逆立て、互いにじりじりと間合いを計っている。

「今一度問う……なぜここにいるんだエウフェリア」

「……答える義理はない」

「納得できないな。私の家まで調べ上げ……まさか密偵《みってい》か。お前、どこのパーティ所属だ？」

「密偵なんて卑《いや》しい行動、わらわはしない！」

「そうだよ。そんな繊細《せんさい》な任務、エウフェリアには絶対にできないよ。そもそもその子、いまだにボッチだし。にゃははははは！」

「うるさいぞピィレーヴェ！」

エウフェリアから一喝《いっかつ》されたピィレーヴェは、舌を出してウインク。樽ジョッキを掲《かか》げて「お詫《わ》びに飲みまーす」とばかりに一気飲みしていた。

「おぬしこそ何をやっていた！　あの小屋での怪《あや》しき儀式……まさか黒魔術か⁉」

「黒魔術というのはよくわからないが、あれは怪しい行為ではない。アウフグースといって、ロウリュで立ち昇った蒸気をタオルなどで煽《あお》いで対流を起こし、より負荷《ふか》をかける……」

「いや知らんわ怖い怖い！　誰なんじゃお前！」

会話に割って入ってきた半裸の男に、エウフェリアは怯《おび》えながら怒鳴り散らす。

ベルのパーティ三人はオーガを討伐《とうばつ》後、家に戻るとすぐに汗を流すため、サウナに入った。魔石発動のためでない癒《いや》しのサウナを満喫《まんきつ》していたのだ。

そこで例によって熱血指示厨《しじちゅう》と化した高虎は新たなサウナ文化・アウフグースをひっさげてベルを急襲。彼女はそれを全身で浴び、内なる尽くしマゾ魂《だましい》を解放していた。

ちなみにピィレーヴェは、高虎の厄介サウナーの真骨頂《しんこっちょう》が顔を出し始めたところで、変態カップルに気を利《き》かせてそそくさと退散。先に酒盛りを始めていたというわけだ。

「……むう」

ベルは思案する。この状況はあまりよろしくない。

魔石とサウナの関係は門外不出と定めた。広まってしまえばダンジョン攻略競争において、ベルたちに優位性がなくなるからだ。

しかし黒魔術ではないかと疑うエウフェリアは、真実を語らなければ帰らないといった表情で仁王立《におうだ》ち。無理やり追い返せば、事を荒立てて逆に注目を集める危険性もある。

そこでベルはこう切り返した。

「エウフェリア。この小屋は高虎が他国から持ち込んできた文化で、名をサウナという。ここに入ることで疲労回復や精神安定など、癒しの効果があるんだ」

魔石に関する部分だけ秘匿《ひとく》。ウソはついていなかった。

だがエウフェリアは、納得しない。

「わらわを馬鹿にしているのか！　騙《だま》したいのならもっとマシなウソをつけ！」

「ウ、ウソなんて……」

「あんな暑苦しい空間が癒しを与えるなど、絶対にあり得ないじゃろう！　何か後ろめたいことをしているに決まっている！　でなければあんな不快な場所に閉じこもるわけがない！」

サウナ初見であればそう思うのも無理はないだろう。暑苦しく、息苦しい場へなぜ自ら赴くのか。快楽に辿《たど》り着く前に、そんな考えが邪魔をしてしまうのだ。

しかし——それを良しとしないのが、高虎というサウナーである。

「聞き捨てならんな、狐娘」

ドンッとエウフェリアの背後に立つ高虎。筋骨隆々《きんこつりゅうりゅう》の汗だく男の影に気づいたエウフェリアは、キュウリを前にした猫のようにビョーンッと跳ねる。が、すぐさま反発。

「な、なんじゃ文句でもあるのか⁉　ていうかいつまで裸《はだか》なんじゃお前！」

「当然だ。お前はサウナを愚弄《ぐろう》した。恥《はじ》を知れ、およびサウナを知れ、すなわち世界を知れ」

「質問に答えんかい！」

「脱げ」

「なんでじゃい！」

高虎はサウナを出た今も厄介サウナーという状態異常が継続中であるがゆえ、エウフェリアの放言には黙っていられず、それどころか好戦的にすらなっていた。

普段の彼を知る者ならば一連の過激発言に耳を疑うだろう。だがベルたちはサウナでの彼を知りすぎたがために、その意図を理解できてしまっている。ピィレーヴェに至《いた》っては「よっ、待ってました！」とばかりに指笛を鳴らしていた。

「お前もサウナに入れ狐娘。非難するのはそれからだ」

この強引な展開には、当然のことながらエウフェリアも抵抗する。

「誰があんな如何《いかが》わしい小屋に入るか！　どんな穢《けが》れを取り込むか、わかったものでは……」

「悲しいな……あの場所に、本当の強さがあるというのに」

「……？」

怒りから一変、憐《あわ》れむような高虎の瞳に、エウフェリアは怪訝《けげん》な表情で次の言葉を待つ。

「先ほどのベルのサウナ解説に、ひとつ付け加えよう。サウナとは癒しの場であると同時に、精神修行の場でもある」

「精神修行……？」

「どれだけ暑さに耐えられるか。昨日よりも今日、今日よりも明日。滞在時間が伸びるごと、負荷を増やすごとに己の成長を実感する。そしてそれはサウナの外での戦いにも波及する」

高虎はベルを横目に、自慢するように語った。

「ベルはサウナを知り、心が格段に強くなっている。それは日々サウナにて、どれだけ負荷をかけても嬉々《きき》として立ち向かい、鍛《きた》えているからだ。俺はそんなベルを、誇りに思っている」

「た、高虎……（きゅんっ）」

「きゅんっじゃないよ」

「ふぅんッ！」

ベルの尻をひっぱたくピィレーヴェ。暴力男に突然優しくされてトキめく女みたいになってしまった旧友を嘆《なげ》きながらも「まぁ本人が幸せならいいか」と遠い目をしたのち、ガバァッとビールを喉へ流し込むのだった。

するとここで、エウフェリアの目の色が変わる。

「……今の話は本当か、ベル？」

突如まっすぐな視線を向けられ、ベルは首を傾《かし》げた。

「ベルはあの馬鹿みたいな暑さに日々耐え、鍛えているというのか？」

一瞬、回答に悩むベル。前述の理由から、「サウナで強くなる」と言ってサウナの存在をあまり外部へ広めたくはない。だが熱い眼差《まなざ》しで自身を見つめてくる高虎を前にしては、きゅんっとしてしまったがゆえ、なす術なく陥落《かんらく》した。

「本当だ。高虎がサウナという文化を持ち込んでから、私は毎日入って鍛えている。心が強くなっているかどうか、私自身にはわからないが……」

「いや、お前は強くなっている。俺が認める」

「ふぅうんッ！」

「⁉」

突然変な声を上げて膝から崩れ落ちるベルには、エウフェリアも面食《めんく》らう他ない。

一番怖かったのは、その異常事態を前にして自分以外の誰ひとり動じていないことである。

ピィレーヴェに至っては平然と樽ジョッキを傾けていた。

こいつらやっぱり変な呪術《じゅじゅつ》をかけられているのでないか、とエウフェリアの疑念が高まっていく中、ベルはひとつ咳払《せきばら》いして先ほどの喘《あえ》ぎをなかったことにする。

「私はサウナに入っていることで強くなっている。それは紛《まぎ》れもない事実だ」

「……ちなみに聞くが、一体どれくらい入るのじゃ、あの空間に」

「今はおよそ七分だ」

「な、ななふん⁉　頭おかしいのか⁉」

必死のツッコミにも、ベルと高虎は至って真剣な、むしろキラキラと輝く瞳を向けてくる。

怖いところに来ちゃったな……とエウフェリアはそこでやっと後悔し始めた。

「ご、拷問《ごうもん》じゃろうてそんなの！　生き物としての尊厳を破壊しにかかっておるじゃろ！」

その暴言を聞くや否《いな》や、またも高虎が割って入ってきた。

「お前、そこまで侮辱《ぶじょく》するとは……後悔するハメになるぞ」

「今ちょっとしてるところじゃい！」

「一度でいいから試してみろ！　世界が変わるぞ！」

「イヤじゃ！　そんなに言うならおぬしらでやってみせろ！」

「よしわかった！　いくぞベル！」「ああ！」

高虎とベルは、意気揚々《ようよう》とサウナへ入っていった。

六分経過。

ベルと高虎はいまだ小屋から出てこない。その状況にエウフェリアは戦々恐々とし始めた。

恐る恐るピィレーヴェに尋ねる。

「し、死んでるんじゃないか……？　助けに行かなくて大丈夫か……？」

「だいじょぶだいじょぶ。今頃プレイの真っ最中だから、邪魔しちゃダメだよん」

「ぷ、ぷれい⁉　なんじゃそれは！　あの中で一体何が起こっておるのじゃ⁉」

野暮《やぼ》なこと聞かないの、と言うようなピィレーヴェの顔に、エウフェリアは生唾《なまつば》を飲んだ。

そこでふと、ピィレーヴェがエウフェリアに対し、ほんのり優しさを孕《はら》んだ口調で尋ねる。

「エウフェリアは、なんでここに来たの？」

「い、言わぬ……」

「そっかぁ。そういやさ、エウフェリアは今もひとりでダンジョンに潜ってるの？」

「無論じゃ。わらわはひとりでも十分じゃからな」

「ふーん。でもピィはね、エウフェリアに入ってほしいんだよねぇ、ウチのパーティへ」

「え……」

「欲しいと思ってたんよ、近接型の戦士。エウフェリアはピッタリ。でもひとりでダンジョンを巡《めぐ》りたいってヒトも、実は多いんだよねぇ。エウフェリアはそっちだったか、ざんねーん」

　この発言にエウフェリアは「うう……」と複雑そうに呻《うめ》きながら、服の裾《すそ》をぎゅっと握る。

その様子を肴《さかな》に一杯やる、意地悪なピィレーヴェであった。

　その時だ。ベルと高虎が壮絶な表情でサウナから出てきた。

「はぁ、はぁ……やっぱりお前は最高だ、ベル……っ！」

「ふぅうんっ、こちらのセリフだ……私はお前と共に在《あ》ることを、誇りに思う……っ！」

　汗だくで互いを褒《ほ》め称《たた》えながら、のそのそと小川へ入っていくベルと高虎。

白昼夢《はくちゅうむ》でも見ているのか。異常な二人の様子を見て、エウフェリアは本気でそう思った。

「ほ、本当に七分も……？」

「正確には七分三十秒だ。ベルは俺の課した三十秒分のストレッチ目標を達成したのだ」

　そのベルは小川に入ると、「へぁ～……」と至福《しふく》の表情を浮かべながら沈没していった。

「どうだ、ウソではなかっただろう？　さあ、次はお前も入るんだ狐娘」

「う、うう……うううぅぅ！」

　エウフェリアは自身の尻尾をぎゅーっと握りながら、本音を喚き散らかしたい衝動を必死に堪《こら》える。顔には「イヤじゃイヤじゃイヤじゃ」と書いてあった。が、ついには決断した。

「狐娘、狐娘と……おぬし、わらわを愚弄するのも大概《たいがい》にしろ！」

　エウフェリアは上着をバッと脱ぎ捨て、サラシ姿になる。

「わらわはエルヴィア・エウフェリア・フィリス・クロードット！　誇り高き銀狐族じゃぞ！　ベルが七分半なら……わらわは八分入ってやるわいッ！」

　顔は大いに引きつりながらも、背筋《せすじ》を伸ばして仁王立ち。その堂々たる姿と勇ましい発言にピィレーヴェは「いいぞいいぞー」と囃《はや》し立て、ベルは「大丈夫か……？」と心配する。

　そして高虎はというと……。

「……すまん」

「む、なんじゃおぬし、なぜ目を逸《そ》らす？」

「……俺は、女性になんてことを……」

　健康的で瑞々《みずみず》しい肌に、膨《ふく》らみかけだが確かにそこに在る、サラシで隠された双丘。

　サウナ外でそんな姿を見せられれば、流石の厄介サウナーも正気に戻らざるを得なかった。

が、サウナに入って三分もすれば、そんな恥《は》じらいは蒸気の中で溶けてなくなる。

高虎とエウフェリアは並んで座り、熱気を浴びていた。

高虎はこれで連続四セット目。ダンジョン探索前も含めれば実に本日七セット目のサウナであるが、それでもまだまだ余裕である。

対してエウフェリアは、予測通りと言える仕上がりになっていた。

「だぁ～～～あじゅ～～～い！」

今にもアイスのように溶けてしまいそう。全身グッタリしていた。入る前の意気込みは根こそぎ奪われ、今はもう力なく呻くのみだった。

「あと何分じゃぁ……？」

「あと四分ほどだな」

「まだ半分っ⁉　しぃぬぅぅ～……」

「そうやって喋《しゃべ》っていると余計に辛《つら》くなるぞ。それにほら、しっかりタオルを頭にかけろ」

高虎はエウフェリアの頭からずり落ちそうになっているタオルを取り、大きな耳もすっぽり隠れるように被《かぶ》せる。エウフェリアはもはや無抵抗だ。

サウナでは足や胴体に比べて頭部がより熱せられやすくなる。なのでタオルやサウナハットを被り、熱気から頭を守ることでより長い時間、我慢《がまん》できるとされているのだ。

「……ん？　お前、あんまり汗かいてないな」

「んぇ？」

「サウナに入る前に、ちゃんと体を拭《ふ》いたのか？」

「んぇ」

返事をする気力もないらしい。エウフェリアはじっと俯《うつむ》いたまま、短く声を発するだけだ。

その状態には流石の高虎も心配になり、顔を覗《のぞ》き込む。

「大丈夫か、キツければ出てもいいぞ」

「な、何をバカな……わらわは由緒《ゆいしょ》正しき銀狐族の血を引く者……一度口にした言葉を腹の中に戻すなど、ありえにゃいのじゃ……」

完全に噛《か》んだが、高虎はその意気を受け取った。力強く頷《うなず》き、エウフェリアを鼓舞《こぶ》する。

「そうだな、愚問《ぐもん》だった。なら残り三分、耐え抜け。その先に新たな扉がある」

「ま、まださんぷんっ……うふぇぇぇ」

エウフェリアはその時、ちょっと泣いた。

そうして三分後、サウナ小屋の扉は勢いよく開いた。

「みゃあぁぁぁぁっ……！」

飛び出したエウフェリアは、全身が熟《う》れすぎたトマトのように赤くなっていた。足取りもおぼつかないまま小川へダイブ。浮かんできた顔は、達成感よりも疲労感がより強く滲《にじ》んでいる。

「ど、どうじゃベル……わらわは八分入ったぞ……」

「あ、ああ……初めてで八分はすごいな。私は五分で限界だった」

「えふふふ、そうじゃろうそうじゃろう……ふぅ……」

　クラクラとしながら小川を後にしたエウフェリア。しかしその背中に、指示厨サウナーから容赦なき発言が投げかけられる。

「よし。じゃあ五分ほど外気浴してから、またサウナだ」

「うえぇぇぇぇっ⁉」

　膝がカクンと折れ、その場で尻餅《しりもち》をついたエウフェリア。そうして化け物を見るような目で高虎を見上げる。対する高虎は目を丸くし、心底《しんそこ》不思議そうな表情だ。

「何を驚いている。残り二セットだ。でなければ真の快楽には辿り着けないぞ」

「か、快楽など求めてはおらんわ！　なぜわらわがまた、あんな地獄に……」

「ベルは常に三セット固定で行っているぞ」

「なっ……⁉」

　真偽《しんぎ》を問うように、エウフェリアはベルに目を向ける。ベルは戸惑《とまど》いながら小さく頷いた。

　その瞬間、エウフェリアは後頭部を殴られたような衝撃を受ける。

　流石に不憫《ふびん》に思ったたか、ベルが高虎を諭《さと》す。

「高虎……無理をさせるのは良くないぞ？」

「向き不向きもあるからね。特に種族が違うとねぇ」

　ピィレーヴェもそれに同調するが、高虎は決して意思を曲げない。

「今やめては全てが無駄になる。ここから二度、苦難を乗り越えた時にやっと今までの時間に価値が生まれる。エウフェリアはここを越えなければならないんだ」

「熱いねぇ。何がトァをそうさせるの」

「俺はサウナの良さを伝えるために、この世界に来たんだ！」

「え、妹は？」

　本日七セット目、高虎はもう自分でも何を言っているのかよくわからなくなっていた。

　その熱が伝わったわけではないだろうが、エウフェリアは再び豪語する。

「ふ、ふんっ……あとたった二回など余裕じゃ！　やってやるわい！」

「やめておけエウフェリア。無理は体に毒だぞ」

「で、できるわい！　お前は黙って見ておれ！」

　ベルの気遣《きづか》いはエウフェリアにとって逆効果らしい。そう叫ぶとガーデンチェアにドカッと座り、タオルで顔を隠すのだった。

　外気浴にて束の間の快感を得たエウフェリアも、再びサウナに入るや否や「ぐうぅぅ……」と悶絶《もんぜつ》。それでも弱音を吐かず、ひたすら耐えていた。

　そんな彼女を師のような目で見つめる高虎だが、ふとまた違和感を覚える。

「エウフェリアお前、やっぱり汗の量が少ないな」

「んぇ……」

二セット目のサウナに入って三分が経過したが、エウフェリアの肌に浮かぶ汗の量は高虎の半分ほど。肌の紅潮《こうちょう》具合から暑さを十分に感じているのはわかるが、その割には皮膚から発生する水分量は異様なまでに少ない。

「お前、汗をかきにくい体質なのか？」

「……んぇ」

「なんだその返事。おい大丈夫……なっ、エウフェリア⁉」

肩を揺らした瞬間、エウフェリアはパタリと力なく倒れ、高虎の膝に頭を乗せる。

「わふぅ……」

エウフェリアは、目を回していた。

「た、大変だ────っ！」

高虎はエウフェリアを抱き上げ、慌《あわ》ててサウナから脱出。

その光景と、そして高虎の顔を見て、ベルとピィレーヴェは事の重大さを把握《はあく》した。

「水を汲《く》んでくる！」「あららー、やっちゃったかぁ」

ベルは小川へ走り、ピィレーヴェは寝かされたエウフェリアの額《ひたい》に触れ、何やら唱《とな》える。

高虎は、唖然《あぜん》とその場に立ち尽くすしかなかった。

幸い大事には至らず、軽い脱水症で済んだらしい。

ひと通りの処置を施した後、エウフェリアはベルの家のベッドで寝かされた。

だがしばらくして高虎が様子を見に行くと、彼女は隙を見て逃げ出したのか、いつの間にかベッドはもぬけの殻《から》となっていた。

＊＊＊

「ぐおおおぉぉぉ……」

翌日、高虎は朝から頭を抱えていた。

その症状は昨晩エウフェリアが姿を消して以降、断続的に続いている。そしてそんな彼を、ベルとピィレーヴェは遠目に眺めていた。

「自戒《じかい》の念に苛《さいな》まれているな……」

「こんなトァ初めて見るね」

エウフェリアがサウナで倒れた。一歩間違えれば、取り返しのつかないことになっていた。

サウナ熟練者の自分がいながら無理をさせてしまったと、高虎は後悔しているのだ。

「何がサウナの良さを伝えるだ……そんな資格、俺にはない……！」

高虎が厄介サウナーになってしまうのは、ひとえにサウナを愛しているから。愛が強すぎるがゆえ、他の人にもその幸福感を理解してほしいがため、指示厨になってしまうのだ。

しかしだからこそ今、そんな自分に嫌悪感を覚えていた。

「エウフェリアみたいな獣人はピィたちほど汗腺《かんせん》が発達してなくて、体温調節がうまくできない子も多いからね。この島には多種多様な種族がいるから、自分基準で考えちゃダメなんよ」

「ただそんな体質を一番理解しているのは、エウフェリア自身だろう。無理して倒れたのならそれは自業自得。だからあまり気にすることはないぞ、高虎」

「いや……あいつが負けず嫌いで挑発に乗りやすい性格なのは、一目でわかった。それを理解していながら俺は、無理をさせたんだ……責任は俺にある……」

「高虎……」

「すまないベル……俺はお前にも、無理なことを強《し》いていたのかもしれない……」

自覚なかったんだ、と呆《あき》れるピィレーヴェとは裏腹に、ベルの瞳は熱く燃え上がる。

「そんなことはない！　少なくとも私は、お前のもたらした全てを快楽に繋《つな》げてきた！」

「ベル……なぜこんなにも愚《おろ》かな俺に、そんな言葉を……？」

「お前が苦痛を強いてきたおかげで、私は成長できた！　だからそう自分を卑下《ひげ》するな！」

ベルはガッと高虎の肩を掴《つか》み、力強く言い放つ。

「お前には私がいる！　私がいつでも、お前の全てを受け止めてやるぞ、高虎！」

「ベル……ッ！」

見つめ合う二人。それはまるで、サウナでの立場が入れ替わったよう。

ベルの熱弁に感化された高虎は、わずかに自信を取り戻すのだった。

「なんかこの二人、共依存《きょういぞん》の匂いがしてきたなぁ……」

深いところで通じ合う変態カップルを眺め、ピィレーヴェはひとり眉《まゆ》をひそめた。


ベルと高虎が固い信頼関係を再確認したところで、それぞれ家の務めを始めた。

ベルは面倒臭《めんどうくさ》がるピィレーヴェを引きずって森へ向かった。薪《まき》ストーブのサウナが生活の中に導入されたことで、薪の消費量が増えたらしい。今回はその調達が主な目的だ。

ひとり家に残った高虎はサウナの手入れをする。扉を全開にして、空気を循環《じゅんかん》させながら壁やベンチの拭き掃除、そしてストーブの点検。慣れたもので、スムーズにこなしていく。

そうして一度小川で雑巾《ぞうきん》をすすぎ、戻ってきた時だ。高虎は目を疑った。

サウナ小屋を覗き込もうとする者がいた。その銀色の大きな耳は、小刻《こきざ》みに震えている。

「エウフェリア……？」

「わふんっ！」と飛び上がるエウフェリア。振り返って高虎の姿を確認すると、途端に決まり悪そうな顔をした。高虎はいまだ状況が摑めず、声に困惑が滲む。

「なんでお前、また……？」

「ま、負けたままなのは銀狐族の恥じゃ！　もう一回これに挑ませろ！」

エウフェリアは「ていうかなんで今、これ暑くないんじゃ⁉」と混乱した様子で、サウナ内をウロチョロ。あれほどの思いをしてなお、もう一度サウナに入りたいらしい。

「負けた？　いやベルには勝ったんじゃ……」

「ベルじゃない！　わらわはこいつに負けたのじゃ！」

エウフェリアは悔しそうにサウナ内のベンチをバンバンと叩《たた》く。

「気絶させられるなど……こんな屈辱《くつじょく》生まれて初めてじゃ！　じゃからもう一度やらせろ！　早くここを暑くするんじゃ！」

負けず嫌いのせいで昨晩は気絶したが、負けず嫌いがゆえに舞い戻ってきたようだ。高虎は呆れを通り越し、思わず笑ってしまった。

ただこれは高虎にとっても、これ以上ないリベンジのチャンスだった。

「よしわかった。俺がこいつへの勝ち方を教えてやる」

「む……また共に入るのか」

それにはエウフェリアもわずかに顔を引きつらせる。昨日のトラウマを思い出したらしい。

ただ高虎は、昨日よりもずっと柔らかな表情で語りかけた。

「お前はこいつとの勝負を勘違《かんちが》いしているからな」

「勘違い？　なんじゃそれは」

「ああ。こいつは長く入っていれば勝ちじゃない……気持ち良くなれば勝ちなんだ」

掃除したての薪ストーブに着火。もちろんアスリオスなどの魔石は使用せず、通常のサウナストーンのみで室内を熱していく。

準備ができたところで高虎はタオルを腰に巻き、エウフェリアはサラシ姿に。

高虎はそんなエウフェリアの格好に気後《きおく》れし目を逸らしがちだが、そんな態度では失礼だと何度も首を振る。そんな高虎の心など知りもせず、エウフェリアはどこか不満そうな顔だ。

「なぁ……この布、被らなきゃダメか？」

エウフェリアは頭に被せたタオルを摘《つま》み、ピロピロと揺らす。大きく尖《とが》った狐耳は、それによりすっぽりと隠されていた。

「ああ。それで頭を熱から守った方が良いんだ」

「むぅ……耳が隠されると、落ち着かないんじゃ……」

「耳……」

エウフェリアの耳を見つめていた時だ。高虎はふと思い出した。

それは小学生の時に見た動物図鑑。そこにこんな記述があった。

陸上に生息する哺乳類《ほにゆうるい》の中には、耳を使って体温調節する生き物もいる。耳の表面から熱を放射し、体温を保とうとするのだ。

ピィレーヴェの言葉が、脳裏《のうり》に蘇《よみがえ》る。

『この島には多種多様な種族がいるから、自分基準で考えちゃダメなんよ』

見た目は同じ人型だが、体の構造はまた少し異なる。人間と狐の両方の特性を持つエウフェリアは、人間ほど汗腺が発達していない一方、耳での体温調節が可能なのかもしれない。

「……ちょっと待ってろ」

そこで高虎は、ひとつ試してみることに。

数分後、戻ってきた高虎が持っていたのは、二つの穴の開いたタオルだ。

「おおっ、耳が出たぞ！」

感嘆《かんたん》するエウフェリア。二つの耳は穴を通り、タオルで頭だけを隠すことに成功していた。

「これはさっきよりも全然快適じゃ！　敵の接近も察知《さっち》できるしな！」

「敵なんていないけどな」

「それにしてもこの布、不思議な柄《がら》じゃな」

「ああ、それは俺の国の文字だ」

それは高虎がこの世界に転移した時、唯一《ゆいいつ》身につけていたタオルだ。商店街の福引で手に入れた七等の賞品であり、端には大きく『吉田《よしだ》酒屋』と印字されている。

「おぬしの国の品なのか？　それに穴を開けていいのか？」

「ああ、それでエウフェリアがサウナを楽しめるならな」

「む、そうか……いや楽しむんじゃない！　勝つのじゃ！」

そうして高虎とエウフェリアは、再びサウナという名の戦場に足を踏み込んだ。

意気揚々と入ったものの、やはりエウフェリアにその暑さは厳しいようだ。三分が経過した頃には「ぬぬぬ……」と悶絶の表情から、「うふぇぇ」と泣き出しそうなものに変わる。

ただ昨日と違うのは、隣の高虎が逐一《ちくいち》彼女の様子をチェックしていることだ。

汗をかく量が少ない分、その顔色や息遣いの変化を幾度《いくど》となく確認する。

「……なんじゃさっきから、ジロジロと……」

それには憔悴《しょうすい》しきったエウフェリアも抵抗気味。しかし高虎はやめようとしない。

「お前のためだ。お前を絶対に、昨日のようにはしたくない」

「……まぁいいが」

「よし、そろそろ出るぞ」

そう言って立ち上がる高虎を、エウフェリアは二度見する。

「んぇ？　もう八分経《た》ったのか？」

「いやまだ四分すぎだ。しかしもういいだろう」

「おい待て！　ベルは七分以上入っているのだろう⁉　なのに……」

「エウフェリア、よく聞いてくれ」

グッと顔を寄せる高虎。それにはエウフェリアも驚き、口をパクパクさせる。

「サウナは他人と入っている時間を競うものではない。自分とサウナとの戦いだ。だからこの三セットは俺を信用してくれ。俺はお前を勝たせたい……お前を気持ち良くさせたいんだ」

「き、気持ち良く……？」

　昨日エウフェリアがサ活を体験して残ったのは、苦痛と屈辱のみ。それではダメなのだ。

　エウフェリアを『ととのい』へと導く。それが己の使命だと、心が叫ぶ。

「……わかった。勝つためじゃ、今回だけはお前の言う通りにしよう」

　高虎とエウフェリアは四分半のサウナを終え、小川へ直行。水浴びは嫌いではないらしく、エウフェリアは「ふぃ～」と一分ほど浸《つ》かっていた。

　外気浴もまた、人それぞれ適した時間がある。高虎は感覚的に『心地良さから寒さに変わる一分前』を目処《めど》に外気浴を終える。

　ただここもエウフェリアの様子を慎重に確認して、再びサウナに入った。

　その時、高虎の厄介サウナーは鳴りを潜《ひそ》めていた。とにかく優しく、幼児を扱うようにエウフェリアに接している。それだけ昨日の一件が、高虎にとってもトラウマになっているのだ。

　二セット目の外気浴まで無事に到達すると、エウフェリアが満足そうに呟く。

「わらわ、外気浴好きじゃ」

「おおそうか。気持ちいいだろ？」

「ああ。風と一体になるような気分になるな。高虎が言っていた気持ち良さがわかったぞ」

「それはよかった。だが本当の気持ち良さは、もう一歩先にあるんだ」

「あと一回、サウナに入るんだったな？」

「そうだ。三セット目は集大成なんだ。全てを出し切ることで高みに……」

「何を出すんじゃ？」

「はっ……いやなんでもない、忘れてくれ」

わけのわからないことを言い出したら危険。その辺のことは高虎も自覚していた。

そうして、泣いても笑っても最後の三セット目。

エウフェリアは疲弊《ひへい》した表情だが、それでも高虎に笑顔を向ける。

「耳を出して正解じゃったな……昨日よりもこのサウナの時間がずっと楽じゃ」

「そうみたいだな。よかったよ」

「それにしても、わらわのためとはいえ故郷の品に穴を開けるなど……」

「いいんだ。それはお前にやる」

「えっ、よいのか？」

高虎はひとつ頷く、それだけだ。そのタオルは高虎にとって元の世界を感じられる数少ない物であるが、躊躇《ちゅうちょ》することはなかった。

「それよりあと二分は入っていたいが……大丈夫か？　体に異変は？　水分は足りてるか？」

瞳を見つめて問いただす高虎。エウフェリアを気遣っているがゆえの言動であることは明白で、だからこそ受け取る方は、悪い気はしないのだろう。

エウフェリアはほんのり汗の滲む真っ赤な顔に、満面の笑みを咲かせた。

「高虎、おぬし――さてはわらわのこと大好きじゃな！」

「うん？」

「えふふふふっ、仕方のないヤツじゃな！　見ておれ、あと二分くらい余裕じゃ！」

エウフェリアはタオルで笑顔を隠しながら、それでも嬉しそうに足をバタバタとする。

それからの二分は、エウフェリアにとってはあまり苦痛ではなかったようだ。


三セット目のサウナを無事に終えると、高虎はあえて小川には入らずそのまま外気浴をするよう促す。本日は少し風が強いため、急冷却しない方がより心地良くととのうと考えたのだ。体質やその日の環境などを鑑《かんが》みて臨機応変《りんきおうへん》に対応するのもサウナには必要だと、高虎はわかっていたはずだった。それが昨日は頭から抜け落ちていた。この贅沢《ぜいたく》な場での非日常的なサウナに、ずっと舞い上がっていたのだろう。

「……俺もまだまだ。反省しきりだ」

このように、ととのった時には己との対話へ自然と誘われることが多い。日々考えることが多い者こそ、この時間で小さな自分と向き合うのだ。

そしてそれは、エウフェリアも同じようだ。

「……高虎、わらわは風になったかもしれない」

言葉の意味はよくわからないが、エウフェリアも無事にととのったようだ。ガーデンチェアに座る彼女はポーッと青空を見つめ、表情は全ての感情が抜け落ちたように『無』だった。

「そうか。俺もたまになる」

「そうなんじゃな……サウナとは、ととのうとは、なんとも不思議じゃ」

「良い気持ちだろう?」

「ああ、幸せな気分じゃ……えふふっ、今日は良い日じゃ」

サウナですっかり毒気が抜け落ちたか、エウフェリアは無垢《むく》な笑顔で語る。

「他人とこんなに会話をしたのは久々じゃ」

「そうなのか。そういやひとりでダンジョンに入っているんだったな」

「ああ……わらわは『銀色』じゃから毛嫌いされておってなぁ」

ほんのり憂《うれ》いを帯びた声色《こわいろ》。高虎がエウフェリアの顔を窺《うかが》うと、彼女は情けないような寂《さび》しいような、そんな苦笑を浮かべていた。

「この島には金狐族と銀狐族がいてな、金狐族の者を仲間にすればそのパーティには幸運が訪れると言われておる。対して銀狐族はその逆……災《わざわ》いをもたらすとか」

「……くだらないな」

「ああ、単なる風説にすぎん。ただ金狐族は魔法に長《た》け、身体能力も人間以上。対して銀狐族は魔法を使えず、あるのは金狐族と同等の身体能力のみ。そんな事情から生まれた噂なんじゃろう。金狐族をパーティに入れた方が得というのは、理に適《かな》っておる」

そういった事情から、銀狐族の冒険者は多くない。仮に銀狐族のみでパーティを組んでも、魔法が使えなければダンジョン攻略は不可能に等しいからだ。

と、そこまで言うとエウフェリアは、弱気な自分を消し飛ばすように頬《ほお》を叩いた。

「まぁわらわの身体能力は、その辺の金狐族と比べたら数段上じゃがな！　魔法が使えなくとも余りある力を有しておるわ！」

「それに根性もあるしな。お前ほどの負けず嫌いは見たことない」

「えふふっ、そうじゃろうそうじゃろう！」

褒められ慣れていないせいか、露骨《ろこつ》に嬉しそうな顔をするエウフェリアである。

「そういや、なんでエウフェリアは昨日、ここに来たんだ？」

ベルやピィレーヴェが尋ねても、ことごとく突っぱねてきたこの質問。エウフェリアは少し迷ったのち、答え始めた。

「……ベルと、おぬしのことが気になったんじゃ」

「ほう。それはまた、なぜ？」

「フィローシアンという金狐族を知っておるか？」

高虎が首を振ると、エウフェリアは「何も知らないんじゃな」と笑った。

「フィローシアンは金狐族でも随一《ずいいち》の魔法使いでな。幸運を運ぶ金狐族ということもあって、あらゆるパーティから勧誘されてきた。高慢ちきな女じゃがな」

「そいつが、ベルとなんの関係があるんだ？」

「フィローシアンは、ベルを口説《くど》いたことがあるんじゃ。ベルの仲間にならなってもいいと。当然受け入れられると思ったのじゃろう。じゃがベルは断った。意志と覚悟が足りないとな」

「はは。変わらないんだな、あいつは」

ベルがパーティの話をする時に必ず出てくる言葉、意志と覚悟。

自分と出逢う遙《はる》か前から彼女がそれを口にしていた事実に、高虎は笑みをこぼす。

「それからずっと、わらわはベルのことが気になってな。つまりはそれだけ、フィローシアンのことを意識していたからなんじゃろう」

その噂を聞いてからエウフェリアは、ベルというハーフエルフのことを知りたいと思い、素《す》性《じょう》を調べるようになった。ただし家の場所まで知っているにもかかわらず、ベルとはまともに話したこともなかったという。

「まぁ……話したからといって、どうなるということもあるまい」

ベルがなかなか仲間を増やさないことは知っていた。だからこそ突然高虎という謎の人間がパーティに加わった事実に、エウフェリアは他の冒険者たち以上に衝撃を受けた。

昨日エウフェリアがここを訪れたのは、その男がどんな人間か知るためだったのだ。

「つまりエウフェリアは、ベルの仲間になりたいってことだろ」

「む……」

ド直球で追及する高虎に気圧《けお》されつつも、エウフェリアは否定せず。高虎は続ける。

「ベルの性格を知っているのならわかるだろう。あいつは金色か銀色かなんて気にはしない。あいつが見るのはお前の本質だよ」

「意志と覚悟……」

「そう。だからお前の気持ちを正直にぶつけてみるといい。おそらくもうすぐ帰ってくる」

そうして高虎は伸びをし、目を閉じる。彼なりに言うべきことは全て言ったということだ。

エウフェリアはしばし沈黙。そしてふと呟いた。

「なんで出会って二日目の者に、ここまで話してしまったんじゃろうか……」

「ととのうとは、そういうことだ」

「それで全て納得すると思っているんじゃないか？」

すかさず返ってきた鋭い指摘《してき》に、高虎は思わず吹き出す。エウフェリアもまた、はにかむ。

最後にエウフェリアは、小さく小さく、消え入りそうな声で尋ねた。

「高虎は……わらわが仲間になってもいいと思うか？」

「ああ、お前はいいヤツだ」

「……えふふふっ！　やっぱりおぬし、わらわのこと大好きじゃな！」

エウフェリアは満足そうに歯を見せて笑い、足をパタパタとするのだった。

「えっ、エウフェリアの気持ちに気づいてなかったの⁉」

木材などの収集の帰り道、ピィレーヴェは仰《の》け反《ぞ》るほど驚嘆《きょうたん》する。それに対してベルは、何を言っているのかさっぱり、といった表情だ。

「いやいや……だってエウフェリア、いっつもべぅとかピィのことを見てたじゃん。仲間になりたそうにこっちを見てたじゃん」

「そうか？　私には敵視しているように見えたが」

「素直じゃない子なのは明らかじゃん。それに銀狐族だからっていう引け目のせいでグイグイ来れないのかもしれないし」

ピィレーヴェはエウフェリアの気持ちに、かなり前から気づいていたようだ。そして彼女の能力も把握していたがゆえ、折に触れパーティに加入させようとベルへ遠回しに打診してきた。

しかし鈍感《どんかん》なベルは、ピィレーヴェの打診もエウフェリアの気持ちも、何ひとつ理解していなかった。それにはピィレーヴェもドン引きである。

「はぁ……ピィとトァ、こんなのがリーダーで大丈夫かなぁ」

「なっ……失礼な！」

肩を引っ叩《ぱた》こうとするベルに対し、ピィレーヴェはノーモーションで防御《ぼうぎょ》魔法を発動。その衝撃は想像を超えるものだったようで、ベルは痛めた手のひらを大事そうにさする。

「くっ……そもそもだな、たとえ私が奴《やつ》の気持ちに気づいたとて、仲間にはしなかった」

「銀狐族だから？」

「あんな愚かな噂を真《ま》に受けるほど馬鹿ではない。優れた戦闘能力を持っていてもだな、精神が幼すぎるんだあいつは。素直になれるかどうかなど、子供だから許される問題だぞ。それに自己管理すらできないと、昨日自ら証明していたじゃないか」

目を回してサウナから運び出されたエウフェリアを思い出すピィレーヴェ。思わず「あー」と納得の声を漏《も》らしてしまう。

「ああいうのがいると輪《わ》が乱れる。０階層なら通用するかもしれないが、それより下はもっと過酷《かこく》になる。ダンジョンを攻略するためのパーティには、絶対的な信頼関係が必要なんだ」

断言するベルにピィレーヴェは「固いなぁ……」とボヤきながらも、否定はしない。

ベルがダンジョン攻略において、チームワークを一番に考えていることは、ピィレーヴェが誰よりも理解しているのだ。

「流石、あのフィローシアンの誘いを断っただけあるね」

「あいつはダメだろう。能力は高くても、いたずらに亀裂《きれつ》を生むタイプだ」

「そーね。ピィもあの子とはうまくやっていく自信なーい」

ベルの家が見えてきたところで、ピィレーヴェが話題を締めにかかる。

「それじゃ、やっぱエウフェリアはダメってことね？」

「ああ。まずなぜダンジョンに挑んでいるのか、その目的すらわからないしな」

「意志ってやつね」

「ああ。そしてたとえそれが望ましいものであっても、サウナでととのうことができなければパーティには入れられん」

「めっちゃアホみたいだけど、実は大事なんだよねぇソレ。ウチのパーティにおいては」

そうしてベルの家へ歩を進めていく中で、最初にそれに気づいたのはピィレーヴェだった。

彼女は「んー？」と目を細めて見たのち、声を弾ませる。

「あらあらー、なんであーなったんだろう？」

「ん、何がだ？」

「ほら見て。庭の椅子《いす》、トァともうひとりいるでしょ」

「……あれは」

ガーデンチェアで気持ち良さそうに寝ているのは、エウフェリアだ。

三セット目の外気浴中に、エウフェリアは眠ってしまったらしい。あまりに気持ち良さそうなので、起こすのは気が引けた高虎が毛布をかけてそのまま寝かせていたのだ。

ちなみに高虎も最終的には、そのまま入眠してしまったらしい。

暖かな日差しを浴びながら二人は、ベルの家の庭で気持ちよさげに昼寝していた。

「可愛《かわい》い二人だねぇ。それにしてもエウフェリア、なんでまたサウナに？」

「直接聞いてみよう。おい、二人とも起きろ」

ベルの呼びかけに、まず起きたのは高虎。寝ぼけまなこでベルとピィレーヴェを確認すると、

「おい来たぞー」と隣のエウフェリアを揺らす。

するとエウフェリアも「むみゃ……」と声を漏らしながら目を開ける。ベルとピィレーヴェの顔を見た途端、ピーンッと背筋が伸びた。

「お、おお……おかえり……」

「た、ただいま……？」

ぎこちなく挨拶《あいさつ》したエウフェリアと、怪訝《けげん》そうに返したベル。そんな二人をピィレーヴェは、必死に笑いをこらえながら眺めていた。

「エウフェリア……昨日の今日でどうした？」

「せ、雪辱を果たしに来たんじゃ！」

エウフェリアはフンフンッと鼻息荒く、サウナ小屋を指差す。そこへ高虎が捕足《ほそく》。

「昨日気絶させられたサウナに、仕返しがしたかったんだとさ」

「そ、そうか……それで、結果はどうなった？」

「勝ったぞ！　ちゃんと気持ち良くなれたんじゃ！」

大興奮で語るエウフェリア。隣の高虎も微笑《ほほえ》みながら、ベルに向かってひとつ頷く。

「すごいな、それは。昨日の辛い経験が邪魔しただろうに」

「高虎が勝ち方を教えてくれたのじゃ！　高虎はわらわのことが大好きじゃからな！」

「だっ……⁉」

最後の一言に、ベルは大いに動揺。エウフェリアと高虎を交互に見て、冷や汗を流す。だがなぜ自分が焦《あせ》っているかも理解できないらしく、困惑が困惑を呼ぶ妙な循環に陥《おちい》っていた。

そんなベルを見てピィレーヴェは、高揚した面持ちで「あら！　あちゃー！」とよくわからない声を発していた。

「まぁ要は、俺が体調などを細かくチェックしてやったってことだ」

「そ、そうなのか！　流石高虎、あのエウフェリアをととのわせるとはな！　わははは っ！」

何はともあれ無事にサウナを楽しめたらしいエウフェリア、そしてそのおかげで自信を取り戻した高虎。両者の晴れやかな表情を前にしたならば、ベルも自然と笑顔になる。

と、穏やかな空気になったのも束の間。エウフェリアは跳ね起きると、ベルの前に立った。

「ベル、わらわを仲間にしてくれんか？」

それには、パーティメンバーそれぞれ違った反応を見せる。

ベルは突然のことに混乱。ピィレーヴェは驚きつつも「直球だねぇ」と感心。そして高虎はそうなることがわかっていたかのように、それでもどこか呆れた顔で笑っていた。

「ピィレーヴェから聞いたぞ。近接戦闘を得意とする前衛《ぜんえい》が足りないと」

「あ、ああ……」

「わらわなら役に立てる！　肉弾戦だけなら金狐族にも負けない！」

ここまでグイグイ来られることはあまりないらしく、ベルは珍《めずら》しく言葉に詰まっていた。

「……エウフェリア、確かにお前の戦闘能力には一目置いている。精神的な部分も、成長したのか引き出されたのか……とにかくまぁ悪くない」

だがそれでも、ベルの信条は不動である。

「なればこそひとつ問う。エウフェリア、なぜお前はダンジョンに挑むんだ」

ベルが大切にする意志と覚悟。その前者を試す問いだ。

ただ、エウフェリアの中には確固たる答えがあるようだった。

「銀狐族の名誉のためじゃ」

「ほう……というと？」

「知っての通り銀狐族は、根も葉もない噂によって、いわれなき風評被害を受けている。中にはパーティ内で、ひどく冷遇されている同胞もいると聞く」

パーティに入れたら災いが訪れる、との噂。それは全ての冒険者の耳に届いているだろう。

エウフェリアは不安を握り潰《つぶ》すように、ギュッと拳《こぶし》を握った。

「だからそれを払拭《ふっしょく》するためにわらわは……わらわの入ったパーティを幸福にする必要がある。それはつまりダンジョンの最深部へと導くこと、あるいは秘宝を手にすることだ」

最後にエウフェリアはベルの手をとり、まっすぐな瞳で告げた。

「銀狐族のためにわらわは、最強のパーティに名を連ねる必要がある。だからわらわを仲間に入れてくれ。わらわがパーティを栄誉へと導く──絶対におぬしらを幸せにするから！」

それが、エウフェリアという冒険者を形作る意志だった。

プロポーズのような言葉にピィレーヴェは「あらあら」と頬に手を当てる。ただベルと目が合うと彼女は、大きく頷いた。高虎もまた、当然とばかりに首を縦《たて》に振る。

つい数分前、ベルが挙げていた仲間にしない理由をことごとく潰してみせたエウフェリア。

それにはベルも、観念する他ない。

「……ウチは規律を重んじる。勝手なことは許さないぞ、いいな？」

「んぇ⁉　おお、もちろんじゃ！」

「よし、ならば私たちは──お前をパーティに迎えよう、エウフェリア」

「え……ほ、本当か……⁉」

ベルは首肯《しゅこう》する。高虎とピィレーヴェはそれぞれ「よろしくな」「よろしくぅ」と一言。

エウフェリアは口をきゅっと閉じ、涙を堪える。そして震える声で高らかに叫ぶのだった。

「前衛は任せておけ！　わらわがおぬしらを守ってやるわい！」

正式にエウフェリアのパーティ入りが決まり、歓迎ムードが漂うサウナ小屋の前。そんな流れでピィレーヴェが、こんな提案をする。

「それじゃあ親睦《しんぼく》を深めるために、みんなでサウナに入ろうよ！」

「ああ、それはいいな」

「おお、いいぞ！　わらわも勝てるようになったからな！」

「エウフェリアは俺たちに合わせないで、自分のペースで入るんだぞ？」

「ああ、わかった！」

爽《さわ》やかな薫風《くんぷう》が吹く大草原の中、新たな仲間を加えた四人組のパーティは、揃《そろ》ってサウナ小屋へと入っていく。

それはまるで、絆《きずな》を確かめ合うような、珠玉《しゅぎょく》の時間であった——。


「——熱いかッ！　俺の熱波は熱いかベルッ⁉」

「あっ、あっ、あっ、アツゥイイイイッ！」

「俺はお前を火傷させるかもしれない！　その純白の肌に傷をつけてしまうかもしれない！　だが俺は後悔しない！　なぜならこれは、お前のためだからだッ！」

「アアアァアアッこぉい高虎ア、遠慮するなァッ！　火傷したとしても私は、お前から受けたその傷を誇りに、傷と共に生涯《しょうがい》を歩むッ！　だからもっと来いッ、私を傷つけてくれぇッ！」

絶叫が聞こえてくるサウナ小屋。

その外、ガーデンチェアに座るのは、ピィレーヴェとエウフェリアだ。

「んんぷはぁっ、ビールうみゃぁぁぁ！」

「…………………」

「それでねそれでね、０階層の東ブロックにあるトラップなんだけどね、初見ではみんな単純な落下ギミックだと勘違いするんだけど、本当は多重的な意味が組み込まれたすっごい複雑な魔法陣でね、この一見無秩序だけど繊細で官能《かんのう》的な術式が本当に……んんッ、あぁぁッ、インモラルなのッ……んぐんぐんぐ、ぷっはぁ！　ねえ聞いてるエウフェリア⁉」

　隣の酔っ払いからの激しいダンジョン創造主愛を説かれ、サウナ小屋の方から聞こえてくる変態カップルの叫び声を耳にするエウフェリア。

　虚《うつ》ろな瞳で、小さく呟くのだった。

「やべえパーティに入っちゃったんじゃな、わらわ……」

Chapter 3

3章 絆×サ活＝覚醒

ダンジョンの序開《じょびらき》、０階層の迷宮には多くの魔物が生息し、冒険者たちを襲《おそ》っている。

なぜ襲うのか。一説によれば倒した冒険者の魔力を吸い取っているのだとか。それゆえリスポーンした冒険者は、魔力が空《から》になっているのではないか、とのこと。

魔力は、人間や獣人《じゅうじん》なども含めた全《すべ》てのヒトが、その身に宿している。

だがそれを魔法として昇華《しょうか》できるのは、限られた者のみ。魔法は何者も拒《こば》まずと言い伝えられているが、駆使《くし》できるのはやはり才がある者、もしくは我慢《がまん》強く修練を重ねた者のみだ。

魔法を持たぬ者はこのダンジョンにおいて、体ひとつで魔物をなぎ倒すか、文字通り魔物の糧《かて》になるしかないのである。

「くそっ……鬱陶《うっとう》しいな」

乱暴に魔剣を振るうベルを嘲笑《あざわら》うかのように、その魔物の群れは俊敏に空を舞っていた。コウモリのような羽を持ち、爪《つめ》は長く鋭い。禍々《まがまが》しいその顔は、口が耳まで裂けている。

天井付近を飛び回る彼らを注視しながら、高虎《たかとら》は尋《たず》ねた。

「なんなんだ、こいつらは」

「ガーゴイルだよ！　滑空しながら爪で襲ってくるから注意して！」

「一体ならなんてことないが……群れで来られると目で追いきれないな」

ピィレーヴェとベルは魔法による遠距離攻撃で対応しているが、その予備動作から察知《さっち》しているのか、どれも難なく回避されている。

「間合いに入った瞬間、羽を斬《き》り落とすのがセオリーだが……なかなか隙《すき》を見せないな」

「ガーゴイルはゴブリンとかと比べて脳も発達しているらしいね。戦い慣れているというか、学習してる感じ。面倒《めんどう》だなぁ」

「おい来るぞ！」

ガーゴイルの一体が急降下、猛スピードで襲いかかってくる、が……。

「――シッ」

一陣の風が通ると、ガーゴイルは羽を失い地面に激突。「ギャアアアアア！」と喚《わめ》いた。

まだ動いている切断した羽を片手にエウフェリアは、ガーゴイルの首を短剣で斬り落とす。

「おお、確かに羽を刈《か》ってから倒す方が効率的じゃな」

羽を掲《かか》げて平然と一言。目にも留まらぬ攻撃に、一同は呆《ほう》けていた。

「エウフェリア……すごい！」

「よくやった！　さすが近接戦の実力者だ！」

「何をこれくらいで……シッ！」

耳がピクリと動いた直後、エウフェリアはその場で三メートルほど背面飛び。滑空して襲い来る別のガーゴイルの羽を刈り取った。

悲鳴を上げるその喉《のど》をひと突き。またもすんなり一体撃破した。

「さあ次はどいつじゃ！　怖くて降りて来れんかァ⁉」

同族のあっけない死に戸惑《とまど》うガーゴイルたちへ、エウフェリアは力強く叫んだ。

「いやぁ、これはとんでもない戦力を手に入れてしまったねぇ」

「ああ、想像以上だ。これが銀狐《ぎんこ》族……というよりエウフェリアの実力なんだな」

「それじゃピィとべゥは、敵をエウフェリアへ誘導していく形でいいね？」

「ああ。高虎は私たちの背後を守……高虎ッ！」

「え……」

ドッと、背中に衝撃を受ける。見下ろすと、自身の身体を三本の爪が貫通していた。

「ガフッ……！」

「高虎ッ！　くそ、背後から……貴様ァッ！」

高虎を突き刺したガーゴイルはベルの剣を避けて天井へ。その爪からは鮮血が滴《したた》り落ちる。

膝《ひざ》をつき力なく倒れかけた高虎を、ピィレーヴェが支えた。

「トァ大丈夫⁉」

「ピ、ピィレーヴェ……」

「あーこりゃダメだね」

「えっ」

ケロッと治療を諦《あきら》めたピィレーヴェは、即座に高虎の靴を脱がせ、服をまさぐる。

「何かアイテム持ってる？　あ、薬草と干し肉は預かっておくね。てか干し肉食べちゃお」

ピィレーヴェは干し肉をかじりながら、他のポケットの中なども確認する。

当然その行為には意味がある。ベルとエウフェリアが必死にガーゴイルと抗戦している中、ピィレーヴェは瀕死《ひんし》の高虎へ丁寧《ていねい》に説明する。

「素肌《すはだ》に身についているもの以外は、リスポーンすると消失しちゃうからね。だから剣はしっかり握っていてね。あと、靴も持っててね」

「お、おお……」

「ダンジョン初心者は靴のことを忘れがちで、リスポーン時になくしちゃうんだよー。裸足《はだし》で履《は》いてるならいいけどさ。でもそのおかげでこの島じゃ、服屋よりも靴屋が儲《もう》かるらしいよ。だからダンジョンの創造主さまは靴職人なんじゃないかってジョークもあってさー」

「あ、ああ……うう……」

背後でベルとエウフェリアがガーゴイルと死闘を繰り広げ、目前では身体《からだ》の三点から血を噴《ふ》き出している高虎が倒れている中、ピィレーヴェは絶対に今しなくてもいい世間《せけん》話をする。

意識が朦朧《もうろう》としてきた高虎は「嫌がらせか……？」と勘《かん》ぐったが、単にピィレーヴェの人格が破綻《はたん》しているだけであった。

「ピィ！　早くリスポーンさせてやれ！　ていうかこっちを手伝え！」

「あ、そっかごめんごめーん。それじゃトァ――いま楽にしてあげるね」

「えっ……」

「心配するな高虎！　ピィは比較的、気持ち良く殺してくれる！」

「高虎、わらわ帰ったらすぐサウナ入りたい！　準備しといてくれ！」

ピィレーヴェが手をかざすと、高虎のまぶたは自然と落ちていく。ベルとエウフェリアの声がかすかに聞こえたのが最後、高虎の意識は途絶《とだ》えた。


「――ん」

その目に映ったのは、見慣れたサウナ小屋の天井。

高虎はむくりと起き上がる。頭も身体も寝起きのような状態だ。

ふと、服をめくって上半身を確認。傷ひとつついていなかった。

ダンジョンで死に、精神が救済される場で目を覚ます。初体験のリスポーンは、聞いていた通りだが、それでも違和感が拭《ぬぐ》えなかった。

ただ安堵《あんど》したのも事実で、高虎は生を噛《か》みしめるように、長く深いため息をついた。

「サウナの準備するか」

＊＊＊

ベルたちが暮らすこの島、名をユニカという。

ダンジョンの発見に伴《ともな》い冒険者や旅人が多く集《つど》うようになった島で、ベルとその父のように大陸から移住してくる者も多い。

中心街は日夜あらゆる種族の者たちが行き来して賑《にぎ》わっている。武具屋や薬屋や宿屋を利用した冒険者たちは、ダンジョン資源を持って帰り、それらは島内外へと流通していく。

つまりこの不気味なダンジョンは、ユニカにとって心臓と言える重要機関なのであった。

そして島の血液の役割を果たす冒険者たちは、やはり酒場に集うもの。

ダンジョン探索を終えた者たちの慰労会《いろうかい》か、はたまたこれからダンジョンに潜る者たちの決起会か。夕刻の酒場では多種多様な種族の者たちが、樽《たる》ジョッキ片手に語らっていた。

その一角にて、四つの種族が入り混じるパーティが一組。

「ぷひぇ～！　やっぱダンジョンからのサ活からのビールは最高だねぇ！」

ビールを一気飲みし、ピィレーヴェはご機嫌な声を上げた。

「エウフェリア、肉ばかりでなく野菜も食べろよ」

「んあ？　ああ、気が向いたらの」

「気が向かずとも食べるんだ。ダンジョンを探索する体力を作るには、栄養の偏《かたよ》りは禁物だ。そもそも昨今の冒険者は食の意識が低すぎて……」

「高虎、その肉とってくれんか？」

「ん、ああほら。それとこの煮込み料理もうまいぞ。食ってみろ」

ベルはダンジョン探索における食の重要性を語り、エウフェリアは聞き流し、ピィレーヴェは我関せずで飲酒。個性が出る食卓にて、高虎は二つの意味で新鮮な料理を堪能《たんのう》していた。

「ベル、これは何の肉なんだ？」

「ん？　ああ、それは海獣《かいじゅう》の肉だ」

香ばしく焼けたその肉の食感は、牛や豚《ぶた》とも異なる、未知の弾力を感じさせる。

「海獣か……なるほどな。どうりで魚っぽくない味だと思った。地のものなのか？」

「ああそうだ。ユニカ近海には海流がぶつかる好漁場があってな。あらゆる海洋生物が獲《と》れるんだ。海獣も魚も絶品だろう？」

「ああ。香辛料も味わったことのないものばかりで、どの料理も美味《おい》しいよ」

「ビールに合う料理ばかりだよねぇ〜、にゃはは」

高虎もピィレーヴェと同様、ビールを片手に絶品料理を堪能する。ダンジョンに潜りサウナでととのった後だからこそ、より身体に染《し》み渡っていった。

「お肉といえばさ、冒険者なら一度は食べてみたいよね！　ドラゴンの肉！」

　ピクッと、エウフェリアの耳が動くのを高虎は見た。しかしエウフェリアは何か言うわけでもなく、黙々と食事を進めている。

「なかなか美味だとは聞くな。ただ魔物を食うのは、少し抵抗があるが……」

「ドラゴンってのは魔物なのか？」

「そーだよ。って言ってもダンジョンでもそう簡単に遭遇《そうぐう》しないし、遭遇したくもないけど」

　なぜだろう、と高虎が首を傾《かし》げると、ピィレーヴェは即答する。

「怖いからに決まってるじゃーん。オーガとかガーゴイルなんかよりずっと恐ろしいからね、ドラゴンは。できることなら一生会いたくなーい。でもお肉は食べたーい」

「強力な魔物ほど地下層にいるものでな。０階層ではまず遭遇することはない……と言いたいところだが、たまに聞くんだよな、０階層でのドラゴンの目撃談」

「怖いよねぇ。全滅させられたパーティが、そのトラウマでいくつも解散してるらしいよ」

　見たことも聞いたこともない魔物だが、覚えておくべきだろう。そう思い高虎は、ドラゴンという名前を頭の片隅《かたすみ》にしまった。

「ガーゴイルといえば、あの後はどうなったんだ？　倒せたんだよな？」

「ああ、なんとかな。ただ思いのほか時間がかかって大変だった」

　高虎がリスポーンする直前、残りのガーゴイルは四体だった。しかしそこからが長かったらしい。ベルがため息混じりに語る。

「残りの三体になってから急に消極的になってな。相手をする必要はないから、そのまま転移しようと思ったが……エウフェリアがそれを拒んでな」

「高虎の仇《かたき》を討《う》たねば気が済まなかったんじゃ！」

結局その後、残りの三体を倒すために苦慮したらしい。なかなかベルたちに近づいて来ず、かと思えば突然三方向から攻められる。アスリオスによって魔法は強化されているが、遠距離攻撃は察知され続け、といった具合で苦戦を強《し》いられたようだ。

「ベルが誤ってわらわの尻尾《しっぽ》に火をつけてな……ひどいと思わんか、高虎」

「そ、それは謝っただろう……エウフェリアの動きは独特で読めないんだ」

「にゃははー、これからちゃんと連携《れんけい》も強化していかないとねー」

そこでふとエウフェリアが、ベルとピィレーヴェを指差して指摘《してき》する。

「それよりお前ら魔法使いは飛べんのか？　飛べればもっと効果的に戦えただろうに」

「無理を言うな。魔法は万能《ばんのう》ではないんだぞ」

「浮遊魔法で浮くことはできるけど、推進《すいしん》力とか空中での制御《せいぎょ》を考えると、自由に飛ぶにはかなり複雑な術式を組まないとダメなんよ。ただ浮くだけじゃ、格好《かっこう》の的《まと》になるだけだし」

「とはいえダンジョンにはガーゴイル以外にも、飛行できる魔物は多いからな。その手の敵をどう対処するかは、課題のひとつだな」

「…………」

　ダンジョン攻略に向けた議論を白熱させている三人を、高虎はほんのり疎外感《そがい》を感じながらも、微笑《ほほえ》ましそうに眺《なが》めている。

　ただベルだけは、高虎のその様子に気づいたらしい。高虎の肩に優しく手を置く。

「高虎、その、なんだ……お前も頑張ってるよな」

「フォロー下手か」

「なんじゃそのやっすい慰《なぐさ》めは」

「二度とピィたちの肩に優しく手を置かないでね」

「な、なんだ!?　なんだと言うんだぁ!?」

　仲間たちからの大ブーイングに、パーティリーダーのベルは涙目で抗議していた。

　高虎が戦闘において三人より何段も落ちることは、本人を含めた全員が理解している。それでも誰も文句を言わないのはもちろん、高虎を想ってなどの甘い理由ではない。

　このパーティには本当に、高虎が必要だからだ。

「『人間は防具を売ってでもパーティに入れるべき』って格言があるくらいでね。エルフほど魔法が使えなくても、獣人ほど身体能力が高くなくても、人間は仲間に必要なんだ」

「ほう、それはまたなぜ？」

「人間にあって、エルフや獣人などにないもの。それは対話力と調整力だね」

ピィレーヴェは五杯目のビールを飲み干すと、ベルとエウフェリアを次々指差す。

「例《たと》えばエルフ。気高く賢明な種族だからこそ、自分の中の正しさを疑わず、あまつさえそれを他人に強要するきらいがある」

「むっ……」

「そして獣人、特に銀狐の子。仲間意識が強く純粋だけど、自分勝手でワガママで、思い通りにならないと飽きたり機嫌が悪くなるきらいがある」

「ぬぬっ……」

ズバッと言い切るピィレーヴェには、ベルとエウフェリアは一瞬反論しかけるも、最終的には呑《の》み込む。彼女の言う通りだからだ。

「ベルはハーフエルフだからそこまで色濃くは出てないけど、自覚あるでしょ。二人ともついさっきのやり取りにも表れてたもんね」

「……耳が痛いな」

肉だけでなく野菜も食べる必要性をつらつらと説くベルと、聞く耳をもたぬエウフェリア。教科書のような状況であった。

「他の種族も似たようなもので、クセの強い連中ばかりですわ」

ベルとエウフェリアはピィレーヴェをジト目で見つめながら「ノームもな」「ああ、ノームもそうだ」と口を揃《そろ》える。

「そんなのが集まったって絶対にうまくいかない。でもダンジョン攻略には、十人十色の能力を持つ多種多様な種族が必要。そこで、人間が活《い》きるわけですよ」

「あー、言わんとしていることがわかったよ」

「にゃはは。その理解力もまた、人間だね」

そう言ってピィレーヴェはビールを掲げる。高虎は苦笑しつつ樽ジョッキで乾杯《かんぱい》した。

「人間はピィたちみたいな面倒な種族の間を取り持つのが、すごくうまい。だから他種族混合パーティには重宝されるの。これまたついさっき、その性質がトァの行動に表れていたしね」

「む、そうか？」

「そんなところあったじゃろうか？」

「講釈を垂《た》れるベルに別の話を振ってエウフェリアを助けたり。肉しか食べないエウフェリアに、野菜の栄養が溶け込んだ煮込み料理をそれとなく勧《すす》めたり」

「「ッッ⁉」」

秘められた真実を知り、ベルとエウフェリアは雷《かみなり》に打たれたような反応をする。二人は顎《あご》をカタカタと揺らしながら、高虎に尊敬の眼差《まなざ》しを送っていた。

「……やめろ、そんな目を向けるな……」

「高虎お前、天才か……？」

「人間ってすごいんじゃな……」

「マジでやめろ、恥《は》ずかしい」

企業面接の際、オウムのように繰り返してきた『潤滑油《じゅんかつゆ》』という言葉。チーフという立場で上司や部下や外部との間を取り持ってきた高虎は、まさに潤滑油としての経験を積んできた。

それがまさか異世界の地で活かされるとは、就活時代の高虎は夢にも思わなかっただろう。

「もちろん人間の中にもクセが強い子とか、取り持つのが苦手な子もいるから、一概《いちがい》には言えないんだけどさ。トァだって、ある限定空間では普通じゃないからね」

その発言に高虎は、数秒考えたのち「あぁ」と理解する。

「確かにサウナに関しては、ちょっとこだわりが強いせいで、迷惑をかけているな」

エウフェリアとピィレーヴェは「ちょっと……？」と静かに戦慄《せんりつ》。ベルはというと、彼氏を褒《ほ》められた彼女のような顔で、満足そうに微笑《ほほえ》んでいた。

「まぁそれはそれとして……トァは現状でも十二分に、パーティメンバーとして活躍しているわけなのだ。そもそもトァがいなければ、エウフェリアも仲間になってなかっただろうしね」

「とはいえ、俺も弱いままではいられないな」

「トァは弱くないよ。元から肉体ができていたせいか、初心者とは思えないほど戦えているじゃん。ゴブリンくらいならもう余裕でしょ？」

手放しで褒められるものの、高虎は真摯《しんし》な表情を崩《くず》さない。

「ガーゴイルの時もそうだったが、相手が複数体となると途端《とたん》にキツくてな」

「大丈夫じゃ高虎！　わらわがおぬしの分も全て倒してやるわ！」

「今はまだ本格的なダンジョン侵攻へ向けた素材集め・資金集めの途中だから、その中で徐々《じょじょ》に慣れてくれればいいよーん」

ピィレーヴェやエウフェリアは、高虎の戦闘能力に関してはさして気にしていない様子だ。パーティでの役割分担がハッキリしているからこその見解だろう。パーティ内の関係維持《いじ》だけでなく、魔石の採掘《さいくつ》など男手が欲しい場面も多いのだ。

「………」

ただひとり、パーティリーダーのベルは、密《ひそ》かにその現状に懸念《けねん》を抱いていた。

＊＊＊

「ふっ、はぁっ！」

「はっ、なんの！」

ガーゴイルと一戦交えた日の翌朝、ベルと高虎は剣を交えていた。

訓練用の木剣が交差し合う音が、朝の草原に響く。互いに構えを確認するように、一振り一振りの軌道《きどう》を確認するように、模擬《もぎ》戦を繰り広げていた。

高虎はこの世界に来て毎日、このようにベルと共に剣術の訓練をしている。

それが高虎なりのダンジョンへ挑む覚悟、そして賢者《けんじゃ》の石を手に入れるための意志である。ベルはそれを尊重し、毎日付き合っているのだ。

「──よし、ここまでにするか」

「それじゃ俺は、最後に素振りを百回して終える」

「はは、流石《さすが》だな。それでは私はサウナの準備でもしようか」

ベルは手拭《てぬぐ》いで汗《あせ》を拭《ふ》きつつ、サウナ小屋へと向かう。

ふと、振り返るベル。一心に剣を振る高虎の背中を、ほんのり切《せつ》ない瞳《ひとみ》で見つめていた。

高虎は元来持つ勤勉さに加え、習慣化していた筋トレにより身体が出来上がっていたため、わずか数日の訓練でメキメキ上達。今では戦闘中に目を離していても心配はなくなった。

だがそれでも、ベルたちが高虎を助ける場面は多い。

今のままではガーゴイル戦の時のように、高虎ひとり離脱することが増えると予想される。

その一番の問題点を、ベルただひとりが感じ取っていた。

ベルは潤《うる》んだ瞳で高虎を見つめ、胸を押さえる。そして心の中で叫んだ。

「(私が高虎を助ける状況が続けば──サウナでのプレイに影響が出てしまうッ！)」

むしろベルにしか関係のない問題である。しかしベルにとっては死活問題であった。

ＳＭとは、実は非常に繊細《せんさい》な形で成り立っている。

ほんのちょっとした認識の差異、あるいは印象の変化で途端に瓦解《がかい》しかねず、わずかなノイズでもひとたび意識してしまえば、真の快楽から遠のいてしまうのだ。

例えば強権的に振る舞ってきた女王様が、小さな虫を前に生娘《きむすめ》のような悲鳴を上げては、縛《しば》り上げられている調教中のM男も失望の嘆息《たんそく》を禁じ得ないだろう。

それと同様の危惧《きぐ》が、ベルと高虎の間に発生しかけていた。

ベルはサウナにて高虎から肉体的かつ精神的な追い込み（無自覚）をかけられることで快楽を得て、飽くなき欲望を解放している。

それは高虎が優位に立っているからこそ際立つ行為であり、実生活において高虎が自身よりも劣るということを認めてしまえば、今までのような快楽は得られないかもしれない。

もちろんその逆転関係をこそ快楽に繋《つな》げる、昼夜のギャップによってさらなるエモーションを発生させることが可能なのは、言うまでもない。

しかしベルと高虎の関係は高虎のサウナマウント（無自覚）から始まったため、今から修正を施《ほどこ》すのは、少し時間がかかってしまうかもしれない。

「くうううう……！」

高虎は今でも十二分に努力をしている。そんなことはわかっている。

「（だが高虎が、私に匹敵《ひってき》するほど強くならなければ……サウナプレイがあんまり気持ち良くなってしまうかもしれない！）」

ベルの中で、欲にまみれたジレンマが駆け巡《めぐ》っていた。

高虎が素振りを終えると、二人は揃ってサウナへ。男女でサウナという珍《めずら》しい状況も、このサウナ小屋ではもはや何の変哲《へんてつ》もない光景になっていた。

薪《まき》が燃える音だけが響く中、高虎は自《みずか》らの腕をマッサージしながら汗を流す。

ベルはそんな高虎をチラチラと見ながら、なにか物欲しそうな表情だ。

「た、高虎……何かこう、いつもより大人しいが……どうかしたか？」

「ああ。今日はまぁ、ゆっくりしようと思ってな。いつもあんな調子じゃ疲れるだろう」

「そ、そうか……そうだな……」

サウナでの時間は本来静かに己《おのれ》と対話するためのものであり、沈黙こそがスタンダードだ。いつものように指示と叱咤《しった》と悲鳴が飛び交《か》うのが異常だとは、流石に高虎も理解している。だからこそ、たまにはゆっくり落ち着いたサウナも良いだろうと考えたのだ。

ただベルからすれば、少し物足りなかった。

「では……今日はロウリュやアウフグースも……？」

「ああ、なくてもいいだろう」

「ふぅん……」

寂《さび》しがる犬の鳴き声のような音が、ベルの口から漏《も》れた。

驚くべきことにベルにとってサウナは、ロジハラサウナーとの戦いの歴史でしかない。初めて入室した時から今日に至《いた》るまで、一度として落ち着いて入ったことがなかったのだ。

ここで初体験となる、静謐《せいひつ》なサウナ時間。

始めこそしっくりこない様子だったが、ととのってしまえば問題はなかったようだ。

「ふぅ……たまには良いな。こんな静かなサウナも」

三セット目の外気浴にて、ベルと高虎は普段よりもずっと穏《おだ》やかなととのいに達していた。

乱高下の激しいサウナプレイとは異なる、飾り気のないサウナもまた良しと、ベルの知識へ新たに刻《きざ》まれたのだった。

「魔石の問題があるから、おいそれとサウナを広めることはできないが……この心地良さを私たちだけで独《ひと》り占《じ》めするのは、なんとも罪深い気分だ」

「はは、そうだな」

「ただ、この島の者は性質上、サウナの良さを理解するのは難しいだろうがな」

「え、なんでだ？」

ベルは一口、水で喉《のど》を潤《うるお》すと、少し恥ずかしそうに話し出した。

「このユニカという島は少々居心地が良すぎてな。一年中陽気な気候で、土壌《どじょう》も良いのか農作物も育ちやすく海産物も豊富。その上ダンジョン資源によって景気も維持し続けている。長年飽食《ほうしょく》の時代が続いているわけだ」

「ああ、良い島だよなここは」

「だがこの島の環境は常《つね》に島民を満たし、欲望に忠実な性格を形成する。裏を返せば耐える、抗《あらが》うといった感情が希薄《きはく》なんだ。島民性というやつだな」

環境がヒトを作るのは、自然の摂理《せつり》だ。

このユニカという島の環境は、忍耐力を育てるには少々優しすぎるということだ。

「だからダンジョンにおいても、優秀な冒険者は外から来た者ばかりだ。ただ彼らもこの島に染まってくると、その野心や反骨心は薄まっていくらしいがな」

そんな島だからサウナは流行《はや》らないだろう、というのがベルの見解だ。

「そういえばベルもピィレーヴェもエウフェリアも、初見では相当な抵抗を示していたな」

「ああ、恥ずかしながらな。これでも元は島の騎士団に所属していたから、他の者と比べれば我慢強いと自負していたが……私もまだまだだったようだ」

ゆえに、この世界に突如《とつじょ》として現れたサウナという文化は、魔石の運用のためだけでなく、ベルたちの忍耐力を育てることにも一役買っているのだ。

「高虎の世界では、サウナは誰もが愛する存在なのだろう？」

「うーん……大衆浴場の多くに設置されているから、広く認知されてはいる。ただ家にサウナがあるのはかなり稀《まれ》な例だ。苦手な人も多いから、皆から愛されているとは言えないな」

「なんと、そうなのか。てっきり一家に一サウナあるものと思っていた。ではサウナが好きな者は、主に大衆浴場にて楽しむのだな」

「ああ、このサウナは狭い方でな。大きな大衆浴場ともなると、これの十倍以上は広いサウナもあるぞ。四、五十人は同時に入れるんだ」

「おおお！　それは壮観《そうかん》だな！」

目を輝かせるベルに、高虎は思わず笑みをこぼす。ベルが知っているサウナはこの納谷《なや》家の小屋だけ。かなり偏った知識と言えるのだ。

そこでまたベルの中にひとつ、疑問が生まれた。

「高虎は、なぜこれほどまでにサウナを愛しているんだ？」

「ん？　んー……」

高虎は空に浮かぶ薄い雲を眺めながら、しばし考察。

「ゆっくり時間をかけて何かを得る、己を高めるという行為が、性《しょう》に合っていたんだろうな」

高虎も一口、水分補給。故郷の空となんら変わらない異世界の空を見つめ、語り出す。

「短時間で手っ取り早く、欲しいものを得る手段が俺の世界では溢《あふ》れていてな。例えば学習や鍛錬《たんれん》、栄養補給などでもそうだ。それはそれでスゴいとは思う。ただ……そこにどれだけの価値があるのか、どれだけ自分の中に留まってくれるのかと、考えてしまうんだ」

あるいは信念のようなものを、自分の中で嚙み砕《くだ》くように、じっくりと話す高虎。

ベルはそれを、真剣な眼差しで聞き入っていた。

「それに対してゆっくりと時間をかけ、自分と向き合うようにして獲得するものは、そう簡単には離れない。そしてより正しい形で自分の身体や知識の一部になっていく。そこにこそ真の価値はあると俺は思っているんだ。あくまで俺個人の価値観だがな」

それは大学進学で上京し、四年間を東京で過ごしてきた高虎だからこその感性と言える。

そして何より、東京でのサウナとの出会いは、彼にとって大きな指針になったのだ。

「なるほどな、だからサウナか……」

ベルは高虎という人間が更《さら》に理解できた気がして、自然と頰《ほお》を緩《ゆる》ませてしまう。

「その考え方は、薬草と魔石による魔力の補給方法の違いにも似ているな」

「確かにな。まぁ何事にも我慢と忍耐、それと時間を伴った方が結果的には良いってことだ」

「ああ、そうだな……流石は高虎だ」

「む、何がだ？」

「ふふ、いやなんでもない」

上機嫌に笑うベル。その心の中は、清々《すがすが》しい風が吹いていた。

高虎が自分よりも劣れば、サウナでのプレイが気持ち良くなくなってしまうかもしれない。

そんな危惧《きぐ》を抱えていたベルだったが、今の会話でそれが杞憂《きゆう》だったことに気づいた。

「（なぜなら私は元より、高虎という人間を尊敬しているからだ！　そして尊敬すればこそ、高虎からの攻めで、私はちゃんと気持ち良くなれるのだ！）」

高虎が劣っているのは戦闘においてだけ。それ以外、特に内面においては高虎の方がずっと上回っている。酒場で知った対話力や調整力然《しか》り、自らを高みへと導く忍耐力然り。

ベルにとって高虎はすでに、敵《かな》わない相手だったのだ。そんな相手からの精神的・肉体的な攻めで、気持ち良くならないわけがないのだ。

「(それに高虎なら、ゆっくりと時間をかけて剣の道を極《きわ》めていくだろう。その途上で私なんかはきっと追い抜かされる。そうなれば、剣術までも私を上回れば……もっと気持ち良くなってしまうのではないか！　そうなれば私は、どうなってしまうのだろう！)」

「ベル、どうした？」

「ふううううんっ！　いや、なんでもないぞ高虎！」

未来を妄想《もうそう》してひとしきり満足し終えると、ベルは目を爛々《らんらん》とさせて告げた。

「はぁ、はぁ……私もゆっくりと時間をかけて、その時を待つぞ高虎……」

「よくわからないが、その時にはベルの求めるものが、想像以上の大きさで返ってくることを願っているよ」

「ふううううんっ！　そうだな！」

お望みのサウナプレイはなかったが、身も心も大いに満たされたベル。

いま彼女の目には、南の空で輝く太陽も、大草原に咲く色とりどりの花も、大空を駆ける鳥たちも、生きとし生ける全てが己の性癖《せいへき》を肯定しているように感じられた。幸せだったのだ。

「はっ――――！」

「どうしたベル」

「新たな魔術の応用術式を、着想した。これを発展させれば……」

そこまで言うとベルは即座に立ち上がり、慌《あわ》ただしく駆け出す。

「今すぐ書き起こさなければ！　すまん高虎、先に家に入ってるぞ！」

「あぁわかった。昼飯も俺が作っておこうか？」

「それは非常に助かる！　頼んだぞ高虎！」

そんな言葉を残し、バタバタと家の中に入っていったベル。

本棚から次々に本が落ちるような音が、外にまで響く。高虎はおかしそうに笑っていた。

高虎も立ち上がると、ゆっくりとした足取りで小川へ水を汲《く》みにいくのだった。


「む、ベルと高虎、二人でサウナに入っていたようじゃな」

「本当だね。二人で仲良く外気浴して、妬《や》けるねぇ」

「何が焼けるんじゃ？」

ベルの家に向かっていたピィレーヴェとエウフェリアは、遠くに見えるサウナ小屋の外で、ガーデンチェアに座る高虎とベルを見つけた。

しかしふと、ベルは突然立ち上がったと思うと、ドタドタと家の中へと入っていく。

「なんじゃ、いきなり家に戻って。喧嘩《けんか》でもしたのか？」

「いやそれはないよ。ベルの表情からして」

「そうなのか？　ならアレはどんな表情なんじゃ？」

「アレはね、変態がひとりで勝手に思い悩んだけど、最終的にこれまた勝手な変態的結論へと帰着して、変態的な未来を予想して悶《もだ》え愉《たの》しんだ表情だね」

「なんじゃその気色悪い感情の流れは！　てか、一目でそこまでわかるわけないじゃろ！」

「んふふ、どうかねぇ」

「えっ……」

冗談を言っているのか否《いな》か、窺《うかが》い知れないピィレーヴェの笑顔。

それを前にしたエウフェリアには、今のが冗談だと、自分たちのパーティリーダーがそんな変態ではないと、そう信じ込むことでしか唇《くちびる》の震えを止められなかった。

＊＊＊

「うーむむむ……今日はどれにしましょうかー」

中心街の一角、罇と瓶《びん》が数多く陳列《ちんれつ》されている店にて、ピィレーヴェは唸《うな》っていた。

「これ、全部酒か？」

酒飲み仲間の高虎は、それらをしげしげと見つめる。本日は荷物持ちに駆り出されていた。

ピィレーヴェは大きく頷《うなず》いて答える。

「ここはヴァポュエタウェジュサォレッズ専門の酒屋だよー」

「なんて？」

「ヴァポュエタウェジュサォレッズ」

何度聞いても覚えられない。発音など未来永劫《えいごう》できそうもない。

またも現れた言語の壁、ヴァポュエタウェジュサォレッズ。

二度目とあって高虎は、今度は早めに諦めた。

「無理だ、俺には一生言えない。どんな酒なんだ？」

「果実を発酵《はっこう》させて作るお酒だよ。そうだね、飲んだ方が早いね」

「何も言ってないが」

ピィレーヴェは店員に「すみませーん、試飲《しいん》しぃーん！」と要求。程なくして差し出されたグラスには、紫色の酒が注がれていた。

高虎はそれを舌《した》で転がす。想像から遠くない味だった。

「うん、いいな。酸味《さんみ》が強めだが」

「ふぅ……うふふーん、良い仕事してますねぇ。トァの世界にもこういうお酒あるの？」

「ああ、あるぞ。そんな変な名前じゃないが」

「何ていうのー？」

以下略。

「それじゃー今日からピィたちも、ワインって呼ぶね」

以降、ヴァポユエタウェジユサォレッズの通称は『ワイン』とする。

高虎に瓶の入った木箱を持たせ、ピィレーヴェは上機嫌にスキップしながら街をゆく。

「楽しみだね、サウナでととのった後にワインをクイっとさ！　汗をかいた後だからシュワシュワにして飲むのもアリだよね！」

「シュワシュワ？　どうやるんだ？」

「魔法で高い圧力をかけて空気を溶け込ませるの。そしたらあら不思議、ただのワインが発泡《はっぽう》しだすじゃありませんか。酒飲みには必須《ひっす》の魔術だよねぇ」

魔法使いにかかれば、ワインからスパークリングワインを作るのもお手の物らしい。

高虎は何やら二つ以上の感情が化合したような、複雑な表情で呟《つぶや》く。

「サウナ直後の飲酒はあまりよろしくはないんだが……まぁ抗えない時もある」

「んふふー、トァもお好きですねぇ」

サウナでととのうと味覚や嗅覚《きゆうかく》が研《と》ぎ澄《す》まされて、直後の食事がより美味《おい》しく感じられる。

無論それは飲酒でも同じことで、例えばワインを口にすれば、たちまち芳醇《ほうじゅん》な香りと味わいが全身を駆け巡り、ブドウの息づかいが聴こえてくるというものだ。

酒談議もそこそこに、高虎がそういえばと心に留まっていた事柄を思い出す。

「エウフェリアにはまだ言わなくていいのか？　魔石とサウナの関係について」

「あー、そうだねぇ……」

晴れて先日パーティに加わったエウフェリアだが、アスリオスをサウナストーンにしてとということで、魔力を増幅させる門外不出の手法については、まだ秘匿《ひとく》している。パーティリーダーのベルが禁じているのだ。

「まだ入ったばかりで完全には信用できないっていうベルの気持ちもわかるけど、一方で仲間外れにしたくないっていう高虎の気持ちもわかるよ」

「……わかっているなら言葉にしなくてもいい」

「んふふ、高虎はホント『人間』だね」

「またそれか……」

「ま、ここはベゥを立てましょうや。規律を重んじますからウチのリーダーは。今はまだ試用期間ってことで、もう少ししたら教えるんじゃないかな。まあ教えたところで、魔法を使えないエウフェリアには関係ないんだけどね」

高虎は小さく頷き、反論はしなかった。彼自身もベルの意思を理解しており、それほど疑問に思っているわけではないのだ。するとその流れでピィレーヴェが告げる。

「魔石とサウナの関係といえば……ピィもひとつ気になってることがあるんだよねぇ」

「そうなのか？」

「うん。でもこれはべぅの意見も聞きたいから、帰ってから言うね」

その後ピィレーヴェは「あ、お肉が安い！」と肉屋に突っ込んでいく。

ピィレーヴェの自宅はこの中心街にあるらしいが、サウナと出会った現在は、ほぼベルの家とダンジョン内の研究室を行き来するだけとなっていた。

そしてエウフェリアも、ヒマさえあればベルの家にやって来る。

事実上ベルの家やサウナ小屋は、パーティの拠点《きょてん》となっていた。


「持続時間の差？」

家に戻ると早速《さっそく》ピィレーヴェは、気になっていることを告白。ベルは外で洗濯物を干している最中だった。エウフェリアはまだ来ていない。

「そう。サウナでととのってからダンジョン、という流れでこれまで数回探索してきたけど、その全てでピィとべぅの、アスリオスの持続時間が違っていたの」

高虎とは裏腹《うらはら》に、ベルはそれに気づいていたらしい。補足を加える。

「具体的には、いつでも私の方が五分以上長かったな」

「そうなのか。サウナには一緒に入っているのに、不思議だな。種族によって変わるとか？」

「それはあるかもしれないが……ハーフエルフとノーム、潜在的に魔力の許容量や順応性が高いのは後者だ。そう考えると筋が合わない」

どうやらベルも気になっていたことらしい。高虎の服を丁寧に物干し紐《ひも》へ通しながら、難しい表情をする。高虎もまた話を聞きながら、反対側からベルの服を通していた。

ピィレーヴェは、ガーデンチェアに座って杖《つえ》の手入れをしつつ述べる。

「ただまぁ、思い当たる節はひとつあるんだけどねぇ」

「む、そうなのかピィ」

「うん。ピィとベゥの違い……それはサウナでの負荷《ふか》だね」

サウナでの負荷。つまりはどれだけ長く耐えているか、あるいはその苦痛の大きさ。

パーティ出陣前、皆でサウナに入ってはいるが、その入室時間はそれぞれ異なる。

言うまでもなく、ベルは厄介《やっかい》サウナー高虎の門下生であり、日々ロウリュやアウフグースで鍛《きた》えているため、当初よりも記録を伸ばし現在は七分を目安に入っている。

対してピィレーヴェは五分ほど。この差を指摘しているのだ。

「それに、ベゥにはトァの言葉責めっていう負荷（ご褒美《ほうび》）も加わってるからねぇ」

「言葉責め？」

「叱咤と言え！　気にするな高虎、ピィはすぐ変なこと言うからな！　変態だからな！」

自身の変態性を盾《たて》にされるのもそろそろムカついてきたピィレーヴェだが、この場では取り立てて追い詰めることは控《ひか》えた。

「ま、とにかくサウナでの負荷が高ければ高いほど、アスリオスの効果が持続するんじゃないかと考えてるってわーけ！」

ピィレーヴェの見解には説得力があり、ベルも否定しない。

するとひと通り話を聞いた高虎が、それならばと提案する。

「少しずつでも入室時間を増やしてみるのはどうだ？　ピィレーヴェもそろそろサウナに慣れてきただろうし」

「お、熱血サウナくんの割に、無難な提案だね。どんな心境の変化？」

「まぁ……エウフェリアの件で、流石にな……」

「まだトラウマになっているのか。なら引き続きその熱を、全て私に向ければいいだけだ！　わかったな高虎！」

「変態カップルのノロケは置いておいて、現実的にはトァの意見に賛成。なんだけど……今の時点でけっこう限界なんすよねー」

ピィレーヴェは頬杖《ほおづえ》をついてため息。髪の毛先をいじりながら唇を尖《とが》らせる。

それを聞いたベルは即座に反応。洗濯物の間から顔を出し、高虎よろしく叱咤する。

「自分で限界を決めてどうする！　私だって最初は四分で限界だったが、高虎の指導で……」

「はいはい、精神論は受け付けておりません。ピィは基本無理しない信条なのー。それに長く入りすぎるとさー、髪が乾燥して痛んじゃうじゃん？」

「冒険者が髪型など見た目を気にするな！」

「魔法使いにとって髪は大事でしょー」

本格的な口論に発展しかけたが、それよりも早く高虎が割って入る。

「髪はともかく、ピィレーヴェは俺たちよりも体が小さいからな。俺たちの基準で考えるのはよろしくないだろう」

「そ！　流石高虎は順応性が高いね！　エウフェリアぶっ倒れ事件を忘れてない！」

「軽いノリでほじくり返すな……」

「わらわが何じゃって？」

ひょこっとサウナ小屋の方から顔を出したエウフェリア。今日も遊びに来たらしい。

サウナの入室時間を伸ばしたいという話題を簡潔《かんけつ》に伝えると、エウフェリアはピィレーヴェの隣に座って苦い顔をする。

「わらわも無理に入って痛い目を見たからのう……あの時はなんというか、身体の方はまだ大丈夫だと思って油断してな。そしたら頭が先にのぼせてしまったんじゃ」

「あ、ちょっとわかるなそれ。身体よりも頭の方が先に限界を迎えるよね」

「……なるほど」

そこで高虎は思い出す。そんな悩みを解決するグッズが、元いた世界にはあったことを。

「なら、サウナハットを使うといい」

「サウナハット？　なにそれ」

「サウナに入る時に使う、こういう形の帽子でな」

高虎が地面にサウナハットの絵を描くと、三人揃って覗《のぞ》き込んだ。

「三角形なんじゃな」

「形はまぁ様々ある。要は耳まですっぽり被《かぶ》れる物なら良いんだ」

「これを被ると何が良いんじゃ？」

「頭を熱から守れるから、のぼせ防止になる。だからこれを被ることで、より長くサウナに入れるかもな。それに髪の乾燥を防ぐ目的もある」

「最高じゃん！　サウナハット最高じゃん！」

悩みを解決するこれ以上ない品に、ピィレーヴェは興奮《こうふん》。高虎の肩をペシペシと叩《たた》く。

「これはどんな素材でできているんだ？」

「確か羊毛……動物の毛だな。俺は持ってないから、よく知らないが……」

「持ってないのか？」

「あぁ、俺はのぼせも髪も気にしたことないからな」

ただ、のぼせやすく髪の乾燥にも抵抗があるピィレーヴェには必要な物だろう。高虎はサウナハットの情報をできる限り伝え、最後にこうまとめた。

「断熱性と保湿性の高い素材で、耳まですっぽり被れる形なら、何でもいいだろう。そういう帽子があればの話だが……」

「大丈夫！　これなら魔法ですぐに作れるよ！」

その発言には高虎とエウフェリアも「おおっ」と感嘆《かんたん》の声を上げる。

「ピィは魔法で服などを作るのが得意だからな。素材さえあればすぐにできる」

「そゆこと！　で、断熱性と保湿性の高い動物の毛といえば……」

それにはエウフェリアもピンときたらしい。すぐさまその名前を言った。

「ガバボザッヴか」

「ガ、ガバボザッヴ……？」

今度はかろうじて発音できた。

「ガバボザッヴの柔らかい毛なら、もってこいじゃろうな」

「そんな濁音《だくおん》しかないのに、柔らかいのか……」

「そうと決まったらガバボザッヴを狩《か》りに行こうよ！　近くの森にいるでしょ？」

「あぁ、よく見かける場所がある。私が案内しよう」

「わらわも行くぞ！　ガバボザッヴは美味《うま》いからよく狩るんじゃ！」

「食うのか……」

「そうそう！　ガバボザッヴの肉はワインに合って最高なんだよね！」

狩りに乗り気な女子三人。キャッキャとかしましくハシャぎながら、ガバボザッヴをどうハンティングするか話し合っていた。

そんな血の気の多い狩猟《しゅりょう》ガールズに、田舎者《いなかもの》とはいえ現代人の高虎は若干《じゃっかん》引いていた。

「大人数で行っても仕方ないだろう……俺はここに残って、掃除やら何やらしてるよ」

「そう？　それなら三人で行こっか」

「高虎の分のガバボザッヴは、わらわが獲ってきてやるからな！」

「この辺《あた》りにもたまに魔物が出るから。前にも出くわしたが、その時は無理するなよ高虎」

そう告げると、狩人《かりゅうど》女子の三人は意気揚々《ようよう》と森へ入っていった。


ひとり残った高虎は例によってサウナの掃除と点検。利用者が四人になり、ダンジョン探索のために使用機会も増えたからこそ、入念にチェックしていく。

作業がひと通り終了し、最後に小川で雑巾《ぞうきん》を洗う。

その時だ。高虎は違和感を覚える。視界の端に何か見える。何かが動いている。

それを目にした途端、高虎の手は自然と止まった。

「えっ……」

変な生き物がいた。目が合っていた。

「ひぃ～ん」

鳴いた。変な生き物が鳴いた。

小川の上流、高虎の目線の先にいたのは四足歩行の生き物。

クリクリの目にヌボーっとした顔立ち。顔や手足、尻尾は茶色の短い毛で覆《おお》われているが、首の下から尻《しり》にかけ、真っ白でモサモサの毛に包まれている。まるで巨大なわたあめから、茶色い顔と手足と尻尾が生《は》えているような容姿をしていた。

そんな妙ちきりんな生き物を前に、高虎は思わず呟く。

「……可愛《かわい》い」

納谷高虎三十歳。趣味はサウナと筋トレ。見た目も中身も男臭い高虎であるが意外や意外、可愛いものが好きという一面もある。様々な動物のぬいぐるみを自室に飾っているほどだ。

しかしこの世界に来てからというもの、可愛いものになど一切触れていない。

触れたものといえば血生臭《ちなまぐさ》いゴブリンや酒臭い酒場のおっさんたち。実はエウフェリアのモフモフな狐耳《きつねみみ》と尻尾に触りたくてたまらないのだが、ハラスメントが及ぼす組織内リスクに鑑《かんが》みて二の足を踏んでいるのが現状だ。

そんな可愛いもの欲求を持て余し続けていた高虎の前に、突如として現れた謎《なぞ》の生物。その常に涙を浮かべているような目と意味不明な造形が、高虎にとってはドストライクだった。

「ひぃ〜んひぃ〜ん」

「なっ……！」

そこでまさかの事態。なんとその生き物は、あろうことか高虎の方へ近づいてきた。

人懐《ひとなつ》っこいと考えるのが最も平和的だが、悲しきかなここは血と暴力がはびこる狂乱のダンジョンを有する島。高虎の中で危機感が芽生《めば》える。

「(可愛い見た目と人懐っこさで油断させ、俺を襲う気か……!?)」

この世界には、動物と魔物がいる。両者の最たる違いは、魔力が体を巡っているかどうか。そして魔力を持つ後者はおしなべて、ヒトを襲う性質がある。中には幻惑《げんわく》するなどしてヒトに近づく魔物もいる。だからどんな見た目でも油断するなと、高虎はベルから釘《くぎ》を刺されていた。

この生き物が動物か魔物か、高虎には判断ができない。

ゆえに安易に近づくのは得策《とくさく》ではない。よって高虎は警戒《けいかい》しつつ、少しずつ後退し――。

「ひぃ～ん」

「あぁ可愛いっ！」

無理だった。高虎はその抵抗不能の可愛さに陥落《かんらく》し、気づけば抱きしめていた。

「な、なんだこの毛はっ……お日様の匂《にお》いがする……っ！」

その生き物は、高虎の上半身をすっぽり隠すほどの毛量を蓄《たくわ》えていた。感触は極上《ごくじょう》の一言。高虎はまるで雲の上で寝ているような感覚に酔いしれていた。

「ひぃ～ん」

突如として抱きしめられながらも、その生き物はそんな鳴き声を上げるだけ。逃げるどころか密着する高虎の服をもひもひと甘噛《あまが》みしている。

元の世界において、犬には吠《ほ》えられ猫には逃げられてきた可哀想《かわいそう》な高虎。彼はいつでも可愛い存在と触れ合いたかったのだ。

そんな悲しき過去を持つ彼が出会ったのは、全てを受け止めてくれる生き物の存在。

高虎は、涙声で呟くのだった。

「俺がこの世界に来たのは、こいつと出会うためだったんだ……」

え、妹は？


「どうだ、うまいか小虎」

「ひぃ～ん」

その生き物を、高虎は『小虎《ことら》』と名付けた。出会って数分で自らの名前の一部を与える大盤振る舞いぶりも、致し方なし。高虎にとってそれは、運命の邂逅《かいこう》だったのだから。

存分《ぞんぶん》に触れ合って満足した高虎は、現在はエサを食べさせている。草食っぽい顔なので根菜《こんさい》を与えてみると、すぐさまパクパクしだした。

食事シーンを見つめながら高虎は、顔が溶けそうなほどデレデレになっていた。

「それにしても小虎、お前どこから来たんだ？　群れからはぐれたのか？」

「ひぃ～ん」

「家族のもとに帰らなくていいのか？」

「ひぃ～んひぃ～ん」

「そ、そんな目で見るなよ……」

その時高虎はすでに、小虎を飼うためベルをどう説得するかと頭を巡らせていた。今まで以上に掃除や洗濯を頑張るから。料理も覚えるから。毎日散歩をするから。あらゆるセールスポイントを脳内に並べ、プレゼンに備え始める高虎。

そんな時だ。衝撃の事態が高虎を襲う。

「な、なんだと……ッ⁉」

あろうことか小虎は食事を終えると、あぐらをかいて座る高虎の足を枕に、寝転んだのだ。そうして上目遣《うわめづか》いで高虎を見つめる。その瞳はウルウルとしていた。

「お、おまっ……あざとァァァァァ！」

可愛さとあざとさという電荷《でんか》が引き合い、高虎から放たれた閃光《せんこう》は雲を貫《つらぬ》き天を穿《うが》つ。それは、動物たちから嫌われてきた忌《い》まわしき過去さえも消し去る、天地開闢《かいびゃく》のような光だ。

高虎の太ももに顔を擦《こす》りつけ、気持ち良さそうな表情をする小虎。高虎がその頭を恐る恐る撫《な》でると、小虎は嬉《うれ》しそうに「ひぃ～ん」と鳴く。

「あ、もう死んでいい」

いまだかつてない幸福な時間を堪能する高虎は、新たにできたその大切な存在を優しく撫で続ける。彼にとってはそれほどまでに至福《しふく》の瞬間なのだ。

しかし――そんな二人だけの世界に、突如として暗雲が立ち込める。

それは、禍々しい唸り声を上げて近づいてきた。草原からこちらへ向かってくる影が三つ。とっさに高虎は剣を取った。

「ゴブリンッ……しかも三体！」

緑色の肌《はだ》をしたヒト型の魔物、ゴブリン。

この場で遭遇したのは二度目。ただ一度目は一体だった上に、こちらにはベルがいた。だが今この場にいるのは高虎と小虎のみ。

小虎は露骨《ろこつ》にゴブリンから距離を取って、震えている。高虎相手では決して見せなかった、怯《おび》えた様子。どうやらゴブリンを本能的に恐れているようだ。

ゴブリン三体は高虎の目の前まで来ると「家からお前と女の匂いがするぞコラ」「さては同《どう》棲《せい》中だなテメェコラ」「生き物まで飼ってアットホームな家庭築いてんなボケカスコラ」といった怒りでもって、牙《きば》を鳴らしていた。

「くっ……やるしかないか」

ベルやピィレーヴェ、エウフェリアほど高い戦闘能力は持っていないが、それでも剣の実力は上達中の高虎。ゴブリン一体であれば余裕で倒せるほどの力はある。

だが複数体を相手にするとなると緊張感が違う。少なくとも一対三という構図は初めてだ。

それでも、高虎には負けられない理由がある。

「ひぃ〜ん……」

「大丈夫だ小虎！　俺が守ってやる！」

守るべきものができた。それだけで人は強くなる。

背後には絶対に傷つけてはいけない存在がいる。小虎を守るため、高虎は剣を抜く。

「かかってこい俗物《ぞくぶつ》どもッ！　小虎には指一本触れさせないッ！」

三方向から襲い来るゴブリンの鋭い爪。剣で弾《はじ》き、蹴《け》りを浴びせて距離を取る。

ここはダンジョンではない。胸をひと突き、頭部を強打されれば終わり。命は尽きて生き返ることなどない。当然のことだ。

「ハァァッ！　オラァッ！」

そんな緊迫した場面でも高虎の動きはしなやかで、一振り一振りに魂《たましい》がこもっている。

自らの命よりも、尊《とうと》き小虎の命。そんな思いが彼の剣を躍動《やくどう》させた。

「オオオオオォッ！」

「ギャア……ッ！」

爪を弾くとすかさず袈裟《けさ》斬《ぎ》り。ゴブリンは甲高《かんだか》い悲鳴を上げながら倒れた。

「まずは一体ッ！　さあ次はどっちだ！」

ゴブリン二体は仲間がやられても萎縮《いしゅく》せず、いっそう激しく高虎に襲いかかる。

ただそこに連携《れんけい》はない。一体一体が好き勝手に動くのみ。

なればこそ、ゴブリン同士で予期せぬ接触が生じ、よろめく。その隙を逃さない。

「今だッ！」

ゴブリンは首を斬り落とされると、「ギャッ……」と短い悲鳴を上げて力なく倒れた。

残すは一体。高虎の集中力は途切れない。息も上がっていない。

あとは落ち着いて、この一体を倒すのみ。

「……え、うわっ！」

刹那《せつな》、高虎はくぼみに足をとられ、片膝をついてしまった。集中が極に達したからこそ、かえって足元が見えていなかったのだ。そのコンマ数秒の隙を、突かれてしまった。

「ギィイイイッ！」

ゴブリンは一気に距離を詰め、高虎を見下ろす。そしてその長い爪を、振り下ろす——。

「ひぃ～～～ん！」

「えっ……」

死を覚悟した直後、高虎の目に映ったのは、小虎がゴブリンに体当たりする光景。小虎の頭《ず》突《つ》きが勢いよく横腹に直撃すると、ゴブリンは「グゥッ」と呻《うめ》いて倒れた。

「こ、小虎ッ！」

「ひぃ～ん」

小虎はゴブリンから目を離さず、頭を上下させて威嚇《いかく》しているようだ。

小虎もまた、高虎という大切な存在を守るため、勇猛に立ち向かっているのだ。

「ギィィィイッ！」

ゴブリンは怒りくるった叫び声を上げ、小虎に襲いかかる。

しかし、それがゴブリンにとって最後の声となった。

「させるかァァァァッ！」

瞬時にゴブリンと小虎の間に入った高虎は、一閃《いっせん》。

「ギャッ……！」

まもなくゴブリンの体は、胴から真っ二つに裂けたのだった。

全てのゴブリンの死を確認した途端、高虎の顔から汗が噴き出す。息も突然荒くなり、膝から崩れ落ちた。そこでやっと、自身が死の瀬戸際《せとぎわ》に立っていたと気づいたのだ。

「ハァ、ハァ……危なかった……」

それでも、戦えた。ベルたちなしでゴブリン三体を倒せた。

ベルたちにとっては容易なことかもしれないが、高虎にとっては大きな経験値となった。

「小虎……無茶するなよ……」

「ひぃ～ん」

「でも、助かった……ありがとう……」

そうして高虎は戦友の小虎を抱きしめて人心地。小虎も抵抗せず、高虎のそばで寝転ぶ。

「流石に疲れたな……」

緊張感から一気に解放され、高虎はもはや立ち上がる気力すらなかった。そばにいた小虎の身体を枕にすると、突如として目蓋《まぶた》が重くなっていく。

「すまん小虎……ちょっとだけ、ちょっとだけこうさせてくれ……」

無重力のような感覚に陥《おちい》る、小虎のふわふわな体毛。それに包まれていると、みるみるうちに意識が遠のいていく。

それは、最高の夢を予感させる、極上の睡眠導入枕であった。


「――ん、んん……？」

どれだけ時間が経《た》っただろう。目を覚ますと、空は茜色《あかねいろ》に染まっていた。

即座に高虎は、異変に気づく。

「あれ……小虎……？」

密着していたはずの小虎はおらず。高虎はひとり眠っていた。

「おっ、起きたか高虎」

ベルは洗濯物を取り込んでいる最中だった。起き上がった高虎に優しい笑顔を見せる。

「よく寝ていたな。まぁ今日も気持ちの良い陽気だったしな」

「ベル……小虎は……？」

「うん？　何のことだ？」

不思議そうに首を傾げるベル。そこで「あ、そうだそうだ」と話題を変える。

「まさかお前もガバボザッヴを捕まえていたとはな。私たちでは一匹しか捕まえられなかったから、助かったぞ。まったく、エウフェリアが勝手に動き回ってな」

「……ちょっと待て、何の話……」

「でもお前のおかげで、全員分のサウナハットが作れそうだぞ。それに夕食の食材も……」

「ッッ⁉」

嫌な予感がした。

次の瞬間、どこかから小虎の声が聞こえた。高虎はすぐさま立ち上がり声のした方へ走る。

家の裏側、そこに広がっていた光景は──。

「ひぃ～～～～ん！」

「小虎ああああああああああああッッ！」

モフモフの白い毛をごっそり刈り尽くされ、縛りつけられている小虎。傍《かたわ》らには血まみれのエウフェリア。彼女は包丁片手に高虎へ満面の笑みを見せる。

「おお、起きたか高虎。少し待っておれ、今うまい肉を食わせてやる」

「やめてぇ！　小虎を放してぇ！」

高虎は慌てて間に入り、小虎を解放しようと試《こころ》みる。

するとその隣には──。

「キャアアアアアアアアアアアアアアアッッ！」

高虎が女の子のような悲鳴を上げるのも無理はない。そこにあったのは、すでにエウフェリアによって『肉』にされたガバボザッヴ、つまりは小虎の仲間だった。

「に、逃げろ小虎ッ！」

「ひぃ〜〜〜ん！」

「おい高虎！　何をしてるんじゃ！」

つるんつるんの変わり果てた姿になった小虎は、解放されると一目散《いちもくさん》に草原を駆け抜けていく。振り向かず、ひたすらにまっすぐ。

高虎はそれを見つめながら、ツーっと頬に涙を伝わせ、消え入るような声で呟くのだった。

「さようなら小虎……俺の友達……」

「何言っとんじゃい」

満天の星空へと、煙がモクモクと昇っていく。その時サウナ小屋の前は、脂《あぶら》が弾けるような音と、香ばしい匂いがしていた。

「本当に食べないのか、高虎？」

「……あぁ。俺はガバボザッヴだけは絶対に食べない」

ベルとピィレーヴェとエウフェリアが囲む焚火《たきび》では現在、骨のついたガバボザッヴの肉が焼

かれていた。三人は焼き上がった骨付き肉に、豪快にかじりつく。

「んん〜〜〜美味し〜〜〜い！　やっぱりガバボザッヴにはワインだよねぇ！　んぐんぐ！」

「どうじゃ、わらわの捌《さば》いたガバボザッヴは！　切り方で味も変わるからな！」

「ああ美味いな。これは力がつく」

　そしてそんな三人から少し離れたガーデンチェアにて、座ってワインを飲む高虎。その目は遠く、小虎の逃げていった方角を見つめていた。

「どうしたんじゃ高虎は。ガバボザッヴも一匹逃しおって」

「どうやらあのガバボザッヴを可愛がっていたようだ」

「異世界人のセンスって変わってるねー、ガバボザッヴを可愛いと思うなんてさ。しかもこんなに美味しい肉も食べないだなんてー」

　ガバボザッヴとは主に森に生息する動物だ。この世界では広く飼育されており、毛は衣類や紙に、皮はカバンや手袋に利用される上、肉は食用としても優《すぐ》れている。

　だが高虎にとってガバボザッヴは、小虎との出会いから、愛すべき存在となってしまった。

「そこまで可愛がっていたのなら、逃さなくても良かったんだぞ？　ガバボザッヴの一匹くらい、ここで放し飼いしても私は何も言わない」

「……だがお前らは、小虎を肉として見るだろ」

「まぁ非常食としては見るだろうな」

「……」

高虎は、肉が焼かれている焚火から目を背《そむ》ける。

めっちゃ良い匂いがするが、ひとり茹《ゆ》でた根菜をかじるのだった。

「そういえば、ガバボザッヴの毛でサウナハットを作ったんだけど、これで良いのかな？」

ピィレーヴェから手渡されたのは、真っ白で三角の帽子。高虎が被ってみると、耳まですっぽり隠れた。高虎がイメージしたサウナハットと大差ない形に仕上がっていた。

「うん、サイズもぴったりだね。みんなの分もあるから後で渡すね。エウフェリアとベルのはちゃんと耳の穴も開けたから」

「おお、それはありがたい！」

「それを被ってどれだけサウナの入室時間を伸ばせるか、明日試してみるか」

と、女子たちがガバボザッヴの肉にむしゃぶりつきながら会話する一方で、高虎は小虎の毛で作られたサウナハットに頰擦《ほおず》りし、またも一滴の涙を落とす。

「お前を感じるぞ小虎……これでずっと一緒だ……」

「その発言はなかなかに猟奇《りょうき》的だよ、トァ」

「そうだ、これに小虎の絵を描こう」

「なんでじゃ」

高虎が筆と染料を求めて家へ向かうと、ピィレーヴェが呼び止める。

「あ、待って。じゃあこれ使いなよ。筆もあるよ」

ピィレーヴェはポシェットから、赤い液体の入った瓶と筆を取り出した。

高虎は早速それらを使ってサウナハットに絵を描き始める。

「ピィとトァのは見た目は同じだから、目印《めじるし》として何か描くのは良いね。ピィのも後で何か描いておこうかな。べゥとエウフェリアのは穴が開いてるから、一目でわかるけど」

「わらわも描きたい！」

「はいはい。洗っても消えないように固定魔法を施すから、描き終わったらピィに渡してね」

「あの赤い染料では、水で落ちてしまうのか？」

「いや、あれ染料じゃなくてガバボザッヴの血だから」

「ふぐうぅぅぅっ！」

何とも言えない悲鳴を上げる高虎は、額《ひたい》を机にガンッとぶつけていた。

「ピィレーヴェ……お前は酷《ひど》い女じゃな」

「え、なんで？」

ピィレーヴェはガバボザッヴの肉をブチィッと嚙みちぎりながら、目を丸くしていた。

それでも何とか高虎は、サウナハットに小虎の絵を描ききった。

「よし、できた……小虎、達者《たっしゃ》で暮らせよ……」

自ら描いた絵を、そして小虎の去っていった方角を見つめ、高虎は小さく笑った。

「どれどれ。高虎、おぬし……」

エウフェリアは絵を覗き込み、真顔《まがお》で一言。

「絵、ヘタじゃな」

＊＊＊

「おい、アレを見ろ」

０階層の大広間にて。酒盛りをしている冒険者のひとりが指差したのは、これから大迷宮に入らんとする、ひと組のパーティだ。

「ん？　あぁベルのパーティか。謎の男が加わったって話だろ？　そんなもんとっくに……」

「いや違う。もうひとり加わっている」

「何……エウフェリア⁉」

ベルが率《ひき》いる一団には、銀色の髪をなびかせる銀狐族、エウフェリアの姿がある。その光景には他の冒険者たちも、大小さまざまな驚きを見せていた。

「驚いたな。能力は高いが、はねっかえりで制御不能な奴《やつ》だぞ。それを手懐《てなず》けたのか？」

「不吉な銀狐族だが……あくまで実力主義ということか。それにしても、長い間二人きりだったベルのパーティへ、立て続けに二人も加入とは。もしやこれも、あの男の仕業《しわざ》か……？」

「なるほど。オーガを無傷で倒せる実力のみならず、あのエウフェリアをも手懐ける交渉力《こうしょう》、あるいは人たらしの術を備えているということか……」

と、そんな冒険者たちの口コミは、直で高虎たちのもとまで聞こえていた。

「……なんか、みるみるうちに評価が高まっている気がするが……」

高虎は、非常に決まり悪そうな表情だ。

「にゃはは。ちなみに昨日聞いた噂《うわさ》では、高虎ひとりでオーガを倒したことになってたよ」

「勘弁《かんべん》してくれ……俺は足の小指を負傷させただけだぞ。しかも偶発的に」

「だがそれでオーガが怯《ひる》んだことで、私は魔剣を尻の穴に突き刺せたんだ。胸を張れ高虎」

「おぬしらそんな奇天烈《きてれつ》な戦術で、オーガを倒したのか……」

エウフェリアは辟易《へきえき》したのち、野次馬《やじうま》たちを見て眉間《みけん》にシワを寄せる。

「苛立《いらだ》たしいの。あやつら、まるでわらわが高虎たちに、調教されたかのように言いよって」

「気にするなエウフェリア。堂々としていれば、おのずと見る目も変わる」

「そうだよ。それに高虎に調教されているのは、他でもないパーティリーダー……いたっ」

「余計なことを言うなピィ！　ほら迷宮に入るぞ。エウフェリア、案内してくれ」

「おおわかった。おぬしら、わらわについてこいっ」

先頭に立ったエウフェリアは、ご機嫌な様子でベルたちを先導する。

本日のダンジョン探索もまた、いずれ行う本格的な侵攻へ向けた、アイテム集めが目的だ。

ただし今回の意中のアイテムは、これまでとは少し異なる。

ベルたちのお目当て、それはアスリオス以外の魔石である。

その発端《ほったん》は、昨日のエウフェリアの発言にあった。


昨晩ベルの家にて、パーティメンバー四人で夕食をとった後のことだ。ベルとピィレーヴェはそろそろ話すべきだろうと、エウフェリアにあの秘密を明かした。

「ほう……この魔石をサウナの中に入れると、魔力が増幅するのか」

エウフェリアはアスリオスを指でコロコロと転がす。

「そりゃ大発見じゃのう。魔石なんて、石ころ同然の扱いじゃったのに」

「そう。だからこのことは、絶対に他言無用だぞ」

「そうじゃな。このパーティだけが知っていることに、意味があるんじゃからな」

魔石とサウナの関係について話すとなると、明かす必要のある秘密がもうひとつ。

高虎の出自《しゅつじ》である。

エウフェリアからすれば、そちらの方が驚きだったらしい。口をあんぐりと開けていた。

「高虎おぬし……突然現れたと思ったら、本当に突然現れたんじゃな……」

「まぁそういうことだ」

「異世界人とは驚いたぞ……じゃが妹のためダンジョンに挑むというのは、高虎らしいな！

それを聞いたらなおのこと、わらわが高虎も妹も幸せにしてやらんとな！」

「おお、頼むぞ」

「えふふふっ、任せておけ！　わらわが高虎を守ってやるからな！」

　エウフェリアの表情は、困惑《こんわく》から一気に上機嫌へと様変《さまが》わり。笑い声を漏らし、愉快《ゆかい》そうにラルトエラツァイトを手で弄《もてあそ》ぶ。

「そうか、この魔石が高虎をここまで運んできたのか。ならばわらわもこれで、高虎の世界へ行けるのかな？」

　その何気ない発言に、ベルとピィレーヴェは数秒の間、無言で顔を突き合わせる。

「……そういえば、考えたことなかったな」

「望んだ場所へ行けるって本には書かれてあったけど……トァは望んだどころか、この世界の存在すら知らなかったんだよね？」

　高虎が首肯《しゅこう》すると、ベルとピィレーヴェは揃ってラルトエラツァイトから距離を取る。表情にはほんのりと恐怖の色が浮かんでいた。

「私たちが使ったら……どうなるんだろうな？」

「額面通りならピィは創造主さまのところへ行けるはずだけど……何かの間違いで、また別の異世界に飛ばされたりして……」

「……高虎以外が使うのは、控えた方が良さそうだな」

「そうだね……自分の力で創造主さまのもとへ行かないと、意味ないしね……」

ベルとピィレーヴェの冷静な決断にエウフェリアは「えーわらわ高虎の世界に行きたいー」と頬を膨《ふく》らませるのだった。

不思議な空気になったところで、魔石に関する話は幕を閉じるかと思われた。

しかし次の会話より、潮流が変わる。

「じゃからおぬしらは、アスリオスとかいうこの赤い魔石を集めておるのじゃな」

「ああ。だから今後、エウフェリアも見かけたら……」

「確かにダンジョンで見かける魔石は、赤色が一番多いなぁ。わらわは緑色とか桃色の魔石が好きじゃな。あれは惚《ほ》れ惚《ぼ》れする」

「……ん？　ちょっと待てエウフェリア」

ぬるっと重要そうな言葉が聞こえた。

ベルとピィレーヴェは目を細め、今一度エウフェリアの発言を脳内で反芻《はんすう》する。

「その言い方ではまるで、緑色や桃色の魔石を見たことあるかのようだが……」

「む？　あるが？」

「あ、あるの⁉　どこで⁉」

「緑色は西の区画にあるエルフの像のところ、桃色は慟哭《どうこく》の泉のある広間じゃが」

考える間もなくスルスルと答えたエウフェリアに、ベルとピィレーヴェはキョトンとする。

二人の代わりに高虎が尋ねた。

「なんでそんな、魔石の場所に詳《くわ》しいんだ」

「わらわ、魔石のキラキラが好きじゃからな。ツルハシを持ち歩くのが億劫じゃから採掘こそしていないが。生成場所を覚えていて、ダンジョンに潜るたびに観察しに行ってるぞ」

「あの危険なダンジョンで、そんなことしていたのか」

「ああ、ひとりでヒマじゃったからな」

ひどく悲しい理由をさも当然のように話すエウフェリアを前にすれば、高虎もただただ無言で頭を撫でる他ない。エウフェリアは「なんじゃ！　子供扱いとはナメられたもんじゃな！」と怒りながら、高虎の手のひらに頭突きしていた。

しかしそんなエウフェリアへ、今度はピィレーヴェが強烈に抱きつく。

「んふふふふふ、良い子良い子！　本当に良い子だねエゥは～！」

「んぼぁっ！　やめろピィレーヴェッ、乳がデカすぎて溺《おぼ》れるわ！」

「ほ、他の魔石の場所もわかるのか⁉」

「あ、ああ。大体は赤い魔石じゃが……緑と桃以外にもいくつかな」

「よし、私も抱きしめてやる！　来いエウフェリア！」

「いらんわい！」

このようにエウフェリアは、ダンジョンの魔石観察という趣味が幸いし、魔石の生成場所をいくつも把握《はあく》しているようだ。しかも頭に入っているのがアスリオスの生成場所だけでないとなれば、ベルたちの期待も余計に高まるというものだ。

「魔石の効果は種類によって本当に様々で、中には肉体強化とか特殊能力の一時的発現が叶《かな》う物もあるんだよ。だからモノによっては、トァとかエゥも恩恵を得られるかもね」

「おお、そうなのか！　てっきり魔法を使う者にしか、魔石の効果はないと思っておった！それは楽しみじゃな、高虎！」

「ああ。でもどの魔石にどんな効果があるのか、知る術《すべ》はあるのか？」

この問いにピィレーヴェは「もちろん」と言いながら、ポシェットから本を取り出す。見覚えのあるその本の表紙を確認し、思い出した。

それは、アスリオスやラルトエラツァイトについて参照した一冊だ。

「そうか、魔石の図鑑があったな」

「そ。大体の魔石はこれに載《の》ってるんじゃないかな。貴重な一冊だから大事にしないとね」

そう言いながらピィレーヴェは、魔石図鑑をポーンッと雑にポシェットへ放るのだった。

エウフェリアを先頭に、ベルのパーティは大迷宮を突き進む。生成場所を覚えていると豪語するだけあって、エウフェリアは迷いなく足を進めていた。

当然、ダンジョンの住民とも遭遇する。

「む、ゴブリンの群れじゃ」

　十メートル四方の広間で遭遇したのは、十体以上からなるゴブリンの一団。ベルのパーティを見かけるや否や高虎へ「三種族の女子とデートとはよりどりみどりだなコラァ⁉」「世界の全てを手にしたつもりかアホボケカスゥ！」との怒りの視線を向け、武器を構える。

「あーホブゴブリンもいるね。あれがいるとゴブリンたちの動きが戦術的に統率《とうそつ》されて、厄介なんだよねぇ」

　ピィレーヴェが指差したのは、ゴブリンたちの後方で構える一際《ひときわ》大きな個体。ホブゴブリンと呼ばれるその魔物は、冒険者から強奪したのか立派《りっぱ》な防具を身につけており、高虎を「お前だけはマジで殺す」といった嫉妬《しっと》剝《む》き出しの眼光で睨《にら》みつけている。

「サウナハットのおかげでアスリオスの持続時間は増えたけど、速《すみ》やかに突破するのに越したことはないよね」

　小虎たちから刈り取った毛で作ったサウナハットは、大いにパーティの役に立っていた。

　サウナハットを被ることでピィレーヴェはサウナ入室時間を一分以上も伸ばし、その負荷に比例してアスリオスの持続時間は十分以上も増加した他、魔法の威力《いりょく》も更に高まった。

　ただ、効果が有限なことに変わりはない。

「手早く片付けたいならホブゴブリンを先に狙《ねら》うのが定石だが、もちろんそう簡単ではない。向こうもそれだけは避けたいだろうからな」

「なら、わらわがあいつを仕留《しと》めてくるわ。わらわデカいの倒すの好きじゃ」

「なっ、待て！　無茶するなエウフェリア！」

ベルの声は届かず、エウフェリアは単身ゴブリンの群れへ突っ込んでいった。

「勝手な……死んでも知らないぞ」

「エゥにリスポーンされたら、今日来た意味がなくなるけどね」

「はっ、そうだった！　あいつ自分の役割をわかっているのか⁉」

と、焦《あせ》るベルの腕を高虎がグイッと引く。

「だが良い具合にかき乱してる。なら俺たちが補助してホブゴブリンへ近づけさせればいい」

「あ、ああそうだな！　私たちも前衛《ぜんえい》に回るから、援護は一人で頼むぞピィ！」

「りょうかーい」

不意打ちを受けて怯んでいたゴブリンたちだが、あっという間に陣形を整え、いつしかエウフェリアを取り囲んでいた。が、そこへベルと高虎も参戦。

三人で背中合わせになり、全方向から向かいくるゴブリンたちに相対《あいたい》する。

「エウフェリア、後で話があるぞ！」

「説教なら聞かんぞ。ベルは小うるさいの」

戦闘の最中だが、ベルとエウフェリアの間に刺々《とげとげ》しい雰囲気《ふんいき》が漂う。

高虎がフォローしようにも、彼は彼で目の前のゴブリン数体で手一杯だった。

「くっ……この！」

「トァー、何体か引き取るよー」

「いや大丈……うおおっ！」

返答する間もなく、ピィレーヴェの放った雷が、高虎の目の前にいた敵を一掃《いっそう》する。

「ごめーん、ここはさっさと切り抜けた方が良さそー」

「……ああ、そうだな。ありがとうピィレーヴェ」

「どういたまー」

そう言うピィレーヴェの杖が、徐々に強い光を放ち出す。詠唱《えいしょう》を終えるとピィレーヴェは、いつもと変わらぬ緩い口調で告げた。

「はいエゥー、三歩下がってー」

「む……うおおおおおッ⁉」

直後、エウフェリアの目前で地面が爆裂。ゴブリンたちが悲鳴を上げて吹き飛んだ。

「ピィレーヴェおぬしなぁッ！」

「下がってって言ったじゃん」

「口調と行動の温度差がエグいんじゃ！　腹から声出さんかい！」

「でもほら、前見て」

エウフェリアの前方には一直線に、ホブゴブリンまでの道ができていた。それにはエウフェリアも文句を呑《の》み込むしかない。

「お膳《ぜん》立ては済んだよーん」

「ったく、仕方ないの！」

エウフェリアは悪態《あくたい》をつきながらも駆け出す。向かうは巨大な棍棒《こんぼう》を振りかぶる、エウフェリアより二メートル以上は大きなホブゴブリン。

それでも、決着までは五秒もかからなかった。


「エウフェリア、前衛であるお前は比較的自由な立場だ。しかしだからこそ、締めるところは締めろ。自分勝手に動きすぎるな。一人での戦いと、集団での戦いは違うんだ」

ゴブリンたちとの戦闘を終えたベルたちは引き続き、魔石があるとされる地点へ進む。その道中、ベルはエウフェリアに、先ほどの戦闘について一喝《いっかつ》入れていた。

こんなお説教にはエウフェリアも、「むう……」と鼻を膨らませて面倒くさそうな表情。

「エウフェリア、お前はもう一人じゃないんだろ？」

ただそんな高虎の声が届くと、エウフェリアは耳をピクッと動かし、その目を見つめる。

「頼ることと、頼られることに慣れろ」

「む……」

「お前が俺たちを幸せにするんだろ？」

「……えふふ、仕方ないの！」

エウフェリアは嬉しそうにそう答え、高虎の肩を小突《こづ》く。そんな光景を見てピィレーヴェは微笑ましそうに呟くのだった。

「いいパーティに入ったね、エゥ」

しばし進んで行くと、四人は最初の目的地に到着した。

「あったぞ、エルフの像じゃ」

エルフ像が中央に鎮座《ちんざ》する広間だ。像以外には特に変わったものはなく、ほとんどの冒険者からしたら、単なる休憩《きゅうけい》地点でしかないこの空間。だがそこに、意中の魔石はあった。

「ほらこれ、緑の魔石じゃ」

壁からうっすら輝きを放つ緑色の魔石。話に聞いた通りだった。

早速高虎がツルハシを駆使し、丁寧に採掘していく。すでに十以上のアスリオスをその手で獲ってきた経験もあり、スムーズに採掘に成功した。

緑色の魔石を手に、ピィレーヴェはうっとりと眺める。

「わー本当に緑色だー」

「これをサウナストーンにしてととのうと、どんな効果があるんだろうな」

「帰ったらまとめて図鑑で調べよ。それじゃ回収ー」

魔石をポシェットに放り込み、ひとまず最初の目的は達成した。

ただエウフェリアが知っている魔石の生成場所は、まだまだある。ベルの父が生前に作成したという大迷宮の地図を広げ、四人で覗き込んだ。

「こんな広いのか、このダンジョンは」

「そーなんだよ。このどこかに地下一階層への道が、あるらしいんだけどねぇ」

「桃色の魔石があるのはココじゃ。それとココとココ、ココにも別の色のがあったはずじゃ。その通り道であるココら辺には、赤い魔石がいっぱいあったぞ」

「なるほど。ならばアスリオスの残り時間を考え、今からこちら方面へ進んで二カ所で回収。一度家に戻って休憩し、再びアスリオスで魔力を増幅したのちにもう一度ダンジョンへ入る。そしてココを経由し、最後に桃色の魔石を回収しよう」

ベルの説明にピィレーヴェは「えー、二日に分けようよー」とぶーたれる。だがベルはそれを即却下した。

理由は二つ。万が一にも他の誰かに魔石を回収されることを避けたいのが、ひとつ。

そしてもうひとつ。先ほどの戦闘にて、あまり息が合わず連携が不十分だと判明したため、多少無理してでも戦闘経験を積みたいという。

ベルがリーダーであるこのパーティは、どちらかといえばスパルタな気質があった。

「リーダーにアレな性癖があると、パーティはこうなるんだなぁ……」

「違うわ！　こちとら毎日満たされとるわ！」

「何を大声で言ってるのこの子……」

呆れるピィレーヴェに対して、高虎は何のことかと首を傾げるのだった。

そうして改めて、本日の探索計画がまとまったところで出発する。

ひとりでフラフラとダンジョン巡りを続けていたこともあり、エウフェリアの土地勘《とちかん》は優れていた。なのでほぼ迷わず、目的の場所まで辿《たど》り着く。

二カ所で魔石を回収すると、予定通り一度ベルの家へ帰還《きかん》した。

「なぜあと一分我慢できなかった。なぜ目先の快楽を求めた。あとたった一分でお前はネクストステージに行けたと言うのに。お前には失望した。二度と俺のサウナに足を踏み入れるな」

「ふぅん……」

「それが嫌なら、罰《ばつ》としてアウフグースだ。熱波を食らう覚悟があるならついてこい」

「ふぅぅぅんッ！」

おのおの自分に合った方法で、心も体もリフレッシュ。

再びアスリオスで魔力を最大限まで増幅し、四人揃ってダンジョンで魔石の回収へ向かう。

もちろん道中何度か魔物とエンカウントしたが、少数のゴブリンやコボルトといった比較的弱い相手であったため、ぎこちないながらも連携して突破。滞《とどこお》りなく魔石を採掘していった。

しかし、難所は最後の最後に待っていた。

「……面倒だな」

ベルはその光景を見て、顔をしかめた。

桃色の魔石がある広間。その目印である泉にて、見覚えがある魔物がたむろしていた。

忘れたくても忘れられないその名を、高虎が呟く。

「……ガーゴイルか」

つい先日、高虎がこのダンジョンにおける『死』を初めて与えられた魔物だ。

その数六体。前回よりも多く、並の冒険者では即座に退避《たいひ》するような状況だった。

「魔物もピィたちと同様に、水場を必要としているからね。泉とか水路のある場所は、魔物に遭遇しやすいの。さらにここは0階層でも奥まった場所だから、より多く出現する」

「そんな事情からつけられた名前が『慟哭の泉』ってわけじゃな」

「さて、どうするか……アスリオスの効果も残り五分ほどだが……」

ガーゴイルたちはまだこちらに気づいていない。ゆえにこのまま退避することもできる。

全滅、それすなわち所持品の消失。ここまで回収してきた魔石をロストする危険と、桃色の魔石を天秤《てんびん》にかけ、どちらを取るべきかここで判断しなければならない。

パーティリーダーのベルは仲間たちの顔色を窺《うかが》い、それぞれの心を確認する。

ピィレーヴェはどちらでもどーぞ、と判断を委《ゆだ》ねる。エウフェリアはやはり好戦的で、今にも飛び出しそうな勢い。そして高虎は――。

「やろう。戦おう」

即答だった。ベルたちはキョトンとする。

「嫌なイメージを払拭《ふっしょく》したい。だから力を貸してほしい、すまん」

それは桃色の魔石など関係ない、自分本位な願いと、小さな謝罪。

そのあまりにも珍しい言動に、仲間たちは思わず笑みをこぼしてしまった。

「んふふ、正直でよろしい」

「スカしておったが、やっぱり悔《くや》しかったんじゃな」

「……まぁな」

仲間たちに助けられてばかり。時には足を引っ張り、役立つことといえばパーティ内の関係の調整くらい。たった三体のゴブリンを前にしても、小虎に助けられなければ勝てなかった。

この世界に来るまで、自分の中にまだこんな感情が残っているなど気づかなかった。

『人間』とはいえ、大人とはいえ、悔しいものは悔しいのだ。

我慢が得意な高虎でも、もはや限界だった。

「初めての『死』をもたらした魔物には、多くの冒険者がしばらく尻込《しりご》みするものだ。しかし高虎は、そうではないんだな」

そんなベルの問いかけに、高虎は少し考えてから回答。

「……いや、足が震えている。だがお前らがいるなら戦える」

「なんじゃそら」

「この前だって、ピィたちいたのにね」

「まぁなんだ、私たちを信頼してくれているということだ」

いまだに連携は拙《つたな》く、戦いの中でいがみ合うこともある。そんなパーティと、前よりも数が多いガーゴイルの群れ。とても楽観視できぬ組み合わせだが、理屈ではないのだ。

パーティ内の調整役、潤滑油たるべき『人間』による『人間』らしくない意志。

それがむしろ、全員の熱を高めていく。まるでサウナストーンに水をかけた時のように、パーティ内がひりつくような熱を帯びていく。

ゆえにその時、初めて全員の中で共通の意識が生まれた。

魔石のためでなく、単に勝つためでもない。高虎を勝たせるために戦うのだと。

なぜならこのパーティは――高虎なしでは成り立たなかったのだから。

「よし、やるぞ。陣形はいつも通りだ」

「ガーゴイルは飛んでくる上に攻撃が不規則だから、全員が全員の目にならなきゃね」

「わらわが全部倒してしまったらすまんな、高虎」

「ああ、それでもいいさ。全員で勝てればな」

そうして四人は、六体のガーゴイルへ向け、駆け出した。

察知したガーゴイルたちはすぐさま羽を広げ、地面を離れる。四人に対する威嚇の声が何重にも重なり、超音波のように響いた。

「ピイ！　まずはヤツらを散らせ！」

「りょーかい！　んんんドカ――――ンッ！」

ピィレーヴェが唱《とな》えたのは、爆裂魔法だった。

目前で爆発が起こるとガーゴイルたちは、散り散りに広がる。すると壁際に退避した一体のガーゴイルを、銀色の風が襲う。

「――シィッ！」

「ギャアッ！」

エウフェリアは壁を蹴《は》って三角跳《と》び、からのハイキックでガーゴイルを地に落とす。そして瞬時に小剣で首を刎ねた。

「まずは一匹じゃ！」

「羽を斬り落とすまでもないかー。さすがカッコいいねぇ、ウチの前衛ちゃん――はッ！」

おしゃべりしていてもピィレーヴェに隙はない。真横から襲い来るガーゴイルの鋭利《えいり》な爪を防御魔法で弾き、間もなく詠唱。

「カッキ――――ンっと！」

「ギッ――」

繰り出したのは氷結魔法だ。ガーゴイルは悲鳴をあげる間もなく凍《こお》りつき、地面へと落下。

次いで「えい」と小さめの爆裂魔法を唱えると、冷やしガーゴイルは粉々《こなごな》に砕けた。

「うおっ寒……ピィレーヴェの魔法か」

「そーだよ。瞬間冷却で一気にキーンッですわ。トァも暑い時は言ってね、冷やしてあげる」

「凍らないか、それ……」

「大丈夫大丈夫、ちょうどいい温度に調節してあげるってー」

雷に炎に爆炎に氷結。自由自在なピィレーヴェの魔法に、高虎は感心しっぱなしであった。

「さて、これで残り四体か」

「いや――」

ベルの間合いには、今まさに滑空して襲いかからんとする一体のガーゴイル。しかしスルリと避けた時にはもう、ガーゴイルの羽は斬り落とされていた。

ベルは、最も正攻法と言えるガーゴイルの倒し方を、体現してみせた。

「残り二体だ」

ザクッと、剣を地面に突き刺すようにして、首を落としたベル。しかもその足元には、すでに倒したらしいガーゴイルの亡骸《なきがら》もあった。

あっという間に四体が倒れたものの、残りのガーゴイル二体はまるで萎縮せず、むしろ怒りくるったように飛び回る。

するとその一体が、高虎へ向け突っ込んできた。

「高虎ッ、来てるぞ！」

「ふぅー……」

ベルの呼びかけにも返事をせず、息を整え、肩の力を抜く高虎。

一直線に突っ込んでくるガーゴイル。十分に引きつけ、そして――。

「――ハァッ！」

半身《はんみ》でかわし、一閃。

「ギャアッ！」

ベルやエウフェリアほど、綺麗《きれい》に根元から斬れたわけでない。

しかし確かに高虎は、ガーゴイルの羽を裂いて地に落とすことに成功した。

「よくやったぞ高――危ないッ！」

「ッ！」

刹那、安堵する高虎へ猛スピードで迫る、もう一体のガーゴイル。鋭い爪が背中を狙う。

ベルとエウフェリアはもう間に入れない。ピィレーヴェの詠唱も間に合わない。

三人の脳裏《のうり》に蘇《よみがえ》る、ガーゴイルに背中を突き刺された高虎の無惨《むざん》な姿。また同じことを繰り返してしまうと誰もが思った。

しかし高虎は――。

「ふんんんッ！」

つい先ほど地に落としたガーゴイルの首根っこを摑《つか》み上げ、とっさに盾にした。

すると鋭い爪はガーゴイルの胴体を貫通、高虎の眼前五センチまで迫るも届かず。

そして高虎は今一度、剣を振りかぶる。

「ギャアアアアッ！」

悲鳴はふたつ。重なり合っていたガーゴイル二体を、同時に突き刺したのだ。

「す、すごい！」

「二体とも串刺しにしたぞ！」

高虎は、二体が刺さった剣を両手で強引に持ち上げる。

隆起する僧帽筋《そうぼうきん》。躍動する上腕二頭筋《じょうわんにとうきん》。粘《ねば》り支える内転筋《ないてんきん》。

全身の筋肉を使い、勢いよく振り上げ――。

「オラアアアアアアアアアアアアッッ！」

地面へと豪快に叩きつけた。

頭から地面に衝突したガーゴイル二体。両者とも体に大きな風穴《かざあな》が開いており、もはや微動だにしなかった。完全なる高虎の勝利である。

「よくやったぞ高虎ッ！」

「トァすごいっ！　力持ちだねーっ！」

「これで嫌なイメージは払拭できたじゃろ！」

「あぁ、よかった……」

こうして四人は見事に厄介な魔物、ガーゴイル六体の討伐《とうばつ》に成功した。

「やったやった、うまくいったねー！　ピィたちの勝利だ！」

「ああ、エウフェリアもよかったぞ。道中、いい連携もできたしな」

ベルのまっすぐな言葉に、エウフェリアは口をつぐむ。ストレートな言葉には弱いらしい。

エウフェリアは頬を掻《か》きながら、ボソボソと呟いた。

「まぁ、わらわも思いのほか――」

「ハッ……エウフェリア危ないッ！」

「え……」

その時、エウフェリアに迫るガーゴイルの存在に気づいたのは、ベルだけだった。

「ぐっ……あああああッ！」

背後から強襲《きょうしゅう》したガーゴイル二体の爪は、それぞれベルの腕と脚に突き刺さった。とっさに甲冑《かっちゅう》を避け、露出《ろしゅつ》した部分を狙ったのだ。

「ベルッ！　このっ……！」

高虎が迫ると、ガーゴイル二体は嘲笑うような鳴き声を上げて離れる。

見ればその他に六体、計八体のガーゴイルが新たに出現していた。

「まだいやがったのか……しかもさっきよりも多い……っ！」

「ガーゴイルたちが仲間を呼んだんだね……これだから慟哭の泉は……。ベル大丈夫？」

「あ、ああ……急所は避けたから、ただちに死ぬわけじゃ……ぐぅぅ！」

「出血がひどい……トァとエゥ、あいつらをこっちに近づけさせないでね！」

ピィレーヴェは治療魔法の詠唱を始める。

エウフェリアはガーゴイルに目を向けたまま、ベルへ叫んだ。

「ベル！　なぜわらわを庇《かば》った！」

「ぐっ……この状況を打開するのに欠かせないのは、前衛のお前だからだ……」

「むっ……」

「それに私には甲冑があるから、爪を弾けるかと思ったんだがな……途中で軌道を変えて露出した部分を狙われた……ぐあああッ！　ふぅぅぅぅんっ！」

「ベル大丈夫か!?　くそっ、辛《つら》そうな声だ……」

「いや、これ半分興奮してるから」

腕と足から血を垂れ流すベルの顔は、苦痛と快楽が入り混じる。最近複雑なプレイを重ねてきたがゆえ、原点回帰とも言えるシンプルな痛みには、むしろ新鮮さを覚えていた。

「……まさかそのために、わらわを庇ったんじゃないじゃろうな……」

一抹《いちまつ》の不安が、エウフェリアの胸をよぎるのだった。

ベルは愉悦《ゆえつ》に浸《ひた》っているが、状況は最悪である。

魔石探索の終盤、それもガーゴイル六体を退けた後とあってパーティは疲弊《ひへい》しきっている。

その上、大きな戦力であるベルを欠いてしまった。

その状態で、また新たなガーゴイル八体と渡り合えるかどうか。

高虎が代表して提案する。

「退避しよう。流石にここまでだろう」

「そうだね。桃色の魔石は回収できなかったけど、ここで全滅して、これまで採《と》ってきた魔石を失《な》くすくらいなら、ダンジョン外へ転移した方がいいかも」

冷静な見解を述べる高虎とピィレーヴェ。普段なら逃げることを嫌がるエウフェリアだが、チラリとベルを見たのち、抗う言葉を呑み込んだ。

しかし、パーティリーダーがその提案を退ける。

「いや……まだだ」

痛みで呻きながらも、ベルははっきりとそう告げた。

常にパーティ全体のことを考えてきたベルらしからぬ言動に、他の三人は驚く。

「そ、そんなこと言ったって、ベルがそれでは……」

「いや……こうなったからこそ、できることがある……」

「まさかベル……あの術式をここで試す気⁉」

ピィレーヴェには思い当たる節があるらしい。目を見開いて問いかけた。

「ああ、これ以上ない好機だろう……来てるぞ！」

「なっ……くそ！」

会話中に襲いかかってきたガーゴイルを剣で弾く高虎。エウフェリアも牽制《けんせい》し、他のガーゴイルを近づけさせない。

ピィレーヴェの防御壁の中でベルは詠唱を始めていた。流血しながらも懸命に唱え続ける。

「ピィレーヴェ、なんじゃその新しい術式というのは⁉」

「ベゥが見出《みいだ》した新たな召喚獣《しょうかんじゅう》の運用回路！」

「召喚獣⁉　今ここで召喚するのか⁉」

「そう！　トァとサウナに入る中で、編み出したんだって！」

高虎は数日前のベルの言葉を想起する。二人きりでまったりとのっていた時のことだ。

『新たな魔術の応用術式を、着想したんだ。これを発展させれば……』

「あの時言ってたヤツか！」

「大丈夫なのか、それ！　初めて試すんじゃろ⁉」

「術式自体は問題なかった！　何より発動条件は満たしてるから、試す価値はあるよ！」

「発動条件ってなんじゃ⁉」

「それは——私が苦痛を得るということだ」

エウフェリアの疑問に答えたのは、ベル。

詠唱を終え、魔法陣へ魔力を注ぎ込む中で、彼女は語る。

「サウナ・水風呂・外気浴。そして『ととのい』という精神状態……つまりは苦しみから快楽へと繋がる『我慢』という概念から導き出した、新たな術式だ」

「我慢の術式……」

「この島のヒトでは、なかなか辿り着かない極致だよね」

『この島の環境は常に島民を満たし、欲望に忠実な性格を形成する。裏を返せば耐える、抗うといった感情が希薄なんだ。島民性というやつだな』

それもまた、ベルが高虎に語っていたこと。

この島で育った彼女が高虎と出会い、『我慢』を知ったことで得た術式なのだ。

「今から呼び出す召喚獣は私と『我慢』の術式で結びついている。私が傷つけば傷つくほど、つまり痛みを我慢するほどに、召喚獣は強くなるという回路で繋げた」

「ベルの痛みが、召喚獣の強さに変換される……？　なんて無茶な……」

「でもべぅの性癖にピッタリだよねぇ」

ベルの魔法陣から放たれた光は高虎たちを包み込み、広間に広がっていく。

「さあ来い召喚獣ッ！　この危機を打破し、パーティを救う光となれぇぇぇッ！」

そうして朝日のような光が過ぎ去った時——召喚獣は魔法陣の中心に立っていた。

「——ん？」

「え、トァ？　そんなところで何やってるの？」

そこにいたのは、高虎である。

高虎、あるいはガーゴイルも含めた、その場の全員がキョトンとする。

期待感高まる演出をしておきながら、召喚獣はおらず。起きたことといえば、高虎の立っている位置が魔法陣の中心にちょっと移動しただけ。

「何やっとんじゃ高虎。戻ってこい」

「ああ……って、あれ？　この力……」

ふと気づく。今まで感じたことのない、不思議な感覚が高虎の身体を巡る。

「どうしたのべゥ、召喚に失敗ちゃった？」

「いや……まさか……」

「べゥ？」

真っ先に理解したのは、発動者のベルだった。

まるで魂を奪われたように、唖然《あぜん》と高虎を見つめている。

「――高虎！　後ろ！」

エウフェリアの叫び声が響く。幾度《いくど》となく背中を襲ってきたガーゴイルが、またも隙をついて高虎に迫ってきていた。時すでに遅く、もう鋭い爪は目と鼻の先。

しかしその爪は――ついぞ高虎に届くことはなかった。

「ギィイイイイイッ！」

「え……？」

轟《とどろ》くガーゴイルの悲鳴。その体は火炎に包まれながら猛烈な勢いで吹き飛び、壁に叩きつけられた。地に落ちると、そのまま動くことなく燃え尽きる。

「なっ……火炎魔法⁉　ピィレーヴェがやったのか⁉」

「いや、ピィは何も……」

「高虎だ」

ベルは確信めいた声色《こわいろ》で言い切った。そして高虎のケープマントを指差して告げる。

「その外套《がいとう》だ。それを奴らに向け、振り抜け――アウフグースのように」

再びパーティを襲うガーゴイル。高虎は戸惑《とまど》いながらも言われた通り、ベルの父親の形見であるケープマントで、アウフグースのように煽《あお》ぐ。

するとまたもガーゴイルは火炎の餌食《えじき》となり、壁まで吹き飛ばされていった。

「な、なんだ今の……このマントに何か細工が？」

「いや……『我慢』の術式を通じて繋がった、私と高虎の魔力だ」

「なっ……高虎が召喚獣になったということか⁉」

「そうかっ！　体液接触だっ！」

突如いかがわしい単語を叫ぶピィレーヴェ。両手を上げて大げさに驚いていた。

「たいっ……な、何を言ってるんだ⁉」

「召喚獣を呼ぶには、イメージが必要なの。どんな姿形か、どんな声か、どんな性格か」

「そう……本来、試作段階の召喚術は、じっくりイメージしながら詠唱して、それと近似する異世界の生物を召喚するんだ……私は炎を操《あやつ》る幻獣を、イメージしようとしたのだが……」

「この術式はそもそも、トァとの時間の中で生み出されたものだから、べゥは詠唱の際についトァが頭に浮かんじゃったんでしょ」

ベルは恥ずかしそうに、小さく頷いた。

「んなアホな……確かに高虎は、『異世界の生物』じゃが……」

「そしてもうひとつ大きな要因がある。召喚獣との契約では、互いの血などを交わすことで、より強固な契約関係を築けるの。でも二人はもう、しちゃってるもんね。いわば召喚前契約、つまり——体液接触を」

「なぁっ⁉　お、おぬしら、そうじゃったのか⁉」

「違うッ！　汗に決まっているだろッ！」

ベルは真っ赤な顔で否定しながら血を噴き出し、「あふぅん」と力なく倒れる。

普段あれだけの痴態《ちたい》を晒《さら》しておきながら、こういったストレートな性的表現には、なぜか大いに照《て》れてしまうベルであった。

「そうか。俺たちはいつも、サウナや水風呂に一緒に入っているから……」

汗が飛び散るサウナでのプレイ。小川での急冷却。大草原での穏やかな外気浴。

その全てがベルと高虎の絆《きずな》を形成し、その積み重ねが『契約』を履行《りこう》させたのだ。

「つまり俺が、ベルの召喚獣になったということか」

「すまない高虎、私の失態《しったい》だ……っ！」

ベルは唇を噛み締める。それは、二人の絆を大切にしてきたからこその沈痛だ。

「お前とこんな、主従関係のような契約を結ぶつもりは……ぐうっ！」

鮮血を流す腕を押さえ、ベルは苦痛の表情。ピィレーヴェが治療を施し続けているが、いまだ痛みが彼女の中で暴れているらしい。

そんなベルの姿を見て、高虎はわずかに昂《たかぶ》った声色で告げた。

「いや、これでいい」

「え……？」

「これでお前を、お前らを——助けられる」

高虎がケープマントで足元を煽ぐと、なんとその大きな身体がふわりと浮いた。

「と、飛んだ⁉」

「今のトァはおそらく、炎の風を操る。べゥはアウフグースの姿から、イメージしたんだね。だからマントで起こす風の威力を調節すれば、浮遊することも可能なんだ」

風の調節はぎこちなく、空中をフラフラとしているが、それでも高虎は浮遊し続けていた。

突然の事態にガーゴイルたちは動揺しているようだ。

「た、高虎には魔術の知識はないのに、それでも魔力を使えるのか⁉」

「べゥの術式で繋がっているからね。それを媒介《ばいかい》にして、べゥの魔法を共有しているの」

つまり今の高虎は、ベルのエンジンを積んでいる状態なのだ。そしてその燃料は高虎の中にある魔力。手付かずであるがゆえ、現状それは満タン、どころではない。

なぜなら高虎もまた、ととのってきたのだから。

「つまり、アスリオスの効果も期待できる！」

身体を、心を燃やす。一方で、集中して敵を見据《みす》える冷静さも同居する。

必然である。なぜなら高虎は——灼熱《しゃくねつ》には慣れているのだから。

「いくぞオラァァァッ！」

高虎はガーゴイルの群れめがけ、風を操って飛翔《ひしょう》する。

四体のガーゴイルは左右に散るが、二体は高虎へ突っ込んできた。

しかし、正面衝突には至らない。

「ふんッ！」

「ギァァァァァッ！」

高虎の炎風を真正面から浴びたガーゴイルは、全身火だるまになりながら、フラフラと宙を舞う紙切れのように墜落《ついらく》していく。

直後、一体のガーゴイルが真横から襲いかかるも、高虎は気づいた瞬間軽くマントを翻《ひるがえ》す、ただそれだけでヒラリとかわす、だけでなく――。

「ギィッ……！」

首を真一文字に切り裂かれたガーゴイルは、短い悲鳴を上げて落下した。

「なっ……避《よ》けながら斬ったのか⁉」

「新たな力に頼るだけじゃない……これまで培《つちか》ってきた剣術も、応用してる……」

熱き心が風となる。仲間を守り、仇敵《きゅうてき》を焼き尽くす。

無双《むそう》と言える高虎の戦いぶりに、エウフェリアとベルは驚きと興奮が入り混じった表情。

そしてピィレーヴェは、感嘆の吐息《といき》を漏らした。

「右も左もわからない異世界の地で、よくここまで我慢してきたね……トァ」

「すごいな……この力はきっと、ダンジョンに旋風を巻き起こすぞ」

エウフェリアのその言葉は、けして大げさでない。それを証明するように高虎は、残りのガーゴイルたちをただのマントの一振りで、焼き尽くすのだった。

全てのガーゴイルを倒し、三人のもとへ降り立った高虎は、少し息を切らしていた。初めての魔力運用でペース配分を誤ったらしい。ゆえにこう呟いた。

「……まだまだだな」

「自分に厳しいのう。それも人間だからなのか？」

「いや、高虎だからだろう」

ベルの瞳にはもう、申し訳なさそうな色はない。ただひたすらにまっすぐ敬意を表すよう、強い輝きを放っている。そしてそれ以上に色濃く映る、劣情。

「(ああ高虎……ガーゴイル相手に、無双できるほどの力を手に入れるとは……これではリーダーである私の立つ瀬がないじゃないか！　パーティ内の立場においても、私を精神的に蹂躙《じゅうりん》する気なのか！　お前はどれだけ私を気持ち良くさせる気なんだ！　ふぅぅぅぅんっ！)」

思いのほか迅速《じんそく》にやってきた、高虎がベルを超えるという、欲にまみれた未来。それに直面したベルは、大興奮により身体を芯《しん》から震わせていた。

ただ高虎は、ほんのり複雑そうな顔だ。

「いきなりこんな力を授かるというのは、少し困惑してしまうな……」

ゆっくり時間をかけて自分を高めていく。ある意味で、その流儀《りゅうぎ》に反する展開と言える。

ただベルがそれを否定した。

「高虎、それはお前がこれまでの人生で、ゆっくり時間をかけてサウナに向き合ってきたからこそ得られた力だ。自信を持て。その力こそ、お前が磨《みが》き上げてきた価値なんだ」

「……そうか。そういう考えもあるか」

「それに、べゥとの絆を象徴する力でもあるしね」

「ベルが傷つくほど、その痛みが大きいほど、高虎の召喚獣としての力が強くなるのじゃろ。二人の関係をこれ以上なく表現しているではないか」

エウフェリアのそんな見解に、高虎はよくわからないといった表情。ベルは「ふぅん……」と鳴き、顔を赤らめていくのだった。

そんなベルと高虎をニヤニヤと見つめつつ、ピィレーヴェは愉快そうに告げる。

「いやーピィたち、いいパーティだよね！」

「ああ……高虎は新たな力を得たし、連携も深まった」

「えふふっ、まぁの！」

「それじゃ桃色の魔石を回収して、とっとと帰ろう」

ガーゴイルとの再戦を経て、パーティの総合力は高まり、関係もより強固になった。

まるで歯車が噛み合ったようにうまく回り始めた。四人の間では、今や「なんでも来い」という万能感さえ漂っていた。

しかし――まさかその桃色の魔石が、パーティに亀裂《きれつ》を生むキッカケになろうとは、その時は誰も予想していなかった。

Chapter 4

4章 魔石×6×サ活＝地獄絵図

薄い雲が広がる朝。高虎《たかとら》が草原で素振りをしていると、不意に魔法光が地面から放たれた。もう何度も目にしているため驚きはなく、そのまま素振りを続ける。

「おはよートァ、朝から精が出ますねぇ」

「おはようピィレーヴェ」

転移魔法によってやってきたピィレーヴェは、いつもの杖《つえ》とポシェットに加え、何やら琥珀《こはく》色《いろ》の液体が入った瓶《びん》を携《たずさ》えていた。

「それ、酒か？」

「ビールと同じ原料の蒸留酒だよん。名前は――」

以下略。

「それじゃ今日からピィたちも、ウイスキーって呼ぶね」

「ああ。ウイスキーは俺も好きだ」

「もうすぐ朝食でしょ？　ならウイスキーで朝からハッピーに……」

「ダメだ」

大の酒好きで、ピィレーヴェの酒の誘いにはほとんど乗ってきた高虎だが、ここでは明確にノーを突きつける。その理由もはっきりしていた。

「サウナ前の飲酒は、あってはならない」

飲酒後は脱水症状が起きやすい。そんな状態で更《さら》に汗《あせ》を流せばどうなるか。

アルコールは血管を拡張させ、血圧を低下させる作用がある。サウナでもまた温熱によって血管が拡張する。二重に血圧が下がればどうなるか。

サウナ前の飲酒は命の危険が生じる、絶対のタブーなのだ。

「えー、つれないなー」

「お前にも飲ませないからな。そのウイスキーは一時的に預かる」

「うえ――んっ！　ピィのおしゃけ――――っ！」

ピィレーヴェに泣きつかれながらも聞く耳は持たず。高虎はウイスキーを持ち去った。

朝から飲酒、仕事前に飲酒。この辺《あた》りは大いに結構。だがサウナ前の飲酒だけは絶対に許されない。今日も今日とて高虎は、指示厨《しじちゅう》サウナーを全《まっと》うしていた。

また本日に限っては、相応の覚悟でサウナに入らなければならない事情がある。

本日のパーティ活動は、魔石の品評会なのだ。

ベルたちが昨日までに集めた色とりどりの魔石は、アスリオスを除き計六種ある。

それらをサウナストーンにしてととのい、実際に効果を試してみる必要がある。アスリオスのような効果的な魔石とわかれば、今後も発見し次第《しだい》、採掘《さいくつ》していくつもりだ。

「ピィの図鑑で調べれば、大抵《たいてい》の効果はわかるのだがな」

「一応試してみないと、ということじゃな」

「薬と同じで、体の相性があるかもしれないからな」

ベルの家にて朝食を共にする四人。本日は何度もととのう必要があるハードなスケジュールのため、朝食はボリューム満点だった。

そんな中、ピィレーヴェが珍《めずら》しく真剣な表情で告げた。

「ここで皆さんに、残念なお知らせがあります」

「ん、どうしたピィ」

「件《くだん》の魔石図鑑ですが、紛失《ふんしつ》しました」

数秒ほどの沈黙を経て、三人は「ええええ⁉」と飛び上がる。

ピィレーヴェが所持していた魔石図鑑。魔石の特徴や効果などが詳細《しょうさい》に書かれており、アスリオスやラルトエラツァイトの検索においても役立った一冊だ。

それが見当たらないと気づいたのは、今朝のことだという。

「おそらくだけど、昨日のガーゴイル戦が原因かな。けっこう激しく動き回ってたから、その弾《はず》みでポシェットから落ちちゃったんだと思うなー」

「何をやっているんだ、ピィ……」

「鍵《かぎ》を落としたみたいな温度感で言うな！」

ベルとエウフェリアの叱責《しっせき》に、ピィは舌《した》を出して頭を掻《か》く。全く悪びれていない。

「どうするんじゃ？　図鑑がなければ効果がわからないんじゃろ？」

「なら実際に使ってみて、どんな効果が出るか試すしか……」

形容し難い不安感がよぎる。

つまりこの六色の魔石にどんな効果があるか、身をもって示すということだ。

「人体実験だろ、それ……」

「中心街の本屋に図鑑は売っておらんのか？」

「残念ながら売ってなかったよ。魔石の本なんて、この島で買う人いないもんねぇ」

「ならば仕方がない……この身で試すしかないだろう」

そんなパーティリーダーの決断に、高虎とエウフェリアは抵抗を示す。

「大丈夫か……？　嫌な予感がするんだが……」

「魔石には毒のある物もあるじゃろ！　それが当たったらどうするんじゃ！」

「サウナで魔石の効果を体感するのは二人ずつ。その際、念のためピィと私のどちらかは必ず待機する。もし悪性の魔石であれば、ピィか私が魔法で対処する。これでどうだ？」

「それなら問題ない……のか？」

「一瞬で体が爆散する魔石だったら、どうするんじゃ！」

「そんな恐ろしい魔石はないから。たぶん」

「危険を冒《おか》さずにダンジョン攻略はできない。これもまた栄光を掴《つか》むための試練だ。大丈夫、ピィと私がいれば大抵の状態異常は治せる」

結局はベルの熱に押され、高虎とエウフェリアも承諾《しょうだく》するのだった。

こうして魔石の品評会は、事前の予想よりも遙《はる》かに緊張感のある雰囲気《ふんいき》で行われることに。

サウナでととのうのは二人ずつ、ということで高虎・ピィレーヴェ組とベル・エウフェリア組に分かれた。その組み合わせの理由について、ピィレーヴェが一言。

「べゥとトァが組んだら、最初の三セットで全《すべ》て出し尽くすでしょ」

「ふうん……」

二組が担当する魔石はそれぞれ三種ずつ。そして魔石の効果を得る、つまりととのうためには基本三セットを必要とする。つまり本日は計九セット行う予定になっているのだ。もちろん適宜休憩《てきぎきゅうけい》を入れ、身体《からだ》と相談しながらというのが大前提だが。

そこで言わずと知れた変態カップルが同じ組になれば、さも当然のようにサウナプレイへと発展し、序盤で体力を使い果たすだろう。それがいけないことだと、ベルもわかっている。

わかってはいるが——心はいつだって、言う通りに動いてはくれない。

ピィレーヴェとサウナに入ろうとする高虎へ、ベルは哀愁《あいしゅう》のこもった声で告げた。

「高虎……ピィには、私にやっているように、するんじゃないぞ……っ！」

「わかっているよ。そんなに信用ないか、俺は？」

「だ、だって……」

「俺は誰にでも熱波するような男じゃない。俺が熱波するのはお前だけだ、ベル」

「ふぅん……高虎、信じてるからな。そして忘れるな……お前の全てを受け止められるのは、私だけなんだからなっ」

誰も触れない二人だけの世界が、サウナ小屋前で胎動《たいどう》する。

それを、虚無《きよむ》の瞳《ひとみ》で見つめるピィレーヴェとエウフェリア。

「これピィ、どんな気持ちでトァとサウナに入ったらいいの？」

「通じ合っているようで、微妙にズレているんじゃよな、この二人」

ピィレーヴェが面倒《めんどう》くさそうにベルを蹴散《けち》らしたところで、不毛な愁嘆場《しゅうたんば》は幕を閉じる。

そうして高虎とピィレーヴェ組がサウナへ入室。

事前にサウナストーンに交ぜていたのは、緑色の魔石。エメラルドに近い色をしていた。

「さてさて、どうなることやらー」

「楽しそうだな」

「えー楽しくない？　どんな魔石かこの身で体験するとか……んふふ、とってもインモラル」

ピィレーヴェの横顔は、サウナハットで顔が隠れていてもわかるほど、愉悦《ゆえつ》に浸《ひた》った笑顔。普段のネグリジェよりは幾分《いくぶん》かマシな、タオルで全身を巻いた姿。だがその低い身長に似つかわしくない豊満な胸は、あまりに主張が強い。ゆえに高虎の目は自然と泳いでしまう。

普段から四人で入ることは多く、女性とのサウナはすでに慣れたはずだった。だがこうして二人きりになると、妙にドギマギしてしまうのは仕方のないことだろう。

サウナーといえど、男なのだ。

『ふぅぅうんっ……』

『なんじゃ！　どうしたベル⁉』

「あら？　外からべゥの鳴き声が」

「なんか怒ってるな」

「怒ってる声なの、今の」

声色《こわいろ》で理解する高虎も大概《たいがい》だが、サウナ小屋からスケベな思念を受け取って、嫉妬《しっと》の唸《うな》りを上げたベルもまた尋常《じんじょう》でないことは、言うまでもない。

それでもしばらくサウナに入っていれば、妙な感情も湯気に消え入るというもの。

「ちょっとだけ！　あとちょっとだけ頼むよピィ！　な、いいだろピィ？」

「えぇ〜、もう仕方ないなぁトァは……ちょっとだけだからねぇ」

ピィレーヴェの前ではなぜかチャラ男な厄介《やっかい》サウナーへと変貌《へんぼう》する高虎。ベルが高虎の全ての指示厨マインドを請《う》け負った結果、新たな一面が生み出されていた。

このいかがわしいやり取りにベルは、「ふううぅん……」とまたもサウナ小屋の外で唸り声を上げ、エウフェリアを困惑《こんわく》させていた。

紆余曲折《うよきょくせつ》というほどでもない道程を経て、高虎とピィレーヴェは三セットを終えた。現在はベルとエウフェリアに見守られながら、ガーデンチェアに座っている。

「――ピィ今、ととのった」

「ああ、俺も」

ぼうっとしている中でふと呟《つぶや》いたふたり。

ベルとエウフェリアはふたりの全身を舐《な》めるように見るも、変わった部分はないようだ。

「なにか身体に異変はないか？」

「んやー、特になにも感じないなぁ」

「俺も……強《し》いて言えば、身体が軽くなったような気がする」

「それは普通のととのい効果じゃろうて」

ひとまず身体を動かしてみようと、高虎は立ち上がる。

「……ん？」

地に足をつけて自立した瞬間だ。高虎は異変に気づいた。

ととのった後にしても、身体が異様に軽すぎる。

「なんか全身が……おおっ！」

試しにその場跳《と》びをしてみる。すると軽く二メートルは飛び上がった。滞空時間も異様に長く感じられ、まるで全身バネになったような気分だ。

走り回っても、剣の素振りをしても、明らかに普段よりも俊敏に動けている。その様子にはベルやエウフェリアも目を丸くしていた。

それらを踏まえ、高虎は結論づけた。

「緑の魔石の効果は、身体機能の増強なんじゃないか？」

「なるほど！　アスリオスが魔力強化なのに対し、これは肉体強化というわけか！」

「わっ、本当だ！　見て見てこんなこともできる！」

その場でバク転するピィレーヴェには、ベルも驚愕《きょうがく》。身体機能は並以下であるピィレーヴェをして、異常な運動神経の向上が示されていた。

「すごいすごい！　これならトァとエゥでも使えるね！」

「ああ。元から凄《すさ》まじい身体能力を持つエウフェリアがこの魔石を使えば……想像するだけで期待感が高まるな」

「いいないいな！　わらわソレ試したかった！」

緑の魔石は昨日までの探索で、三つ回収してある。きっとまだまだ眠っているだろう。ダンジョン攻略に大いに役立つ魔石とあり、満場一致で採掘対象に認定されるのだった。

幸先のいいスタートを切った品評会。

今度はベル・エウフェリア組が、また別の魔石をサウナストーンにして試すことに。

「この青色のヤツ、キレイじゃ！　わらわこれがいい！」

「よし、じゃあそれを使うか」

二人は意気揚々《ようよう》と、青の魔石を持ってサウナ小屋へと入っていった。

一セット、二セットと順調にこなしていき、現在は三セット目のサウナ中。

高虎はその様子を、ピィレーヴェ特製の魔法炭酸水を飲みながら眺《なが》めていた。

「トァ、まだ緑の魔石の効果続いてる？　もう四十分は経《た》ったけど」

「ああ、まだまだ効《き》いてるな。このまま鍛錬《たんれん》したいくらいだ」

「んふふ、ダメだよーここで疲れちゃったら。今日はあと二回、ととのわなきゃならないんだしさ。ピィだってお酒我慢《がまん》してるんだからね！」

「飲酒と一緒にするな」

ここでベルとエウフェリアが、同時にサウナ小屋から出てくる。

そのまま小川へ直行。身体を十分に冷却し最後の外気浴へ。ベルはガーデンチェアにかけ、エウフェリアは芝生《しばふ》にそのまま寝転ぶ。その方が心地いいらしい。

「ふぅ……さあどうなるか」

「わらわ巨大化とかしたいな！　そんな魔石もあるじゃろうて！」

期待を胸に、ベルとエウフェリアはその時を待つ。

それから三分ほど経った頃だ。まず異変に襲《おそ》われたのは、エウフェリアだった。

「……みいぃ」

「どうしたのエゥ。なにモジモジしてるの？」

「な、なんか……こしょばゆいんじゃ……」

「虫にでも刺されたんじゃないか？　どこがかゆいんだ？」

「ぜ、全身が……」

「全身？」

エウフェリアは、なにやら身悶《みもだ》えしていた。腕や足を掻《か》きむしりながら、背中は芝生にグリグリと擦《こす》りつけている。

それから間もなく、その小さな違和感は、明確に増大し始める。

「みぃぃぃっ！　かゆいかゆいかゆい――――っ！」

「エ、エウフェリア!?　大丈夫か!?」

「大丈夫じゃない！　かゆいんじゃ――――っ！　みぃぃぃぃぃっ！」

悲鳴を上げてその場を転げ回るエウフェリアの肌《はだ》は、一見いつもと変わらない。しかしどうやら全身から、かゆみが発生しているようだ。

その時だ。悲鳴は別のところからも聞こえてくる。

「ぬおおおおおおっ！　かゆいかゆいかゆい！」

「ベル⁉　お前もか⁉」

「ぜ、全身が……ぬふうううううっ！　かゆ――――――いっ！」

ベルもエウフェリアと同様、悶えながら全身を掻きむしり始めた。

「あ、あはぁぁぁぁん……ふぅぅぅぅんっ！」

その表情はどこか恍惚《こうこつ》。彼女にとっては、これはこれでアリらしい。

阿鼻叫喚《あびきようかん》の『ととのい』が巻き起こるサウナ小屋前。ピィレーヴェはこう結論づけた。

「これが、魔石の効果なんだろうね」

「ええっ、そんなアホな！」

「魔石には毒になりうる効果の物もあるからさ。だからこれは、全身がかゆくなる魔石だね」

「なんじゃそりゃ！」

高虎とピィレーヴェが会話している間も、ベルとエウフェリアはかゆみをもたらす毒に侵《おか》されて、絶叫しながら転げ回っている。独自の快楽を見出《みいだ》しているベルとは異なり、エウフェリアには耐えがたい感覚らしい。ピィレーヴェへと叫ぶ。

「は、早くどうにかしてくれぇ！　かゆいのイヤじゃ――――っ！」

「はいはいちょっと待ってね。今解析《かいせき》して魔力を取り除く術式を編むから」

ピィレーヴェは「どっこいしょ」と言って立ち上がり、エウフェリアに手をかざす。緊急性が感じられないタイプの被害だからか、まるで緊張感が感じられない。

対しては高虎は、二人を心配してハラハラしていた。そんな彼の足元に、ベルが近づく。

「た、高虎頼む……背中を掻いてくれ……っ！　かゆくて死にそうなんだ……っ！」

「わ、わかった！　これでいいか⁉」

「もっとだ！　もっと強く掻いてくれ！」

「これくらいか⁉」

「まだ足りないっ！　もっと強くだぁっ！」

「もっと⁉　傷になってしまうぞ⁉」

「それでもいい！　もっと乱暴に！　激しく！　私を殺す気で掻け――――っ！」

「わ、わかった！　うおおおおおおお！」

「あああああぁぁぁんんんッ！　ふぅぅぅぅぅぅんッッ！」

「愉《たの》しんでんじゃないよ変態」

ピィレーヴェのツッコミ付き治療魔法をバチコーンッと叩《たた》き込まれたベルは、「はぅんっ」と悶える。治療魔法の確立が済んだらしい。

エウフェリアはすでに治療を終えたようで、ぜえぜえと息を切らして倒れ込んでいる。

ベルは、顔のあらゆる穴から液体を垂《た》れ流し、愉悦に浸りながら倒れてはいるが、かゆみを訴えることはなくなった。

未曾有《みぞう》の被害をもたらした青の魔石。芝生で倒れる仲間二人を見て、高虎は慄《おのの》くのだった。

「なんて恐ろしい魔石なんだ……」


気を取り直し、高虎・ピィレーヴェ組が次の魔石を試してみる。

「……じゃあ、この褐色《かっしょく》の魔石で」

高虎が手にしたのは、黒ずんだオレンジ色にも見える魔石。斜《なな》め上の効能を発現させた青の魔石の後とあって、高虎とピィレーヴェの周りには緊迫した空気が流れていた。

あんなことにはなりたくない。サウナ内での二人の意識は共通していた。

前回から二時間ほど間を空《あ》けたため、二人ともまだまだ元気な状態でルーティンをこなす。

ちなみに緑の魔石の効果はすでに切れている。なのでこれは、一日に複数種類の魔石を使っても効果は発揮《はっき》されるのか、という試行でもあった。

三十分ほど経《た》った頃、三セット目の外気浴が始まる。

「ついにこの時が来たんじゃな……」

「あぁ……なにが起きても、私たちは平常心でいよう……」

「やめろその緊張感」

観察者のベルとエウフェリアは警戒《けいかい》していた。

高虎とピィレーヴェは一体どうなってしまうのか。万一の時、自分たちは正しく立ち回れるのか。なにが起きても今までと同じように笑顔で二人と接することができるのだろうか。

青の魔石がパーティに与えた影響は、計り知れないものがあった。

そして、この褐色の魔石もまた、予想外の効能を示すことになる。

「どうだ二人共、そろそろととのったんじゃないか？」

「……にゃはっ」

「にゃは？」

「にゃはははは、ととのったよーん！」

「ど、どうしたんじゃピィレーヴェ？」

ピィレーヴェは顔を真っ赤にして陽気に笑う。ベルやエウフェリアの困惑する顔を見て笑う。杖が転がるだけで笑う。

毒状態という雰囲気ではないが、明らかに様子がおかしかった。

そしてピィレーヴェのそんな様子には、ベルもエウフェリアも見覚えがあった。

「なんか急に、酔ってきた……大酒を飲んだ時みたいに……」

高虎はかろうじて意識がしっかりしており、その症状を説明する。どうやら酩酊《めいてい》状態になっているようだ。それも、酒に強い高虎でもまともに歩けないほどに。

「ならばこれは、酔っぱらう魔石……？」

「しょーもない魔石じゃの！」

「しょーもにゃくない！　にゃははは、ドゥヒャ〜〜〜っ！」

「うるさいわアホ！」

青の魔石による悲惨《ひさん》な事件とは対照的に、だいぶ幸せそうになっているピィレーヴェ。その姿にはベルとエウフェリアも冷ややかな視線を送っていた。

「にゃはっ。この魔石でととのうだけで、面倒なことぜんぶ忘れて気持ち良くなれるぅ！」

「ストゼロかよ……」

「ストゼロってにゃにー？」

以下略。

「じゃあこれからこの魔石のこと、ストゼロって呼ぶねっ！」

「呼ばんでいい！」

ただ酔っぱらって気持ち良くなるだけの魔石。そんなものを常用していたら、あらゆる意味でシャレにならない。よって褐色の魔石は、採掘対象から外れるのだった。

「とりあえず……回復魔法で酔いを覚ましてやるか」

「にゃははは、エゥにゃははは、ドゥヒャ〜〜〜っ！」

「ええいうるさい！　なんじゃドゥヒャ〜〜〜って！　とっととどうにかしろベル！」

「待て、まずは高虎からだ」

「なんでじゃ！　高虎はそこで大人しくしてるじゃろうが！」

と、エウフェリアが高虎の方に目を移すと、彼は何やらぶつぶつと呟いていた。

「これからまだサウナに入るというのに、酔っぱらうなんて……俺はクズだ、クズ人間だ……サウナを愛する資格なんて、俺にはない……っ！」

高虎は泣いていた。三十歳会社員が、人目も憚《はばか》らず号泣《ごうきゅう》していた。

サウナ前の飲酒は厳禁。つい数時間前のピィレーヴェへの注意が、ブーメランとなって返ってきた。故意《こい》ではないが、酩酊状態であるがゆえ、高虎はかなりの精神的ダメージを負った。

「ほら見ろ、今にも罪悪感で押し潰《つぶ》されそうだ」

「サウナが関《かか》わると意外に打たれ弱いんじゃよな、こいつ……」

「にゃはははははっ、トァ泣いてる〜〜、ドゥヒャ〜〜〜〜っ！」

これはこれで地獄絵図。速《すみ》やかにベルが魔法で収拾をつけるのだった。


凄惨《せいさん》な事態が続く中、ベル・エウフェリア組による二回目の試行。

ベルが選んだのは灰色《はいいろ》の魔石。それをサウナにセットして、ルーティンを始める。

「当たり来い……当たり来るんじゃ……っ！」

青の魔石のかゆみ地獄が軽いトラウマになったらしいエウフェリアは、そんな独《ひと》り言を繰り返しながら手を合わせている。その様子が高虎には、スマホを前に「SSR来い……SSR来い……」と拝《おが》んでいる伊予《いよ》の姿と重なって見えた。

例によって順調にルーティンは進み、三セット目の外気浴。

高虎とピィレーヴェが見守る中、火照《ほて》った身体を風にさらして気持ち良さそうな二人。

真っ先に異変を感じ取ったのは、またもエウフェリアだった。

「……むみぃ」

「ん、どうしたのエゥ」

「にゃ、にゃんか、鼻が……むみぃぃぃ」

鼻を押さえて悶絶《もんぜつ》し始めるエウフェリア。またも謎《なぞ》の症状に襲われる仲間を前に、高虎はいても立ってもいられず、エウフェリアのもとに駆け寄った。

「大丈夫かエウフェリア！　鼻がどうし……」

「みゃあああああ、来るな――――っ！」

「えっ」

エウフェリアはなぜか、逃げるように飛び退《の》いて高虎から距離を取った。

エウフェリアの身に何が起きているのか、彼女自身が必死に説明する。

「は、鼻が……鼻が利《き》きまくって、みぃぃぃぃくしゃいのじゃ――――っ！」

「く、臭い……ッ⁉」

高虎は心にダメージを負った。それはそれは深いダメージだった。

どうやら突如《とつじょ》として、嗅覚《きゅうかく》が凄まじく敏感になったらしい。ヒトだけでなく草花など、生きとし生けるあらゆるものの匂《にお》いを過剰《かじょう》に感じ取ってしまうようだ。

「嗅覚が異常に鋭くなる魔石だね」

「また毒性の魔石を引いたのか、あいつら……」

「ある種の肉体強化だから、毒ってわけじゃないんだけどね。でもアレを見たんじゃ、使おうとは思わないよねー、にゃはは」

エウフェリアはもう、どこで何をしても苦痛らしい。鼻を押さえながら「みぃぃぃぃ！」とのたうちまわっている。

「来るなピィレーヴェ！　お前の香水が一番くしゃいんじゃ！」

「失礼なー。近づかないと魔力解析できないでしょー、我慢しなさーい」

ついにはピィレーヴェの魔法で拘束《こうそく》されて、無理やり迫られるエウフェリア。どんな魔物を相手しても威風堂々《いふうどうどう》としていた彼女だが、この時ばかりはガチ泣きしていた。

「あれ、そういえばベルは……？」

同じく灰色の魔石の効果を得たはずのベルだが、悲鳴のひとつもない。

ベルは、高虎の足元で這《は》いつくばっていた。

「はぁ、はぁ……高虎……」

「ベル……？　お前は大丈夫なのか……？」

よく見ればベルは、完全に瞳孔《どうこう》が開いていた。見るからに大丈夫ではない。

ベルは唇《くちびる》を震わせながら、今の状態を必死に伝えようとする。

「こ、こんな苦痛は初めてだ……び、鼻腔《びこう》を責められるなんて……ふぅぅうんっ……」

その表情はどこか恍惚。彼女にとっては、これもこれでアリらしい。

「高虎、お前はそんな匂いなんだな……」

「ベル……？」

「もっと嗅《か》がせろ……ふぬううう、あぁすごいっ……私を殺さんとする雄《おす》の匂いだっ！」

「だ、大丈夫なのか、そんなに近づいて……臭いんじゃないのか？」

「臭いッ！　だがそれがいいッ！　お前を感じるぞ高虎ぁ！　もっともっと嗅がせろ、お前の匂いで、私の鼻腔を支配するんだァァァァアッ！」

「新たな扉を開くな」

ピィレーヴェの激しめのツッコミ付き治療魔法をかまされ、ベルは「ふぅんっ！」と喘《あえ》いだのちに気絶。興奮《こうふん》が隠しきれない、うっとりとした表情で倒れ込んでいた。

なぜかベルにとってこの魔石品評会は、官能《かんのう》性豊かなイベントになりつつあった。

「ハズレを引け……おぬしらもハズレを引くんじゃ……地獄を味わえ……」

高虎・ピィレーヴェ組の三度目の試行。その時エウフェリアは、呪詛《じゅそ》を唱《とな》えていた。

「あーあ、エゥ闇落《やみお》ちしちゃった」

「そういう態度でいると、また地獄を見るぞエウフェリア」

「イヤじゃイヤじゃ！　なんでわらわだけ酷《ひど》い目に遭《あ》うんじゃ！」

「ストゼロだって大変だったでしょーに」

「どこがじゃ！　ただ酔っ払っただけじゃろ！」

「それに、ベルだってお前と同じ思いをしてるだろ」

「同じじゃないじゃろ絶対！　あの顔を見てみろ！」

ベルはひとり芝生に座り「ふぅ……」と満ち足りた表情。悟りを開いた者の顔といえよう。

二回の試行を経て彼女は、常人《じょうじん》では辿《たど》り着けない境地まで達《さすが》したようだ。

「ベルは、アレくらいではヘコたれないということだ。流石《さすが》は俺たちのリーダーだな」

「その解釈もどうなんよトァ」

余談もそこそこに、高虎たちはサウナへ入室する。ダークサイドへ堕《お》ちたエウフェリアによる呪《のろ》いを受けながらも、高虎とピィレーヴェはルーティンを繰り返す。

休憩《きゅうけい》を挟《はさ》みつつ行ってきたが、それでも三度目となれば疲労はピーク。さしもの高虎でさえ疲れの色を隠せなかった。

だがピィレーヴェはへこたれない。大いなる目的のため、彼女は一心不乱に耐え続けた。

「これが終わったらハイボール……ガバボザッヴの肉でハイボール……」

「ダンジョン攻略じゃないのかよ」

そうして何とかこぎつけた、最後の外気浴。

二人とも疲労困憊《こんぱい》といった様子だが、だからこそととのった時の解放感は何物にも代えがたいものがあった。そこでふと、二人は本来の目的を思い出す。

「……あれ、そういえばもう、ととのったけど」

「あぁ……そういえば魔石の試行だったな」

「何を忘れとんじゃ」

二人が最後に選んだのは、透明感のある黄褐色《おうかっしょく》の魔石。琥珀色と言ってもいい。

だが、確かにととのったはずだが、効果が見られない。

例によって高虎とピィレーヴェは動き回ったり魔法を唱えたりと、あらゆることを試すが、変化は見られなかった。

「何かの発動条件がある、特殊能力だったりするのかもね」

「もしくは魔石ではなかったとか？」

「うーん……ちゃんと魔力は感じてたけどなぁ」

「つまらん。最後の最後で一番つまらん終わり方をしたのう。こんなつまらん奴《やつ》らとやっていけるんじゃろうか、わらわ」

「なにで不信感を抱いてんだよ」

最後まで高虎たちが酷い目に遭うことを願っていたエウフェリアは、これ見よがしにため息をつく。そうして六つ目、最後の魔石を手にとった。

「もういいわ。とっとと最後の魔石でとどのつまって終わりにするぞ、ベル」

「大丈夫かエウフェリア……俺が代わってやってもいいぞ?」

「ヘロヘロのくせに何を言っておる。何より、情けをかけられるなど銀狐《ぎんこ》族の恥《はじ》じゃ。黙って見ておれ。どんな毒でも耐え抜いてみせるわい」

そこまで言われれば引き下がる他ない。サウナ管理者である高虎は、最後の魔石を準備しにサウナ小屋へと入っていった。

エウフェリアの豪語に呼応《こおう》してか、別世界へトリップしていたベルも、ただちに帰還《きかん》。凛々《りり》しい表情でエウフェリアに語りかける。

「よく言ったエウフェリア、流石は我がパーティの先鋒《せんぽう》だ。無論私も最後まで付き合うぞ!」

「おぬしはまたご褒美《ほうび》がもらえると思って、期待しとるんじゃろうて」

「な、なななにを言っている! 断じて褒美などではない! 青の魔石も灰色の魔石も苦痛だった、あぁ苦痛だったとも! あふぅんっ」

「思い出し喘ぎすな」

「いやむしろ今ここで、最後の一滴まで絞《しぼ》り出しちゃってよ」

「残尿感《ざんにょうかん》みたいに言うな!」

「言ってないじゃろ！　脳のどこを経由すれば、残尿感なんて表現が出るんじゃ！」

「準備できたぞー二人とも」

メンズには聞かせられない話が展開していたところで、高虎がサウナ小屋から出てくる。

ベルとエウフェリアは決まり悪い顔をしつつも、最後には「よし！」と気合いを入れてサウナ小屋へと入っていった。それを高虎とピィレーヴェが見守る。

「最後こそは、まともな魔石だったらいいけどな」

「そうだねぇ。しかもあの魔石は、他のとはちょっと思い入れが違うからね」

「ああ、確かにな……大事にしたい魔石だよな」

現在ベルたちが試行しているのは、ガーゴイルとの死闘を経て手に入れた、桃色の魔石。深まったパーティの絆《きずな》を象徴する魔石と言っても過言ではないのだ。

「青色も灰色もなかなかパンチのある魔石だったねぇ。不思議でインモラルな魅力があるね、魔石って。これからもいっぱい見つけたいなっ」

「…………」

ベルとエウフェリアが酷い目に遭ったのは、ピィレーヴェによる図鑑紛失《ふんしつ》が原因だが、もはや本人に自戒《じかい》の念はないらしい。そもそも最初から反省しているかどうかも怪《あや》しかった。

「それならまず、落とした魔石図鑑を見つけるか、新たに入手すべきじゃないか？」

「確かに、新たな魔石を見つけるたび、命がけの試行をするのもねぇ……んん？」

不意にピィレーヴェは、何の前触れもなくポシェットをゴソゴソする。

高虎が「急にどうした」と尋《たず》ねかけたその時だ。ピィレーヴェは「あ――――っ！」と喜びの滲《にじ》む声で叫んだ。

突き上げたその手が持っていたものは、失《な》くしたはずの魔石図鑑だ。

「あったあった！　魔石図鑑があったよーっ！」

「な、なんで？　いくら捜しても見つからなかったって……」

「失くさないようにと思ってガーゴイルの頭蓋骨《ずがいこつ》の中に入れてたの、すっかり忘れてたよー」

「どこからツッコめばいいんだよ……」

圧縮魔法を施《ほどこ》したポシェットだが、多くの物が収納できる一方で、圧縮されることで見つけにくくなるというデメリットもある。そこで大事な魔石図鑑を失くさないようにと、焼き尽くして骨だけになったガーゴイルの頭蓋骨に忍ばせたまま、圧縮してしまったらしい。

「なんでガーゴイルの頭蓋骨なんて持ってるんだよ」

「ワイン飲むのにちょうどいいサイズだと思って」

「おぞましいこと考えるな……それにしても、なんで急に思い出したんだ」

高虎へピィレーヴェは、「いい質問ですね！」とばかりに指をさす。

「図鑑の話をした瞬間に、突然図鑑が頭蓋骨の中に入ってる光景が頭に浮かんだの！　それも思い出すのとは違う感覚、まるで脳に直接入ってきたみたいに！」

「なんだよそれ。そんな超常現象みたいに……あっ！」

とっさに高虎は、先ほど使用した琥珀色の魔石に目を向ける。その反応を見てピィレーヴェは、その通りだとばかりに大きく頷《うなず》いた。

「たぶんこれが、この魔石の効果なんだよ！」

「求めている物を見つける魔石……？」

「それも求めている物が何なのか、正確に思い浮かべないと発動しないんだ！　だから図鑑の話をした瞬間にわかったんだ！」

「じゃ、じゃあ賢者《けんじゃ》の石…………は、何も浮かんでこないな」

「それがどんな姿形をしているのか、正確にイメージできないとダメなのかもね」

そこまで何でも叶《かな》えられる魔石でもないらしい。ただ、アスリオスのように頻繁《ひんぱん》に使用する必要はないが、もしも捜し物があった時には、大いに効果を発揮するだろう。

と、感心していたが、それより何よりすべきことがあるのを高虎は思い出す。

「図鑑があるなら、今ベルたちが試行してる魔石の種類もわかるんじゃないか？」

「確かに、毒性の魔石なら止めないと」

「私たちがなんだ？」

見れば、いつの間にかベルとエウフェリアは最後の外気浴を始めていた。二人とも高虎たちと同様に、本日九セット目を終え、疲れ切っていた。

「マズいピィレーヴェ、こいつらもうすぐととのうぞ」

「急いで調べてみるね。効果がわかれば、解除魔法もすぐに確立できるから……」

ピィレーヴェは図鑑のページを次々にめくりながら「赤系は多いなぁ！」と愚痴《ぐち》る。

「二人共！　図鑑が見つかったから、もうととのわなくても大丈夫だ！」

「そんなことを言われても……ととのいを途中で止められるのか？」

「なんかこう、ややこしいことを考えていたら、ととのいから逃れられるはずだ！」

「えーイヤじゃー、面倒くさいー」

「無理だ高虎……私たちはもう、ととのいの誘いからは逃れられない……ふぅ」

「ああくそっ、心地良さそうだ！」

とととのいを直前にして回れ右はできない。その快楽を知った者が、抗《あらが》えるわけないのだ。

その時だ。ピィレーヴェが「あっ……」と声を上げる。

「魔石の効果が、わかった……」

「本当か⁉　どんな効果だ⁉」

「毒……ではないかなぁ。別に、命に関わる効果じゃないんだけど……」

要領を得ないことを言うピィレーヴェは、苦笑のようなほくそ笑むような、複雑な表情をしている。そうしてひとつ、高虎に忠告した。

「とりあえずトァは、今すぐこの場から離れた方がいいかも」

「えっ？　どういうこと……うおっ⁉」

突如高虎の身体に、熱い何かがのしかかる。

エウフェリアが、高虎に抱きついていたのだ。

「ど、どうしたエウフェリア……？」

「高虎。あのな――」

その時エウフェリアの顔は、異常なまでに火照っていた。

「わらわ、高虎が好きじゃ」

「え……」

「大好きなんじゃ。愛してるんじゃ」

あまりに突然の告白。高虎の中で衝撃と困惑が入り混じる。

表情を見れば冗談でないことは明白。それ以上に、正常でないことも明らかだった。

さらにエウフェリアは、トロンとした瞳で、言い放った。

「だからわらわ……おぬしとスケベしたいんじゃ」

「……は？」

「高虎、わらわとスケベするんじゃあ」

「な、なに言ってんだお前⁉」

愛の告白からのスケベ発言。その激しい展開には、高虎もドン引きである。

しかしながらサラシ姿のエウフェリアの、その膨《ふく》らみを肌で感じざるを得ない状況に陥《おちい》ったことで、高虎の中でいくつもの感情が交差する。

「や、やめろエウフェリア……そういうのは、お互いの気持ちを理解し合ってからだな……」

女子高生に迫られた男性教諭みたいなことを言いだす、納谷《なや》高虎三十歳である。

無論この異常事態は、桃色の魔石がもたらしたものだ。エウフェリアにしゅきしゅきアタックされる高虎、という光景をウイスキー片手に見つめながら、ピィレーヴェが解説する。

「桃色の魔石、その名もファーフランジュといいましてですね。その効果は性的興奮を高める催淫《さいいん》作用。まぁ早い話が、媚薬《びやく》のようなもんですわ」

「な、なんだと……って、なに酒飲みながら見てんだ！」

「いやはやこれ以上ない肴《さかな》を前に、自然とウイスキーをキメてましたわ。よかったたねぇトァ。

エゥにしゅきしゅきしゅきされて」

「しゅきしゅきじゃあ高虎ぁ……」

「や、やめろエウフェリア！　いいからピィレーヴェ、早く魔法で何とかしろ！」

「今、解除魔法を確立してる最中だよーん。んふふーそれよりトァ、ひとり忘れてない？」

そう。ファーフランジュを使用したのは、エウフェリアだけでない。

「……高虎」

「べ、ベル……まさかお前も……」

「私はどれだけ――お前に尽くせているのだろうか」

「え？」

ベルは頬《ほお》を桃色に染めながら、恐る恐るといった様子で語りかける。

エウフェリアとは異なる静的な入りに、ピィレーヴェは「おっ」と意外そうな声。

「私はお前に、たくさんのものをもらってきた。お前と出会ってから私の世界は、色鮮やかに輝き出した。私はもう、お前のいない日々を想像できないくらい、お前と共にあるんだ」

語るのはむきだしの愛。ベルの高虎への、ありのままの心だ。

高虎は、もはや制することもできない。

ただ彼女の言葉を静かに聞き続けることでしか、誠意を示すことができない。

「私はな、お前にもらったいっぱいのものを、少しでも返したい。お前に尽くしたいんだ。お前が笑顔になるのなら、なんでもしたいと思っているんだ。だから――」

ベルはいじらしく、生娘《きむすめ》のような表情で、告げた。

「まずは、このヒモで私の手足の自由を奪って、木に吊《つ》るし上げてくれないか？」

「……ん？」

こんなにはっきりした幻聴を聞いたのは初めてで、高虎は一瞬頭が真っ白になる。

まさかと思い、聞き返してみる。

「まずは、このヒモで私の手足の自由を奪って、木に吊るし上げてくれないか？」

一言一句同じ言葉が返ってきた。驚くべきことに、幻聴ではなかったのだ。

数秒前、高虎へ愛と感謝をしんみりと伝えていた者が口走ったとは思えない、おどろおどろしい要求。それほどの行為を「まずは」でまとめているのが一番怖かった。

「な、何を言っているんだベル……？」

「全てはお前のためなんだ。お前の悦《よろこ》ぶ顔が見たいんだ。私はお前に尽くしたいだけなんだ。だから早く私を緊縛《きんばく》して木に吊るすんだ。早急に私を辱《はずかし》めるんだ」

「本当に何を言ってるんだ?」

ファーフランジュの効果は性的欲求の増幅。

まだ精神的に幼《おさな》いエウフェリアの場合は、純粋な性への興味を加速させた。

そしてベルの場合は、彼女が持つ人並外れた被虐嗜好《ひぎやくしこう》を更に増大させた。その結果、彼女は恥も外聞もなく、ひたすらに被虐を追求する、無上の探求者となってしまった。

ベルは高虎に歩み寄ると、膝《ひざ》をガクガクと震わせ始めた。

「あふぅんっ……雄の匂いがするぞ高虎ぁ……お前に掻きむしられた背中の傷が疼《うず》いてっ……ふぅぅぅぅうんっ」

「今日の集大成を存分に発揮してるね」

成長する変態は全てを力に変える。無駄なことは何ひとつないのだ。

前門のベルが強硬に迫るのに対し、後門のエウフェリアは変わらず、抱きついたまま高虎の耳元で愛を囁《ささや》き続けている。

「わらわとスケベするんじゃ高虎ぁ……わらわと子をなすんじゃぁ……」

「んふふふふふ、どうするトァ？　ピィちょっと席を外してようか、二時間くらい」

「ふざけんなピィレーヴェ！　早く何とかしろ！」

「お前こそッ！　早く私を何とかするんだ高虎ッ！　どうにかなってしまいそうだッ！」

「もうなってるだろ！」

「わらわを見ろぉ、わらわにしゅきしゅきするんじゃあ……」

「さあ高虎ッ！　早く私を向こう側へ連れて行ってくれッ！」

「どこへ⁉」

最終的に高虎は、二人の手を振り払い逃げる。それでも、追いかけ回すベルやエウフェリアからは逃げられず捕獲《ほかく》されるも、また逃走。

ピィレーヴェが解除魔法を確立させるまでの間、高虎は延々《えんえん》それを繰り返すのだった。

ちなみに、いくつか余っていたファーフランジュはというと。

「これをいつか創造主さまと一緒に使ったら……んん、インモラルッ……」

人知れず、もうひとりの変態の懐《ふところ》に収まったのだった。

Chapter 5

5章　ダンジョン×サ活＝英雄譚

現在ベルのパーティがダンジョンにて目的としていること。それは主に本格的なダンジョン侵攻《しんこう》に向けた素材集めや、0階層内の調査である。

では本格的なダンジョン侵攻とは何かと問われれば、地下層の冒険に他ならない。その先に賢者《けんじゃ》の石や、ダンジョン構築の謎《なぞ》、創造主の存在があるのだから。

しかし地下層への道は、いまだ開けていない。それは0階層の迷宮の謎が解けていないということだ。それゆえ、0階層内の調査を続けている。

素材集めも調査も、全《すべ》てはより深く、ダンジョン地下層へ侵攻するため。

パーティの目下の課題は、地下層への道を切り開くことであった。

「見つからんのう、地下層への鍵《かぎ》」

この日も四人はダンジョン探索を終え、大広間にまで帰還《きかん》していた。魔石などのアイテムは十分に収集できたが、迷宮調査の進捗《しんちょく》はなし。エウフェリアが怪訝《けげん》な表情でボヤく。

「本当に0階層よりも下なんてあるのか？」

「すでに地下層を主戦場にしているパーティも多いから、ないってことはないと思うよ。べゥのお父さんも地下層の探索経験者だったみたいだし、ね？」

「ああ。話を聞いただけだがな」

「そうなのか？　なら何か、地下層への手がかりを聞いたりしなかったのか？」

「いや、ないな。父が残した書物などもくまなく探したが、それらしきものはなかった。まぁおそらく父は、私には冒険者になってほしくなかったのだろう」

ベルは、父のダンジョン研究を引き継ぐ形で冒険者になった。だがそれは父の望むところではなかったのかもしれない。ダンジョンには、あらゆる危険が蔓延《はびこ》っているのだから。

「あるいは、『冒険者だったら自分で何とかしろ』っていうカマしかもよ？　どちらかといえばそういう人間だったでしょ、べゥのお父さんって」

ピィレーヴェはベルの父親と飲み友達だったらしく、彼のことをよく知っているようだ。なのでピィレーヴェのその見解には、ベルも頰《ほお》を緩《ゆる》めて「そうかもな」と呟《つぶや》くのだった。

そうしてベルたちは、大広間で商《あきな》いをする露天商《ろてんしょう》と戦利品の取引を始める。

するとその時だ。突如《とつじょ》として大広間がザワつき始めた。

「なんじゃなんじゃ」「ちょっと確認してくる」

高虎《たかとら》とエウフェリアの二人が、人だかりをかき分けていく。

騒ぎの中心にいたのは、ひとりの男性だ。

背は低いが濃いヒゲ面《づら》で、身体《からだ》は分厚く筋骨隆々《きんこつりゅうりゅう》。ドワーフという種族だ。

そんな雄々《おお》しい風貌《ふうぼう》の彼は、明らかに錯乱《さくらん》していた。過呼吸気味でブルブルと怯《おび》えている。

よく見れば身体は傷だらけで、肌《はだ》や服がところどころ焼け焦《こ》げている。明らかに危険な状態である彼を、その場にいた魔法使いらしき者たちが介抱《かいほう》していた。

「どうしたんだ、あの人」

「……あの火傷《やけど》、まさか……」

「エウフェリア？」

見ればエウフェリアは彼を見て、石のような固い表情をしていた。高虎の問いかけにも気づかず、自《みずか》らの身体を抱くようにして小刻《こきざ》みに震えている。

高虎が肩を叩《たた》くと、耳をビクッと揺らした。

「どこかへ運ぶみたいだから、手伝ってくる。ベルたちに言っておいてくれ」

「あ、ああ……わかった」

そうしてエウフェリアを残し、高虎もドワーフのもとへ駆け寄る。

「手伝うぞ。どこまで連れていくんだ？」

「ああ助かる。あの救護所まで運ぶぞ、せーのっ」

高虎は魔法使いの男性と共に、ドワーフの両肩を抱え、広間の端の救護所まで連れていく。

その際、意識の確認のために語りかけた。

「大丈夫か？　自分がどこの誰かわかるか？」

「……ド、ドラゴンが……」

「ドラゴン？」

「ドラゴンが突然現れて……お、俺たちを……ウウゥッ！」

「おいしっかりしろ！」

「よし着いたぞ！　そこに寝かせてくれ！」

ドワーフをベッドに寝かせると、看護士や魔法使いたちは慌《あわ》ただしく動く。邪魔になるだろうと高虎は、速《すみ》やかにその場を離れた。

怯えきったドワーフのガラス細工のような瞳《ひとみ》が、しばらく高虎の脳裏《のうり》に焼き付いていた。


ベルの家に戻った四人は、揃《そろ》ってサウナで汗《あせ》を流していた。ダンジョン探索後なので、魔石をサウナストーンにしない慰労《いろう》のサウナである。

熱を帯びる小屋の中、話題はやはり先ほどの出来事についてだ。ピィレーヴェが告げる。

「情報通の友達に聞いたんだけど、あのドワーフのヒト、リーギのパーティらしいよ」

「なんだと……それはつまり、リーギたちがドラゴンによって全滅させられたということか」

「そ。あのドワーフのヒトが収集したアイテムをまとめて持っていたから、魔法使いの仲間が死に際に大広間へ転移させたんだってさ」

その後パーティ仲間は全員、ドラゴンに蹂躙《じゅうりん》される。

当然リスポーンして、ダンジョン外で無事に生き残ってはいる。だがあのドワーフ同様ドラゴンへの恐怖から、全員が心神喪失《しんしんそうしつ》状態であるとのこと。

「そのパーティは有名なのか？」

「ああ、新進気鋭のパーティでな。リーギは大陸の方で有名な傭兵《ようへい》だったようだ」

「０階層でドラゴンに遭遇《そうぐう》しちゃったら、どうしようもないよねぇ。何より心の準備ができてないだろうし。それにしても本当に多くなってきたね、０階層でのドラゴンの目撃情報」

「ああ、いよいよ他人事《ひとごと》ではなくなってきたな」

ため息をつくベルとピィレーヴェ。二人のその様子やドワーフの怯えきった顔から、ドラゴンがいかに恐ろしい魔物か、高虎もぼんやりと認識しつつあった。

ふと高虎は振り向き、サウナベンチの二段目に座るエウフェリアに問いかけた。

「エウフェリア、何か気になることでもあるのか？」

「む、なぜじゃ」

「やけに大人しいからな。気のせいならいいが」

具体的にはあのドワーフを見た時から、エウフェリアは心ここにあらずといった表情をしている。高虎はずっと気にしていたのだ。

だがエウフェリアの回答は、ある意味で予想通りだった。

「数日ぶりの探索で少し疲れただけじゃ。気にするな」

「……そうか」

それが建前《たてまえ》であることは、考えなくてもわかった。ただ高虎は追及しないことを選択。それ以上、会話を広げようとはしなかった。

そこでピィレーヴェが、何を思ったかあらぬ方向へ話を広げてしまう。

「そうだねぇ数日ぶりだもんねぇ、みんなで顔を合わせるの。なにせ約二名ほど、トァの顔が見れないなんて理由で引きこもってたんだもんね」

「「おおおおいっ！」」

過敏《かびん》に反応するベルとエウフェリア。サウナで火照《ほて》った顔が、更《さら》に高熱を帯びていく。

先日の魔石品評会での珍事《ちんじ》、通称ファーフランジュ事件は、その後も尾を引いていた。

主にベルとエウフェリアが、高虎の顔を見ると恥《は》ずかしさで叫び出すという症状にかかってしまったのだ。厄介《やっかい》なことに、あの時ファーフランジュによって口にした言葉の全ては、忘れることなく記憶に残ってしまっているらしい。

「だからって二人揃ってピィの家で寝泊まりするんだもんなぁ。まぁその代わりピィは、ベルの家でトァとおしゃけ三昧《ざんまい》だったけど」

「元はと言えばお前のせいじゃろがい！」

「やっと今朝、あの大恥《おおはじ》を心のゴミ箱に入れて蓋《ふた》をしたばかりなんだ！　ほじくり返すな！」

実に三日間、ベルとエウフェリアはピィレーヴェの家で精神修行を重ねることで、なんとか今朝高虎と再会することに成功。そうして久々のダンジョン探索が可能になったのだった。

男としてはうまくフォローしにくい出来事ではあるが、高虎も言葉を選んで話す。

「まぁ二人共、あの時は毒にあてられ、あることないことを言ってしまっただけだろ？　気にするな。俺も大して気にしていない」

高虎の渾身《こんしん》の気遣《きづか》い。しかしベルとエウフェリアはその言葉に、どこか釈然《しゃくぜん》としない様子。

不自然な間《ま》を挟《はさ》むと、二人はすくっと立ち上がってサウナから出て行く。

「……そうじゃな」

「……あぁ、その通りだ。その通りだとも……」

その背中を見て、高虎は嬉《うれ》しそうにピィレーヴェへ語りかける。

「あの二人、三日間の共同生活でより仲良くなったんじゃないか？　ケガの功名《こうみょう》だな」

「んふふー、そうかもねぇ」

いくら魔石の効果であっても、心にもないことは言わないんじゃないかな。

そんな言葉が喉《のど》まで出かかったが、あえて口にはしないピィレーヴェであった。

その後、晴天の大草原にて四人は、至福《しふく》のととのい時間を共有する。二脚のガーデンチェアにはベルとピィレーヴェが座り、高虎とエウフェリアは芝生《しばふ》に敷物《しきもの》を広げ、寝転んでいた。

こんな時間を四人は、もう幾度《いくど》となく共にしてきた。

「あ、そうだエウフェリア」

そんな中ふと、ベルがエウフェリアに呼びかける。

「先ほど高虎の質問に対し何か言い澱《よど》んでいたが、何を気にしてる？　包み隠さず言うんだ」

「おおおおいっ！」

高虎は思わず飛び起きる。その姿に、隣のエウフェリアはビクッと驚いていた。

高虎があえて踏み込まなかった、様子がおかしいエウフェリアの心の内。そこへ何の前触れもなく、土足で突っ込んだベル。それにはピィレーヴェも呆《あき》れ顔を浮かべていた。

「ベルお前、マジか……」

「な、なんだ高虎！　知りたかったのだろう⁉　だから私が代わりに聞いてやろうと……」

「これだからエルフは……いやそれはエルフの方々に失礼か。べぅが無神経なだけだしね」

「な、なんだと言うんだぁ！　隠し事はいけないじゃないかぁ！」

ベルなりにパーティのためを思っての発言だったようだが、仲間たちから白い目で見られ、わけもわからず涙を浮かべるのであった。

「えふふっ、バカじゃのう」

エウフェリアはそんな光景を前に、つい笑みをこぼしてしまっていた。

ヒトの機微《きび》をまるで感じ取れぬリーダーのエルフ、逆に感じ取りすぎて気を遣ってばかりの人間、そしてそれを俯瞰《ふかん》して愉《たの》しそうなノーム。

エウフェリアは三人を前に、顔をくしゃくしゃにして笑う。自分もこんな滑稽《こっけい》なパーティの一員であること、それ自体が面白《おもしろ》くて堪《たま》らない、というような笑顔だった。

「どうしたもんか、隠しているのがアホらしくなってきたわい。おぬしらがアホじゃからか、あるいはととのったことで毒気が抜けてしまったからか」

そんな言葉を聞けば、高虎も表情を一変、エウフェリアと同様に笑顔を見せる。

「そうだな。ととのうことの最大の利点は、前向きになることだ」

頭に重たいものを抱えていたり、なんとなくモヤモヤしている時、サウナでととのうことで前向きになれる。そんな経験を、高虎は幾度となく重ねてきた。

ととのうだけでは何の解決にもならない。そんなことはわかっている。

ただ、前向きになるなんて小さな心の変化で、違った景色が見えてくることもあるのだ。

「そしてととのいが生む悠久《ゆうきゆう》とも感じられる『無』がいずれ、心や体に無限の力を……」

「いや出てる出てる。厄介なところが出てきてるよトァ」

油断するとすぐに飛び出す厄介サウナーの謎理論。ピィレーヴェは対応に慣れつつあった。

ちなみに、ベルにとって高虎の謎理論はおしなべて金言といえるものであり、それを遮《さえぎ》ったピィレーヴェには静かな抗議の視線を送っていた。

脱線した話を引き戻して、話題はエウフェリアの胸の内について。なぜドラゴンに遭遇したドワーフを目撃してから、気がそぞろになっていたのか。

その謎は、たったの一言で解き明かされた。

「わらわも過去にドラゴンと遭遇し、殺されたことがあるんじゃ」

予想以上に衝撃的な告白だった。三人は息を呑《の》み、相槌《あいづち》さえ打てなかった。

「数カ月前、ひとりでダンジョンをウロチョロしていた時じゃ。運悪くドラゴンと遭遇した。分《ぶ》の悪い魔物と出くわした時には、とっとと逃げるようにしておったんじゃが……ドラゴンが相手では、逃げることさえできなかった」

「な、なぜ？」

「恐怖で本能的に、身体が動かなくなったんじゃ。で、そんなところを炎の息吹《いぶき》でひと吹き。焼き尽くされてリスポーン。それがわらわの、最初で最後の『死』じゃ」

それから一週間は、ダンジョンに寄りつくことさえできなくなったという。エウフェリアが元来持つ気丈《きじょう》さを、恐怖が上回ったのだ。

「リスポーンしたとはいえ、初めての『死』じゃったからのう。今となったら笑い話に……と言いたいところじゃが、どうやらまだ恐れているようじゃな」

ととのって心の壁が薄くなったせいか、エウフェリアは珍《めずら》しく自身の弱みを曝《さら》け出す。

そんな事情を聞いては、三人も同情する他ない。

「初めての『死』がドラゴンか。高虎にとってのガーゴイルと同じだが……」

「トァみたいに倒して嫌な印象を払拭《ふっしょく》、とはそう簡単にできない相手だねぇ。まず、そうそう出くわすこともないし」

「そういうことじゃ。だから気にすることはない。ドラゴンへの恐怖を久々に、あのドワーフの傷から感じてしまっただけじゃ」

そう言って笑うエウフェリアからは、もう不自然な雰囲気《ふんいき》はなかった。

それでもダメ押しのように彼女をフォローするのは、ベルだ。

「その頃のエウフェリアとは違う点がある。それは、私たちがいることだ」

「む……」

「心配はいらない。ひとりの問題は、パーティ全体で解決するものだからな。仮にドラゴンに遭遇したとしても、私たちが守ってやる」

その力強い言葉には、高虎とピィレーヴェも思わず感嘆《かんたん》してしまう。

「たまに、こういう気の利《き》いたこと言うんだよな」

「本当にね。もうどっちかにしてほしいよね。ずっとトンチンカンでもいいのに」

「な、なんなんだお前ら！　なにがなんでも私をバカにしたいのか！」

統率《とうそつ》力はあれど調整力には乏《とぼ》しいパーティリーダーだが、こうしてイジられることでバランスを保っている側面もある。ベルにとっての理想のリーダー像とはかけ離れたものであるが、得てして理想と現実は乖離《かいり》するものだ。

それはそれとして、今の話でエウフェリアはひとつ、思い出したことがあるようだ。

「初めてドラゴンに殺された場所なんじゃがな、そこにも魔石があったぞ。それもかなり珍しい色じゃった。すっかり忘れておったわ」

あるいは強い精神的ショックから忘れようとしていたのか、記憶の奥に押し込められていた魔石の記憶が蘇《よみがえ》ったようだ。

エウフェリアは人差し指でこめかみをグリグリとし、その魔石の特徴を思い浮かべる。

「白かったり青かったり紫《むらさき》だったりするんじゃ」

「え、一色じゃないってこと？」

「ああ、見る角度によって異なっててな。面白い魔石じゃった」

これまでにはない、多色性を孕《はら》んだ魔石とのことだ。

ピィレーヴェはすぐさま魔石図鑑で検索を始める。図鑑でも珍しい特徴を持つ魔石であるため、すぐ見つかるだろうとピィレーヴェ以外の三人はそのまま待機。

すると数分後、ピィレーヴェはニヤリと笑った。

「……これはもしかしたら、ピィたちの運命を変える魔石かもしれないよ」

ピィレーヴェが掲《かか》げてみせる魔石図鑑のそのページ。ベルにつられて高虎とエウフェリアも覗《のぞ》き込むが、当然字は読めず。ベルの音読を待つ。

「なっ……これは本当か⁉」

「なんだ、どんな魔石なんだ？」「早く読めベル！　気になるじゃろうが！」

要望に応《こた》えてベルはその文字列を、興奮《こうふん》した声色《こわいろ》で口にした。

「ガクマーリフィン。効能は、魔力由来《ゆらい》の幻想や罠《わな》などの正体を見破ることが可能になる」

「正体を見破れる……それがなんだと言うんじゃ？」

「あっ、もしかして地下一階層への道が？」

「その通り！　ダンジョンの全ては、創造主さまの魔力を元に構築されてるの！　だからこの魔石で０階層の仕掛けを解き明かせば、地下一階層への道が開けるかもしれない！」

そこでエウフェリアも事の重大さに気づき、「おおぉ！」と声を弾《はず》ませる。

高虎、ピィレーヴェ、エウフェリアが、目を輝かせてパーティリーダーに視線を送る。

ベルはそれぞれの顔を見比べてひとつ頷《うなず》くと、力強く宣言するのだった。

「明日、この魔石を採掘《さいくつ》しに行くぞ！」

＊＊＊

エウフェリアを先頭に、パーティの四人はダンジョンを進んでいた。

目指すは多色性の魔石、ガクマーリフィンがある広間。名を『白き大樹の間《ま》』という。

０階層でも最奥《さいおう》とされる場所で、現在ではあまり冒険者が寄りつかなくなっている地帯だ。

「現在では、ということは昔は違ったのか？」

「ああ。白き大樹の間は、ダンジョン発見当初は冒険者たちにとって、最終目的地であった。だがそこにあった財宝はすでに取り尽くされ、地下層の存在が明らかになった今となっては、白き大樹の間を目指す者はほとんどいなくなった」

「ヒトが寄りつかない、それすなわち魔物が多いってことだから注意してね。それにしても、本当にオアサイトを使わなくてよかったの、エウフェリア？」

オアサイトとは、品評会にて肉体強化の効果があると判明した緑の魔石のこと。図鑑が発見され、正式名称もわかったのだ。

本日のダンジョン探索にあたり、例によってパーティはサ活でととのい、魔石の力をその身に宿した状態で臨《のぞ》んでいる。

だがその魔石は、魔力増幅のアスリオスのみ。ゆえに恩恵を受けるのはベルとピィレーヴェに加え、召喚獣《しょうかんじゅう》化した際に有効になる高虎だけだ。

前述の通り、白き大樹の間への道のりは険しいことが予想される。ベルらはエウフェリアのためにオアサイトも使ってもいいと言ったが、エウフェリアはそれを固辞《こじ》した。

「同じ使い捨ての魔石でも、アスリオスと違ってオアサイトは残りの所持数が少ないじゃろ。ただの探索で使うのはもったいないわ」

「それはそうだが……」

「おぬしら、昨日のドラゴンの話に引っ張られ、わらわが弱々しく見えてるんじゃないか？

見くびるなよ。わらわは魔石に頼らずとも、十分に強い。おぬしらよりもずっとな！」

むんと胸を張るエウフェリアからは、昨日の放っておけない雰囲気は微塵《みじん》も感じられない。

それが本来のエウフェリアと言えるだろう。

「確かにそうだな。なら頼んだぞ前衛《ぜんえい》隊長」

「えふふっ、まかせろ！」

「高虎の召喚獣化も計算に入れれば、エウフェリアの肉体強化がなくとも、問題なく最奥へは行けるだろう。ただしエウフェリアの場合、興味本位でオアサイトを試したいと言いそうな気がしていたんだがな」

「昨日弱った部分を見せちゃったから、ムキになってるんだよ。察しなさいなリーダー」

「ち、違うわいアホがぁ！」

薄暗く不気味なダンジョンの、険しい白き大樹の間への道のり。

それでも四人はいつもと変わらず、賑《にぎ》やかに闊歩《かっぽ》していくのだった。


0階層最奥への道程は、想定よりも順調に進むことができた。

もちろん道中あらゆる魔物との戦闘に陥《おちい》った。オーガのような一体のみでパーティを脅《おびや》かすような個体とは遭遇しなかったが、群れで襲《おそ》いかかるタイプとは何度か遭遇した。

ベル・ピィレーヴェ・エウフェリアと個々人の戦闘能力は高いが、連携《れんけい》はイマイチだったのも今は昔。四人での戦闘は噛《か》み合いつつあった。

ベルはいまだ傷ひとつついていないため召喚獣・高虎の出番もなし。

高虎は、この異世界で培《つちか》ってきた剣の腕を大いに振るい、魔物を次々に打ち破っていた。

ヒトの寄りつかない最奥地帯に入っても、まるで危なげのない戦闘を繰り広げるパーティ。

言葉にはしないが、皆が心の中で思っていた。

このパーティならいつか、夢を叶《かな》えられるかもしれない。

妹の病気を治す賢者の石、父の遺志、創造主への恋、銀狐《ぎんこ》族の地位向上。

四人の意志はまるで異なるが、思いの強さは同じだ。

己《おのれ》のため、そして仲間の夢のため、地下層進出への鍵を握るガクマーリフィンを持ち帰る。

今この時、四人の意識には一寸のズレもなかった。

無事に最奥・白き大樹の間に辿《たど》り着いたのは、出発から四十分ほど経《た》った頃だ。

「おお……本当にこんなところに、白い樹が……」

広間の中心に鎮座《ちんざ》する白い大樹を見て、高虎は感嘆の声を漏《も》らす。その幹は高虎の肩幅よりもずっと太い。陽《ひ》の当たらぬダンジョンで、それでも力強く天井に向かい枝葉を広げていた。

ベルが高虎の隣で、同じく白き大樹を見上げる。

「すごいよな。炎を浴びても雷《かみなり》に打たれても、ビクともしないらしい。ダンジョン内に脈打つ魔力によって自生しているようで、葉などを煎《せん》じて飲むと魔力が回復するんだ」

「ほう、すごいなそれは」

見た目は白樺《しらかば》のようだが、その性質はやはりこの世界らしいものだった。

ふと高虎はその木の根元にて、落ちた枝を発見した。

「朽《く》ちて落ちたのか？」

「だろうな。代謝《たいしゃ》や老化はしているのだろう」

均等《きんとう》に葉のついたその五十センチほどの枝を、高虎はしげしげと見つめて頷く。

「うん、良い感じだ」

満足そうに呟くと、それらを自身のカバンに突っ込んだ。

「持って帰ってどうするんだ？　煎じて飲むのか？」

「いや、他にも使い道があると思ってな。それより、ガクマーリフィンってのはどこだ？」

「こっちだよー」

ピィレーヴェがいるのは木を挟んでちょうど反対側。そこには高虎の身長以上ある大きな卵形の岩が立っていて、その側面に目的の物はあった。

光の当たり方で変わる不思議な魔石。改めてピィレーヴェが魔石図鑑と見比べる。

「うん、間違いなくガクマーリフィンだ！」

「前にも見たが、変な岩じゃのう。こんなところにドカッと立って」

「確かに不自然だな。何かの記念碑か、誰かの墓か……ダンジョンの歴史に関《かか》わる物だったりするのだろうか」

「とりあえず採掘するぞ。そのために来たんだから」

高虎がツルハシを駆使《くし》し、丁寧《ていねい》にガクマーリフィンの周りを削《けず》っていく。剣の腕と同様に、ツルハシの扱いももはや素人《しろうと》ではなくなっていた。

「剣士に召喚獣に魔石採掘職人と、肩書きがどんどん増えるねぇトァ」

「職人なんて言えるレベルじゃないぞ。いかに魔石を傷つけず、無駄なく削り取れるか。これがなかなか難しいいんだ」

「いや、その口ぶりの時点ですでに、職人の道へ片足突っ込んどるじゃろ」

そうして回収し終えると、四人そろって疲労と安堵《あんど》が混じるため息をついた。

「よし、無事に終えることができたな」

「ああ。面倒《めんどう》な魔物に遭遇しなくてよかった」

「流石《さすが》に疲れたのう。とっとと帰ろうぞ」

「うん。それじゃあ転移魔法を……」

「ガクマーリフィンに目をつけるとは、通だねぇ」

「……ん？」

ふと、聞き覚えのない声が会話に混じる。振り返るも、そこには誰もおらず。

全員の頭にハテナが浮かぶ中、再びその声が聞こえたのは、広間の出入り口の方からだ。

「こっちこっちー」

壁にもたれて立っている者がひとり。こちらへ手を振っていた。

光を反射するような白い肌、白い髪の彼は、スラリと細身で高身長。愛嬌《あいきょう》をいっぱいに振りまくような笑顔を絶やさない、優男《やさおとこ》といった顔立ちだ。

それでも高虎が、彼を普通の人間でないと判断した材料は、やはり耳だ。細長く天に伸びるそれは、まるで兎《うさぎ》の耳のよう。

コミュニケーションが取れるため、魔物でないのだろうとも判断できた。これまで見てきた魔物は、有無《うむ》を言わさず襲いかかってくる連中ばかりだったからだ。

よって高虎は彼を、獣人《じゅうじん》の冒険者なのだろうと推測《すいそく》する。

しかし答え合わせを願おうにも、周囲を見ると、そんな空気ではなかった。

「そんな、まさか……」

ベルたちは、呪《のろ》いをかけられたのかと見紛《みまご》うほどに、顔を青ざめさせていたのだ。

「どうした、知り合いなのか？」

「そ、そんなわけないじゃろ！」

「あの風貌、間違いない——コメディリリーフだ」

「イエーイ僕、有名人！　みんな見てるー!?」

「なっ……!?」

背後から声。振り向けば至近《しきん》距離に、その男はいた。

先ほどまで遠く離れた壁際にいたその男が、今は目の前に。

鳥肌《とりはだ》が全身を支配する。高虎はその瞬間に理解した。

彼は今までこの世界で見てきた、どんな種族、どんな魔物よりも、怖い存在なのだと。

「下がれ高虎ッ！」

とっさにエウフェリアが高虎を飛び越え、男を強襲《きょうしゅう》。電光石火《でんこうせっか》の蹴《け》りを繰り出す。

が、エウフェリアの足は空気を斬《き》る、それだけだ。

「野蛮《やばん》やばんばんだねー、銀狐の子は」

「えっ⁉」

振り向けば彼は、今度は白き大樹の下にいた。

どこから出てきたのか、彼は椅子《いす》に腰をかけ、優雅《ゆうが》にカップを傾けている。テーブルには湯気が立つファンシーなポットと、クッキーのような焼き菓子が置いてあった。

なんだ今のは？　瞬間移動か？　それらはどこから出したんだ？　一体何者なんだ？

あらゆる疑問が高虎の脳を巡《めぐ》るが、言葉にできないほど、その事態に驚愕《きょうがく》していた。

「コメディリリーフ……０階層にやってくるという噂《うわさ》は、本当だったのか……」

「なんだそのコメディリリリーフってのは……何なんだあいつは」

「あれ？　僕のこと知らない人いるじゃん！　ダメダメそんなの！」

　コメディリリーフと呼ばれるその男は、兎型のクッキーを口に運ぼうとしたところで大げさに驚く仕草《しぐさ》を見せる。そうして呆《あき》れたように語った。

「突然知らないヒトが現れてそれが何者なのかハッキリしないまま話が進むのはよろしくないなぁ。君たちだって知らないヒトの話をずっと聞かされるのはイヤでしょ。誰やねんって思いながらそれでも誰やねんって顔はせず、その話題が過ぎ去るのを待つ健気《けなげ》さに甘える時代はもう終わったんだよ？　わかる？　最近の冒険者たちにはわからない？　もうもう、おバカ！」

　唐突《とうとつ》なマシンガントークに一同ポカン。ラジオでも始まったのかと、高虎は思った。

「それじゃ説明パート、ドン！　みんなでおさらい、コメディリリーフってどんなヒト〜？」

　長い耳に手を当てて、愉快《ゆかい》そうに顔を左右に振るコメディリリーフ。

　どうやら、高虎に教える時間をくれているらしい。

「ほらほら巻きで頼むよ。僕がここでお菓子をもぐもぐしている間にさ。もぐもぐ」

　急《せ》かしているのかどうなのか、コメディリリーフは白い大樹の下で愉快なティータイム。

「……何なんだ、あの俗《ぞく》っぽいヤツは」

「私たちも、噂でしか聞いたことがないんだが……」

　ベルはコメディリリーフから目を離さず、少々困惑《こんわく》気味に説明を始める。

「ダンジョンに出現する魔物の中にも序列があってだな。その中でも最上級とされる、創造主直属の部下たち、通称『ダンジョンキャスト』――奴《やつ》はそのひとりだ」

「なっ……！」

想像以上の大物であることが判明し、高虎は目を見開いて彼を見た。

つまりこのダンジョンにおいて、創造主に次ぐレベルの存在ということだ。

「ダンジョンキャストは創造主から直接魔力を分け与えられている、いわば創造主の体の一部。ゆえにその力も絶大で、奴らと遭遇した者の多くは、リスポーン後もその恐怖によって精神を破壊され、二度とダンジョンに踏《ふ》み入ることはなくなるという」

壮絶な語りを前に、高虎は生唾《なまつば》を飲む。

「ダンジョンキャストは基本、深い地下層に現れる。だがコメディリリーフだけは、戯《たわむ》れに0階層に現れては冒険者たちをからかうと噂されていた。それが真実だと判明したわけだ」

「信憑性《しんぴょうせい》は薄かったんだけどね……でも兎人とエルフのハーフって噂通りの風貌、何よりこの距離でもわかる異常な魔力……間違いないだろうね」

「からかいに来られるとは、わらわたちもナメられたもんじゃな」

ここでコメディリリーフは、わざとらしく慌《あわ》てたフリをしながら会話に加わる。

「おっと、それは誤解だよ。僕は君たちを探しに来たんだ」

「ど、どういうことだ？　なぜ私たちを……」

「君たちでしょ、最近0階層で魔石を採掘して回ってるパーティって」

「えっ……」

身に覚えがないとは言えない。なぜなら今ピィレーヴェのポシェットの中には、ガクマーリフィンを含めた魔石の数々があるのだから。

「きょうび魔石回収してるヒトって珍しいじゃん。今の島にはまともな魔石加工職人もいない状況なんでしょ？　なのになんで採掘してるの？　高値で売る手立てがあるの？　それとも、有用な魔石の運用方法を知っているとか？　ねーねーねーねー」

「っ……」

その通りだと顔に出そうになるのを、必死に堪《こら》えるベルたち。コメディリリーフは目を細めて彼女たちを見つめて、最後には納得しているのかいないのか、何度か頷いてみせた。

「ま、良いけどさ。僕はただ、ダンジョン内での小さな異変を感じ取っては見て回ってるだけだから。そうミシー様に言いつけられてるし。僕の趣味でもあるけどね。可愛《かわい》い可愛い冒険者たちが、私利私欲《しりしよく》のために駆けずり回る姿ってさ、素敵《すてき》じゃん？　青春じゃん？　ひゅー♪」

と、相も変わらぬ調子でベラベラとしゃべり続けるコメディリリーフ。

しかしベルたち、特にピィレーヴェは、ぬるっと飛び出したとある名前に引っかかった。

「ミ、ミシー様って……？」

「え？　あっ」

コメディリリーフはよく回る口を閉じ、数秒間ほど沈黙。

その不思議な時間の果てに、舌《した》を出してコツンと頭に拳《こぶし》を当てた。

「やべっ、創造主さまの名前言っちゃった」

「「えええッッ⁉」」

ベルとエウフェリアが驚愕するのも当然で、ダンジョンの創造主に関する情報は、見た目や種族どころか名前さえも出回っていない。わかっているのはダンジョンに張り巡らされた膨大《ぼうだい》な魔術式から透けて見える、魔術師としての異常性のみだった。

しかしその名前が今、さらっと判明した。

その事態に真っ先に反応したのはもちろん、恋する乙女《おとめ》ピィレーヴェである。

「きゃ〜〜〜〜〜〜〜〜〜っっっ！」

その歓声《かんせい》は、もはや悲鳴に近い。ピィレーヴェは手帳を取り出すと、慌てて『ミシー様』と何度も書き殴る。その文字列をうっとりと眺《なが》めると、頬擦《ほおず》り。

「ああぁん、ミシーさま⁉　なんて素敵な響き！　んんッ、この神聖でインモラルなダンジョンの創造主にふさわしいお名前ぇっ！　ミシーさまミシーさまミシーさま……ミシー・ロゥ……きゃあああああ今のなし今のなし！　ピィはミシーさまの苗字《みようじ》が欲しいな！　んふふふふふ」

何度も飛び跳《は》ね、魔法で頭上に花を咲かせ、時おりブルブルと身悶《みもだ》え。

ピィレーヴェはハシャいでいた。現在の置かれた状況など忘れ、ハシャいでいた。

その喜びようにはパーティの三人もドン引き。と同時に、名前を知っただけでコレなら実際に会ったらどうなるのか。普通に息絶えるのではないか。あるいは全裸《ぜんら》になって創造主に突撃するのではないか。まだ見ぬ未来を想像してベルたちは戦慄《せんりつ》するのだった。

ただ、コメディリリーフの反応は違った。

「へー君、創造主さまのことが好きなんだ？」

「へっ……」

またも視界から姿を消したコメディリリーフ。今度はピィレーヴェの背後に立ち、その小さな肩に手を回すと、至近距離で顔を覗き込む。

「ふーん、ノームにしても高い魔力の子だ。一生懸命、研鑽《けんさん》を積んできたんだね。それにこの魔装束《ましょうぞく》はお手製？　とっても可愛いね」

「なっ……は、放して……」

「ねぇ、創造主さまもいいけどさ――僕のことも好きになってよ？」

「えっ……（トゥクン）」

ピィレーヴェの胸中で甘美な音が響くと、コメディリリーフは白き大樹の下に戻っていた。

椅子に座り、カップ片手にピィレーヴェへ手を振るその表情はどこか小悪魔のようで、危険な甘さを孕《はら》んでいる。

「な、何なのあいつぅ……」

ピィレーヴェの顔は甘酸《あまず》っぱい果実のように、真っ赤に染まっていく。

その時、二人の間で何かが、始まろうとしていた――。

「「………」」

そんな一連の流れを、ベルたちは白い目で見つめていた。

「はっ……み、みんな何その目は！」

「トゥクンって言ったな」

「ああ、トゥクンって言った。あんな軽薄《けいはく》そうな男に迫られて」

「ピィレーヴェの創造主への想いは、そんな簡単に揺れるほどだったんじゃな」

「そ、そんなことないもん！　あ、あんな奴なんか……っ！」

見ればコメディリリーフは、何やら暑そうな顔でシャツのボタンをひとつ外し、真っ白な胸元を露《あら》わにする。そうして煽情《せんじょう》的な流し目をピィレーヴェに向けた。

「あ、あいつぅ……！」

何が「あいつぅ」なのかわからないが、どうやらかなり屈辱《くつじょく》的な気分らしい。ピィレーヴェは恥ずかしそうに唇《くちびる》を震わせながら、杖《つえ》に魔力を溜《た》め始める。

彼女の乙女心はもう、走り出してしまっていた。

「そ、創造主さまへの気持ちを試すみたいに……許さないんだから！」

「お、おいやめろピィ！」

「うるさ――――いっ！　バチバチィ――――ッ！」

ピィレーヴェの杖から放たれた稲妻《いなずま》がコメディリリーフのもとへ駆ける。耳まで痺《しび》れるほど

の雷鳴《らいめい》が響き渡り、ベルたちは思わず目を瞑《つむ》る。

しかし目を開くと、そこにあったのは木っ端《こっぱ》微塵《みじん》に砕《くだ》けたテーブルのみ。

「――まあね、ただ初めましてーで終わるのも、ねぇ？」

コメディリリーフは、高虎の真横をテクテクと通り過ぎながら、カップを傾けて飲み干す。

ポイッと捨てたカップは、なぜか地面には落ちず空中で消えた。

いきなり耳元で聞こえた声。身震いしながら高虎はとっさに水平斬り。だが手応《てごた》えはない。

わかっていたことだ。

「それに、いくらでも死ねちゃうファニーなダンジョンなんだ。どうせならさ――一周回ってコメディみたいな、笑けるほど惨《むご》たらしい死に方、してみちゃう？」

「ハアアアアァァァッ！」

倒錯《とうさく》的に笑うコメディリリーフへ、ベルが襲いかかる。だがやはり剣は空を斬った。

それどころか背後に立たれ、ポンと肩に手を置かれる。

「君はハーフエルフか」

「なっ⁉」

「ベルどけええええええッ！」

エウフェリアの目にも留まらぬ蹴りの応酬《おうしゅう》を、コメディリリーフは木葉のようにはらりはらりと避《よ》ける。ベルと高虎が加わっても、ピィレーヴェが魔法を唱《とな》えても、攻撃は届かない。

それどころか平静そのもので、まるで世間話《せけん》をするようにしゃべり続けた。

「ハーフエルフに銀狐にノーム、ずいぶん食い合わせの悪そうなパーティだ。個々の力はなかなかだけど連携はまだ微妙にぎこちないね。とはいえ全くダメなわけじゃない。まだ発展途上なのかな？　パーティ組んで目が浅いとか？　の割にはやけに信頼し合ってるね？　見えない何かで繋《つな》がっているような雰囲気？　ふむふむふむふむ、ところで君は何？」

「うおっ……！」

ギュンッと鼻と鼻が当たりそうなほど距離を詰められた高虎は、怯《ひる》みながらも剣を振るう。

だがコメディリリーフは、避けるというよりただしゃがんだだけ。顎《あご》に手を当てて首を捻《ひね》る。

「人間。あーなるほど潤滑油《じゅんかつゆ》くんか。確かにこれだけクセの強そうなメンツには必要だね」

そして背後に回ると、高虎の身体をペタペタと触り、釈然としない顔。

「むー？　筋肉は十分ついてるね。でも見かけほどは強くない。なんかまるで筋トレだけしてきました、剣の訓練は最近始めました、みたいな身体つきだね」

「や、やめろ触るなっ……ひぃぃ！」

触れ方が妙にねちっこいせいか、高虎はゾワワーっと鳥肌を立てっぱなしである。それでもコメディリリーフは興味深そうに解説し続けていた。

「全然センスがないのか、もしくはめちゃくちゃ平和な国から来て突然冒険に目覚めたのか。いやどんな状況やねん。ある意味で君が一番謎だねぇ潤滑油くん。あっは――――っ！」

大型犬にするように高虎の頭をガシガシ撫《な》でると、コメディリリーフは満足そうに離れる。

気づけば一瞬にして、白き大樹の枝の上に座っていた。

「魔石に目を付けるだけあって、ファニーだね君たち。実に興味深い。どうか末長く冒険してほしいと、コメリリ兄さんは応援するよ！　今日は殺すかもだけどな！　あっは――――っ！」

足をプラプラと揺らして楽しそうなコメディリリーフ。

ベルは明らかな実力差に言葉を失い、エウフェリアは野生に戻ったような興奮状態。ピィレーヴェは先ほどの屈辱からまだ立ち直っておらず、じんわり涙を浮かべている。

高虎は身体を震わせながら尋《たず》ねた。

「な、なんなんだあれ……瞬間移動か……？」

「おそらくだが、転移魔法の一種だ」

ギリギリ理性を保っているベルが回答。コメディリリーフは「はいもう一回説明ターン」とばかりに、長い耳をクシでグルーミングし始めた。

「転移魔法って……ダンジョンを行き来するのに、ピィレーヴェが使うアレか？」

「ただあんなに高頻度《ひんど》で、しかもこの限定空間で寸分の狂いもなく転移するのは……」

「ありえないよ……気が遠くなるほど複雑な魔法演算……それに術式の展開速度も異常。はっきり言って今のピィたちじゃ、指一本触れられないよ……」

「なら、この状況からの脱出が最優先か」

「うん。ここで死んだらガクマーリフィンが消えちゃうし……」

ダンジョンで息絶えれば、リスポーンしても身につけている物以外は消失する。

そして地下層への鍵を握るガクマーリフィンは、ラルトエラツァイトほどではないが、希《き》少《しょう》価値の高い部類に入るようだ。なのでここで失えば、再び手に入る保証はないのだ。

ゆえに敵《かな》わぬ相手とは戦わず、魔石を守るため逃げることを優先するのは、当然の判断だ。

ただそれに難色を示すのは、他でもないコメディリリーフだった。

「えぇー帰っちゃうのー？　もっとお話ししようよー、ねぇピィレーヴェ？」

「な、なんでピィ⁉　しないわよ、あなたなんかと！」

「僕のこと嫌いになっちゃった？」

「き、嫌いに決まってるでしょ！　あなたみたいな軽薄な男……！」

「そうか、残念だな……僕の心の寂《さび》しさを埋める、運命のヒトだと思ったのに……」

「え……（トゥクン）」

ペペンッと、ベルとエウフェリアに頭を引っ叩《ぱた》かれるピィレーヴェであった。

ピィレーヴェへのアプローチはともかく、ここで逃げられるのは望むところでないらしい。

もう少し遊びたい、というニュアンスで。

コメディリリーフは、登場時からずっと変わらない笑顔のまま、問いかけた。

「でもさ、逆に聞くけどさ——僕がそう簡単に、逃すと思う？」

「え……」

パチンッ、と指を鳴らしたコメディリリーフ。

しかし何も起こらない。代わりにコメディリリーフは、イヤに落ち着いた声で告げた。

「ほら、詠唱《えいしょう》してごらん。転移魔法」

「い、言われなくても……」

ピィレーヴェの杖が煌々《こうこう》と光り始める。それはいつもダンジョンからベルの家へ戻る時と、変わらない光だ。が、おもむろにピィレーヴェは、顔を青ざめさせる。

「ウ、ウソ……転移しない……」

「え、な、なぜだ⁉」

「いかなる魔法においても、この白き大樹の間から脱出することを許可しない術を施《ほどこ》した」

コメディリリーフは、どこまでも穏《おだ》やかな表情で、ふわりと笑いかけた。

煙のようにその場から消えると、次に現れたのは出入り口のそば。トンっとひとつ足踏みをすると、どこかから転移させたのか大岩が降ってきた。

まるで、唯一《ゆいいつ》の出入り口を塞《ふさ》ぐように。

「これでもう、この白き大樹の間から出られなくなっちゃったね。物理的にも、魔術的にも」

もう言葉も出なかった。高虎たちは静かに、ゆっくりと、絶望を滲《にじ》ませていく。

「あーいいね、その顔いいね。この術を展開するとね、0階層の冒険者くんたちはみんな同じ顔をするんだ。どうだい、このファニーな状況は。絶望とユーモアは表裏一体《ひょうりいったい》、恐怖と緊張が生み出す刹那《せつな》的笑劇場。もう笑うしかない今この時、この空間は、コメディになったんだ」

残忍性を帯びる笑顔で目を見開き、首を傾けるコメディリリーフ。

ただ、ものの数秒後、どこかつまらなそうに小さく補足した。

「まーでも永続的な術式ではないからね。一時間もすれば元に戻っちゃうんだ。つまりはそれまで君たちが死んじゃわなければ、ガクマーリフィンを持ち帰れるってわけ」

そこまで話すとコメディリリーフは「いっぱい喋《しゃべ》って喉渇《のどかわ》いちった」と言って指を鳴らす。

そうして空中からジョロロロと降ってきた水を、ダイレクトにがぶ飲みしていた。

高虎たちの表情は、絶望的な色からは少しずつ、好転しているようだ。

「もう、選択肢《し》はひとつだな」

「ああ。戦って生き残るしかない」

「うんうん。ハーフエルフちゃんと潤滑油くんは、順応するのが早くてエラいね。お兄さんが花丸をあげようね。ほーらっ」

コメディリリーフがパチンパチンと指を鳴らすと、ベルと高虎の頭上から色とりどりの花が降ってくる。もはやそんな異常事態にも、大して驚かなくなった。

「これも転移魔法ってヤツか?」

「だろうな。どこか別の座標からここへと転移させているんだ。あの椅子やテーブルや大岩、さっき降らせていた水もそうなのだろう」

「それでベルよ。あいつやっちゃっていいんじゃな？　もう我慢《がまん》できんわ」

エウフェリアの確認に、ベルは最後に数秒考えたのち、頷いた。

「……ああ。致命傷を負わぬようできるだけ逃げ回り、隙《すき》を見て攻撃しよう」

「よっしゃ、顔の形が変わるほど蹴ってやるわい！」

「許さない……あいつ許さない……！」

苛立《いらだ》ち続けていたエウフェリアと、複雑で異様な感情を湧《わ》き上がらせるピィレーヴェ。現状パーティの士気《しき》は、勝手に高まっていた。

「よかった、話はまとまったみたいだね。それじゃ——楽しもうか」

するとコメディリリーフは、先ほどやったように指を鳴らす。

しかし今度降ってきたのは、水や花ほど可愛い物ではなかった。

「い、岩だッ！」

己の体以上の巨大な岩石が降ってきた。そんな状況には高虎たちも慌てふためく。

「みんなピィの周りに集まって！」

ピィレーヴェは高速で術を唱え、ものの一秒ほどで防御《ぼうぎょ》魔法を展開。四人の周囲にドーム状の結界《けっかい》が構築され、落下してきた大岩を弾《はじ》いた。

「た、助かった……ありがとうピィ」

「どういたま！　それよりベル、アスリオスの効果はあとどれくらい？」

「体感では、残り五分もない」

「そう……ピィもそれくらい」

それでどうやってあのコメディリリーフから一時間も逃げ回るのか。四人の頭の中を悲観的な予想が、じわじわと侵食《しんしょく》していく。

だが、もはやそんなヒマすら与えられない。

「んじゃお次は、これでー」

コメディリリーフの合図で、次に降ってきたのは巨大な水柱。それでもピィレーヴェの防御壁は破れない。高虎たちはまるで滝の中にいるように、激しい水音を浴び続ける。

「何を降らせても無駄だよ！　この結界は破られ……」

「ふむふむ、なるほど綺麗《きれい》な術式だね」

「えっ……（トゥクン）」

四人の目前まで瞬間転移したコメディリリーフ。彼もまた防御魔法を発動しているらしく、水柱の中でも平然と会話する。

コメディリリーフは間を隔《へだ》てるピィレーヴェの防御壁を、さらさらと指先でなぞる。

「なるほどね。ならこれで、どうかな」

ちらりとピィレーヴェを流し目で捉《とら》えた直後、その場から消えた。

「――会いに来たよ、ピィ」

「ひゃんっ！」

コメディリリーフはピィレーヴェを背後から抱きしめ、耳元で囁《ささや》いていた。

「なっ……防御壁の中に⁉」

「ピィレーヴェの結界を破っただと⁉」

安全圏と思われた結界内に出現したコメディリリーフ。それには全員体をすくませる。

特にピィレーヴェは、耳元への攻撃（囁き）でダウン。

「おいピィレーヴェ！　結界がなくなったぞ！」

「んん……もう無理かもぉ……」

「ピィレーヴェ――――ッ！」

ピィレーヴェが完全に脱力させられた結果、ベルたちは降り注ぐ水柱に呑み込まれた。

水の勢いは激しく、出口が塞がっているせいで白き大樹の間は浸水していく。

「ベルッ、大丈夫か！」

「ゴホッ、あぁすまない高虎……！」

高虎は真っ先に、重い甲冑《かっちゅう》を身に纏《まと》うベルを救出。そして周囲に叫ぶ。

「ピィレーヴェとエウフェリアはどこだ！」

「ここじゃっ……はぁ、はぁ……！」

ずぶ濡《ぬ》れのエウフェリアも必死に水をかき分け、高虎とベルのもとまでやってきた。

ただしピィレーヴェは――もう手遅れだった。

「ピィ、僕の魔法はどう？　惚《ほ》れた？」

「い、いや……ピィには心に決めた創造主さまが……っ！」

「「何してんじゃ――――――ッ！」」

ピィレーヴェは白き大樹の枝の上でコメディリリーフにお姫様抱っこされ、恋の三角関係を燃え上がらせていた。

「アホめ……帰ったらあのデカ乳、シバいてやるわい……！」

ひとまず足場を目指そうと、先ほど落下してきた大岩へ向かう三人。

激しい落水音を響かせて降り注ぐ水柱。それによる水流で行く手を阻《はば》まれる中でも、三人は手を離さず着実に進んでいく。そうして何とか大岩まで辿り着いた。

それと同時、まるでそこまでの努力を嘲《あざ》笑《わら》うかのように、水柱は忽然《こつぜん》と消えた。

足場にまで到着するのを見計らって、水の転移を止めたようだ。

「どう思う？　この力量差」

水がさざめく白き大樹の間に、響く声。コメディリリーフが大岩の上に立っていた。

水に浸《つ》かったままの高虎たちを見下ろすその笑顔は、どこか冷たい。

「こんな強さの敵があと四人いて、更にその上に創造主さまがいる。君たちが挑んでいるのはそんなダンジョンなんだ」

「……何が言いたい」

「そこまでしてガクマーリフィンを手に入れたいってことは、地下層に行きたいんでしょ？　秘宝が欲しいとか？　例《たと》えば、賢者の石？」

「なっ……本当にあるのか、賢者の石というのは！」

「さぁてね。ここで教えるのはファニーじゃないよ。そんなことよりさ……君たちの覚悟は、ダンジョン攻略を目指すに値《あたい》しているのか、問うているんだよ僕は」

笑顔ではあるが、ここまでで最もシリアスに近いコメディリリーフの表情。

その問いは、それほどまでに重要なのか。はたまた趣味の悪い戯言《ざれごと》か。

「この圧倒的な力量差を前にして、底の知れないダンジョンの怖さを感じて、それでも賢者の石を求めたい？　いやいや無理じゃない？　その程度じゃ無理だよね？　いくら死のないダンジョンといえど時間の無駄じゃない？　それにダンジョンに行ったきりの行方《ゆくえ》不明者だっているでしょ？　自分がそうならない保証はある？　どう思う？　そこのところどうなのよ？」

返答の隙も与えないような、矢継《やつ》ぎ早《ばや》な問いの数々。それはまるで暴力のようで、一発一発殴るような詰問《きつもん》だった。

だが、あえて高虎は答えない。エウフェリアもそうだ。

このパーティの者なら、口にする答えは決まっているのだから。

ゆえにその答えは、リーダーのベルが――。

「バカにすんな――――――っ！」

ではなくピィレーヴェが叫んだ。

白き大樹の枝の上に、置いてきぼりにされたピィレーヴェだが、話は聞こえていたようだ。見れば、カンカンに怒っていた。

「ピィたちは大きな夢を持って集まったパーティなの！　だからそんなの愚問《ぐもん》の極《きわ》み！」

そうして枝の上に仁王《におう》立《だ》ちし、威風堂々《いふうどうどう》と名状《めいじょう》する。

「ピィはね、創造主さまがどんな性癖《せいへき》でも受け止められるよう毎日訓練と妄想《もうそう》を欠かさず！　たとえ触手《しょくしゅ》持ちの異形種《いぎょうしゅ》でピィを○○する嗜好《しこう》をお持ちでも迎合《げいごう》の準備を怠《おこた》らず！　そんなピィの恋心が、この程度の力量差で挫《くじ》けるわけないでしょボケ――――ッ！」

ピィレーヴェによる、魂《たましい》の叫びであった。

その熱き口上《こうじょう》を聞いたベルと高虎とエウフェリアは、どちらかと言えば呆れたニュアンスで一斉《いっせい》にため息をつく。

「いやパーティ代表みたいに言うな」

「俺たちの覚悟は、そんな特殊な欲望にまみれてはいない」

「あいつ単に触手が好きなだけじゃろ」

「な、なによなによ～～～っ！」

冷たい目を向ける仲間たちを前に、その場で地団駄《じだんだ》を踏むピィレーヴェだった。

ベルはひとつ咳払《せきばら》いをして、この数十秒間をなかったことにすると、改めて回答する。

「私たちは確固たる意志と、それを裏付ける覚悟を持って集《つど》った仲間だ。種族や野望は異なるが、意志の強さが私たちを結びつけている。ゆえに何を見せられても、どんな目に遭《あ》っても、私たちは決して諦《あきら》めない」

高虎とエウフェリアもその言葉への肯定を示すように、コメディリリーフへ意志のこもった瞳を向ける。ピィレーヴェは「そうそう、そういうのが言いたかった」と大きく頷いていた。

手を後ろに回し、静かに聞いていたコメディリリーフ。不意にニヤリと笑う。

指を鳴らした瞬間、色とりどりの紙吹雪《かみふぶき》が舞った。満面の笑みで拍手《はくしゅ》し始める。

「いやぁ素晴らしいっ！　僕は君たちを誇りに思うよ！」

「……なに？」

「なぜならこのダンジョンはね、君たちみたいなヒトを、常《つね》に求めているのだよ！　強き魂を持って攻略せんとする英雄《しんそこ》をね！」

コメディリリーフは心底感心した様子で、大げさに喜んでいた。指を鳴らし続け、紙吹雪や花を止めどなく空中で踊らせる。

「最近はさー、たるんでる冒険者が多くてねぇ。ちょっと前まではハツラツの鼻息フンフンで秘宝を目指すゴリゴリなヒトたちが多かったのに、最近じゃ0階層で満足する日銭稼《ひぜにかせ》ぎも増えちゃってさー。まあ彼らみたいなのも、ダンジョンには必要なんだけどねー」

「ダンジョンに必要……？」

「でも安心した。君たちみたいなのもまだまだいるってわかってさ。これならミシー様もお喜びになるってもんよ。うんうんうん、君たちならいつかもっと『下』でも会えるかもね。そうだ！　そんなファニーな冒険者くんたちには、ご褒美《ほうび》をあげないとね！」

そう言うとコメディリリーフは、指を鳴らすのではなく手を叩いた。乾いた音が白き大樹の間に反響して乱反射する。そうして再びの静寂《せいじゃく》が訪れた、その直後だった。

「な、なんじゃ⁉　地面が揺れておる⁉」

「というよりっ、空間ごと揺れているような……っ！」

立っていられないほどの振動がパーティを襲う。

それはまるで、時空そのものが揺さぶられているような、異常事態だった。

「あれほど大きな生物を転移させるとなると、どうしてもねぇ。ちょっと我慢しててね冒険者くんたち。はいさーん、にー、いーち、ドーンっ！」

コメディリリーフのカウントダウンに合わせ、突如として巨大な何かが現れた。

それは激しい水しぶきを上げて着地。と同時に――咆哮《ほうこう》した。

「ガアアアアアアアアアアアアアアアアッ！」

獰猛《どうもう》そうな目、真っ赤な鱗《うろこ》、あらゆる生物を蹂躙せんと鋭く尖《とが》った牙《きば》や爪《つめ》。

高虎が真っ先にイメージしたのは、映画でしか見たことのないような恐竜だった。

体長十メートル程の巨軀《きょく》の怪物——ベルがその名を呼んだ。

「ドラゴンッ……！」

＊＊＊

「あ、あれがドラゴンなのか……はっ、エウフェリア⁉」

「あ、あぁっ……うぅうっ……！」

エウフェリアは高虎の手を握り、全身を震わせていた。

彼女にとって初めての『死』をもたらし、トラウマを植え付けた存在。唐突に目の前に現れたことで恐怖が蘇る。高虎はその肩を抱き、なんとか落ち着けようとする。

「おっと、水が邪魔だね」

コメディリリーフは呑気《のんき》な口調でそう言うと、高虎らが浸かる水を一瞬にして消した。膝下《ひざした》まで浸水していたのが、水たまり程度にまで減っている。

ピィレーヴェは声を震わせながら、コメディリリーフへ叫んだ。

「な、なんでドラゴンなんて転移させたのよ！」

「ちょっと難易度を下げてあげたんだよ。君たちがガクマーリフィンを持って、ここから脱出しやすくなるようにさ。だって僕と比べたら、ドラゴンの相手なんてヨユーでしょ？」

「そ、そんな……って、急に来ないでよ！」

例によって枝の上に瞬間転移してきたコメディリリーフに、ピィレーヴェは明確な拒絶反応を示す。それでもコメディリリーフは自信に満ちた表情だ。

「どうするピィ？　君だけでも逃してあげようか？」

「い、いらないわよ！　ピィもここで戦う！」

「だよね。うんうんうんうん、美しい絆《きずな》だねっ、と」

「うわっ……え？」

気づけばピィレーヴェは、白き大樹の枝の上からベルたちのもとへ移動していた。コメディリリーフが転移させたのだ。彼は大樹から四人の冒険者を見下ろし、告げる。

「そのドラゴンは、最近0階層を賑わせてる子だよ。まぁ僕が出現させせてるんだけど」

「お、お前が？　なぜそんなことを……」

「言ったでしょ。最近の冒険者くんたちはたるんでるからさ、いっちょ喝《かつ》を入れてやらなきゃってね。これでダンジョンにとって大して価値のない弱い子は淘汰《とうた》され、より強い子が挑んでくれると思ったんだ。そうでなければダンジョンは成り立たないってな」

そこまで言うとコメディリリーフは、なぜか途端《とたん》に申し訳なさそうな顔をする。

「さて。非常に残念なことに、僕はここでサヨナラの時間だよ。いつまでもひとところでウダウダやってたら怒られちゃう」

「は？　何それ……いかなる魔法でも、ここから出られないんじゃないの⁉」

「僕はいいの。だって術の管理者だし、エライんだし」

「クソが――――っ！」

最後にコメディリリーフは四人全員の顔を見渡すと、満足そうに笑って両手を振る。

「さあみんな、ちゃんとコメリリ兄さんにサヨナラを言わないとね？　はいせーのっ――」

誰もなにも言わなかったが、コメディリリーフは跡形《あとかた》もなく消え去った。

白き大樹の間に残ったのは高虎たちと、悪名高きドラゴン。コメディリリーフを恐れていたのか、彼が去ると同時に、さらに猛然たるオーラを放ち始めた。

「脱出禁制の魔法が解除されるまで、残り何分だ？」

「おそらく四十五分くらい……でもピィたちのアスリオスはもう、切れちゃった」

「素《す》の状態で戦う他ないか……エウフェリア、大丈夫か？」

「ああ……突然のことで動転してしまったが、もう大丈夫。むしろ借りを返すいい機会じゃ」

最奥侵攻によって疲労はすでにピーク。おまけに魔石の効果も切れている。

それでも目前のドラゴンを討伐《とうばつ》するか、四十五分逃げ回るしか、生き残る道はない。

焼死、圧死、捕食。ドラゴンに挑んだ冒険者たちの死因は様々だ。ダンジョンにおいて実質的な死はないとはいえ、怖くないわけがない。それはエウフェリアに限らずそうだ。

何より今ピィレーヴェのポシェットには、地下層への鍵を握る希少な魔石ガクマーリフィンがある。全滅すれば消失。二度と手に入らないかもしれない。

素手で握ったまま自害すれば、リスポーンしてもガクマーリフィンだけは確保できる。だがそんな弱気なことを提案する者はいなかった。

ゆえに四人は言葉なく、全員目を合わせて小さく頷く。

ドラゴンのギョロギョロとした目がベルたちを捉《とら》える。威嚇《いかく》するように唸《うな》り声を上げると、カンッと牙を鳴らした。

「来るぞ！　みんな——死んでも死ぬなッ！」

ベルがそう叫んだ途端、ドラゴンの口から火炎の息吹《いぶき》が放たれた。体を投げ出すようにして避けた高虎たちのそばを、火柱が通過していく。

「うおおお熱ッ、熱ッ！」

「今の牙の音が息吹の合図だ、みんな覚えておけ！　それと高虎、アレをやるぞ！」

「ああ、アレだな！」

ベルが詠唱する。召喚獣を呼び出す『我慢』の術式だ。

ベルの蓄積したダメージを力へと変える召喚獣。当然それは高虎で、ベルが詠唱を終えると身体の中の魔力が感じ取れるようになった。それは、ガーゴイル戦の時より弱く感じられる。

「ベルの傷や痛みはあまり蓄積していないようだから、まだこの前のようにはやれないぞ」

「だからコメディリリーフの前では召喚獣にならなかったのか」

「ああ。それと、奥の手として隠していたんだ」

ベルが健康な状態であれば、召喚獣化できない。あるいはダメージが小さければ、召喚獣化しても大して強くない。それがこの術式の欠点とも言える。

現状ベルの負ったダメージといえば、水柱に呑まれたくらいだ。

「だが今の力なら、飛んで攪乱《かくらん》くらいはできるはずだ。だから高虎はできるだけ、奴の意識を引っ張ってくれ。私とエウフェリアでダメージを与え続ける。ピィレーヴェは援護を頼むぞ。それじゃあ、かかれッ！」

その合図で四人は、それぞれの役目を果たすためにその場から散る。

高虎はケープマントで風を駆使し、飛行。ドラゴンの目線の先へ行く。

「オラこっちだ！」

ドラゴンは高虎を認識すると、そちらをめがけて駆けていく。

足踏みをするだけでグラグラと地面が揺れる。それほどの大重量を持ちながらも、高速。

高虎はドラゴンと同じ速度を保ち、ギリギリまで引きつけると——。

「ガアアアアアアアアッ！」

壁へと激突させた。

大型トラックが猛スピードで衝突したような衝撃が、ビリビリと高虎の身体に刻《きざ》まれる。

「よくやった高虎！」

「ああ。だが……」

壮絶な勢いで壁と激突したが、ドラゴンはよろけもせず、振り返って高虎を睨《にら》む。

「壁に穴でも開けてくれたら、そこから逃げられるかと思ったんだがな……」

ドラゴンに表情はなくとも明確にわかる。痛くも痒《かゆ》くもない、という顔だ。

だが壁に追い詰め、後退を許さない状況を作った。そこへベルとエウフェリアが突撃する。

「はあああぁぁぁッ！」

ベルは足元から斬りつけていく。真っ赤な鱗は堅牢《けんろう》で、傷などついていないように見えた。

ドラゴンは鬱陶《うっとう》しそうに足踏みするが、ベルは決死で避けては再度立ち向かう。

「あああああああああッッ！」

エウフェリアは壁を蹴ってドラゴンの背中に乗ると、長い首を伝って登り、頭部へと蹴りの連打。さらには首にしがみつき、小剣で突き刺す。しかしそれでは鱗を貫《つらぬ》けないとみるや、柄《つか》の部分で何度も殴打《おうだ》していた。

「エゥ、トラウマで動きが硬《かた》くなるかと思ったけど、そんなこともないね」

「だがいつもよりも技《わざ》が荒々しい。おそらく興奮状態で、何とか恐怖を乗り越えているんだ。危うくなったら守ってやってくれよ、ピィレーヴェ」

「了解！　みんな離れて――――ッ！」

ピィレーヴェがそう叫んだ瞬間、ベルとエウフェリアはドラゴンのそばから離脱。その一言で、なにを繰り出すか理解しているのだ。

「んんんんバリバリィ――――――――ッッ！」

ピィレーヴェが放った雷《かみなり》は、アスリオスの効果が切れたせいで威力《いりょく》は弱い。ドラゴンに直撃したものの、うざったそうに頭を振っただけだ。

「はいやっぱ攻撃系は通用しない！　ってことで残りの魔力は援護に集中するからね！」

「ああ、その方が良さそうだな」

「やはりわらわの打撃とベルの剣術で、少しずつダメージを蓄積させていくしかないか……」

「ひとつ、ドラゴンには弱点がある――っと、来るぞ！　息吹だ！」

カンッと再びドラゴンが牙を鳴らす。直後にドラゴンは再び火を吹いた。

だが高虎は、今度は避けずにケープマントで思いきり煽《あお》ぐ。

「ふんんんッ！」

「高虎⁉　なにを……っ！」

すると高虎の起こした風がドラゴンの息吹を押し返そうとする……が、それでもドラゴンの勢いの方が強かった。自身が生んだ炎風《えんぷう》も巻き込んだ、巨大な炎が高虎を襲う。

それを、真横へダイブして間一髪《かんいっぱつ》避けた。

「熱ッ……クソ、ダメだったか！」

「無茶するな高虎！」

「でも惜《お》しかったね！　一瞬は火炎を遅らせられたよ！」

「それでベル！　ドラゴンの弱点とはなんじゃ！」

ドラゴンの動きを注視しながら、パーティはベルの言葉に耳を傾ける。

「顎の下に一枚だけ、逆さに生《は》えている鱗がある。逆鱗《げきりん》と呼ばれるそこから剣を入れて斬り始めれば、首を一気に裂けると言われている」

「なんでそんなこと知ってるんじゃ？」

「昔、父に見せてもらったことがある。父のパーティがドラゴンを討伐した日のことだ」

「な、なるほどのう……」

ベルの父がそれほどのパーティに所属していた、というのがまず驚きだったが、その辺《あた》りの事情を聞いている余裕はない。高虎が話題を戻す。

「ただそれを狙《ねら》うのは……難易度が高いんじゃないか？」

「ああ。逆鱗の形は覚えているが、近くでじっくり選別しなければわからないだろう。だからあまり現実的でない」

「じゃあやっぱり、地道にダメージを与えていくしかないね」

そうして再びベルとエウフェリアが、ドラゴンへ立ち向かう。高虎も宙を舞い、ドラゴンの注意を引いて隙を作る。危険な場面では、ピィレーヴェがその都度《つど》防御して仲間を守る。

体力も魔力も限界が近い中、四人は必死に動き回ってそれぞれの役目を果たす。連携にミスはなく、全員が最大限以上の力を発揮している。

だが、こちらがみるみる疲弊《ひへい》していくのに対して、ドラゴンはベルの剣で斬られても、エウフェリアの蹴りが直撃しても、まるで効《き》いているようには見えない。

さらにひとつ、不利な状況があった。

「なんか……暑くないか？」

「ドラゴンの火炎放射のせいで、空間内の温度が上がっているんだね……」

「それだけじゃない……ドラゴンは体内に火炎袋を持っているから、体温が異常に高いんだ。その熱が伝播《でんぱ》しているのも原因だろう」

「ああ……確かに、奴に触れるだけで火傷しそうじゃった……」

温度が上昇する、白き大樹の間。出入り口も岩で塞がれており、空気の循環《じゅんかん》もままならず。先ほどまで浸水するほどの水があったせいで、湿度まで高く不快感を催《もよお》す。

こうして身体が疲弊していく。環境さえも、四人の敵になっていた。

転移魔法が使えるようになるまで、まだ三十分以上ある。

絶望が咆哮し、火を吹きながら四人を襲う。

誰も弱音を吐かないが、刻一刻《こくいっこく》と『死』が近づいていることを、全員が認識していた。

そんな希望の見えない状況の中、ついに決定的な一撃を喰《く》らったのはベルだ。

「──グッ、ガハァッツ！」

「ベルッ！」

ドラゴンの側腹部《そくふくぶ》を狙ったところ、ムチのようになる太い尻尾《しっぽ》が、ベルを強襲。予期せぬ攻撃で受け身も取れず、直撃を受けてそのまま壁に叩きつけられた。

ピィレーヴェの防御魔法も間に合わなかった。慌ててピィレーヴェがベルに駆け寄る。

「ベルごめんッ！　生きてる⁉」

「ぐぅ……あ、ああ大丈夫……まだやれる」

「まずい……興奮もできないほどの痛みなんだ……」

「わ、私を何だと思っているんだ……」

しかし、それにより力を得る者もいる。

「ベルッ……くそおおおおおおおッ！」

召喚獣・高虎はベルが壁に叩きつけられた瞬間、膨大な力を感じた。それはつまり、それだけの痛みをベルが感じたということ。その生々《なまなま》しい伝達に、高虎は叫ばずにはいられなかった。

「オラアアアアアアアアッ！」

高虎はケープマントを思いきり振りかぶり、ドラゴンへ一振り。炎風の勢いは、先ほどまでとは段違いで、ドラゴンの巨体は火炎に巻かれながらよろめいた。

が、それだけだ。同属性だからか炎もあまり効いていない。

対するドラゴンもカンッと牙を鳴らし、空中の高虎へ火炎放射を繰り出す。

襲いくる火柱に高虎は、ケープマントで力いっぱい炎風を起こして対抗。

拮抗《きっこう》する互いの炎。しかし、力負けだった。

「くっ、くそ……っ！」

高虎は何度も何度もケープマントで煽ぐも、最後にはドラゴンの息吹が勝った。

押し返された猛火《もうか》が、高虎を呑み込んでいく。

「ふぅ……危なかったね……」

だが間一髪のところで、ピィレーヴェが防御魔法を発動。高虎を球体の防御壁が包み込み、炎から守った。高虎の視界は炎で覆《おお》われ、何も見えない。

「なっ……！」

刹那——炎の中から高虎を睨む、獰猛な瞳。ドラゴンが高虎の目前にいた。

次の瞬間、ドラゴンは高虎が入った球体防御壁に嚙みついた。ガンガンッと鋭い牙で何度も削り、嚙み砕こうとする。防御壁にはヒビが入り始めていた。

「まずいまずい！　トァが食べられちゃう！」

「高虎——ッ！　貴様、高虎を放せ——ッ！」

エウフェリアが慌ててドラゴンの背中から登り、顔面に何度も蹴りを叩き込む。

そんな彼女をギロリと睨んだドラゴンは、高虎の入った球体防御壁を地面へと吹き出すと、エウフェリアを頭部で勢いよく弾いた。

「ぐはぁッ！」

エウフェリアは壁に叩きつけられ、力なく倒れた。

そして高虎もまた、地面に投げ出されて倒れていた。落下の衝撃で防御壁が崩壊《ほうかい》したのだ。

「そんな……みんな……っ！」

立ち上がれないベル、高虎、エウフェリア。その光景を見つめるしかないピィレーヴェ。

まるで衰《おとろ》えず、高らかに咆哮するドラゴン。

一寸《いっすん》先に、パーティ全滅は迫っていた。

「あっ……こ、これは！」

しかし、そんな絶望的な状況の中、高虎が見つけた一筋の光。

それは——赤く輝いていた。

「ど、どうしたのトァ？」

「ピィレーヴェ、これを見ろ！」

高虎が指差したのは、ガクマーリフィンを採掘した卵形の大岩だ。先ほど防御壁と衝突したせいで、大きく欠けており、そこから覗くのは——。

「え、アスリオス？」

魔力増幅の効果があるアスリオス。この大岩には、ガクマーリフィンだけでなくアスリオスも埋まっていたのだ。更に高虎が付け加える。

「それにほら、ここに少し緑色の魔石が見える。これは肉体強化のオアサイトだろ？」

「た、確かに……でもこれが何？」

「魔石掘りなんて、してる場合じゃないじゃろ！」

傷だらけのエウフェリアは非難しながら近づいてきた。だが高虎の顔は真剣そのもの。

「いや……この状況だからこそ、これが使えるんだ！」

「な、何を言っているんだ、高虎……？」

ベルもまた三人のもとへ寄ってきた。頭から血を流し、息は荒いが目はまだ死んでいない。

パーティ全員が揃ったところで、高虎が言い放った。


「この空間を、サウナにするんだ！」


「……は？」

「え……あ、あ、あ！　そういうこと!?」

「た、確かに……この環境なら……ッ！」

「ガアアアアアアアアアッ！」

四人の会話を裂くように、ドラゴンが咆哮しながら突っ込んできた。高虎がベルを抱えて、エウフェリアはピィレーヴェの腕をとって、それぞれ左右に飛び退《の》く。

高虎とベルがドラゴンの相手をしている間に、エウフェリアがピィレーヴェを問い詰めた。

「ど、どういうことじゃ⁉　ここをサウナにするって！」

「さっき話した通り、この空間はドラゴンの体温と火炎放射によって温度が上がってる。それも出入り口を塞がれて外気が入りにくい上に、さっき大量に水が降ったおかげで湿度も高い。この一見不快な環境は――サウナをするのに持ってこいなんだよ！」

「……ま、まさか今ここでドラゴンと戦いながら、ととのって、あのアスリオスとオアサイトの効果を得る気なのか⁉」

ピィレーヴェは真摯《しんし》な表情で頷く。エウフェリアは、開いた口が塞がらなかった。

この体力も魔力も限界が近い中、アスリオスとオアサイトの恩恵さえ得られれば、ドラゴンを討伐できるかもしれない。そういう意図で、高虎は提案したのだ。

「確かに暑くなってはいるが、サウナほどではないじゃろ！」

「俺の炎風やベルたちの火炎魔法を、アスリオスらが埋まる大岩にぶつけて熱する！　そこに水をかけ水蒸気を発生させる――すなわちロウリュすれば、よりサウナに近い環境になる！」

高虎は飛行してドラゴンを翻弄《ほんろう》しながら、エウフェリアに向かって解説する。

「な、なるほど……じゃが水風呂は⁉」

「ピィの氷結魔法をうまくコントロールすれば、身体を一気に冷やすことができるよ！」

「なぁっ……そんな無茶な！」

「俺の世界のサウナには、水風呂の代わりに氷点下の冷気を浴び、一気に冷やすものもある！　だから大丈夫だ！」

「大丈夫なのか、それは……？」

　よりサウナが浸透している北欧の一部地方では、外気が氷点下になることも珍しくない。そのため水風呂には入らず、そのまま外で冷却しているという。

　ととのうまでのプロセスにおいて、必ずしも水風呂に入る必要はないのだ。

「が、外気浴はどうやってするんじゃ⁉　そもそもこんな特殊な状況で、ととのえるのか⁉」

「熱した大岩を冷却して元の温度に戻しつつ、心地のいい風を俺が起こしてやる！　そうして外気浴を終えたら、また熱してを繰り返して……それを三セットこなせば、いけるっ！」

「確かにいつもととのっている環境とは異なる。何よりドラゴンと戦いながらという状況は、ととのいの精神状態からはかけ離れてる。だが……私たちの身体はもうととのうのに慣れているはずだ。熱して冷やして休憩《きゅうけい》を繰り返せば、身体が勝手にととのうはずだ！」

　熱弁するベルは最後に仲間たちへ、力強く告げた。

「何より、ととのう時――いつでも隣にいる者たちが、ここにもいるじゃないか！」

「……っ！」

「んふふ。確かに、ととのった時は絶対、みんながそばにいたな」

「ああ、間違いない」

それは全員がサウナという文化を通じて出会い、時間を共にしたパーティだからこそ、形成できた絆だ。ととのいを共有した仲間がいるから、ここまで前向きに戦ってこれたのだ。

「試す価値はある、か……わかった。何もしないで死ぬよりはマシじゃ。やってやる」

エウフェリアの瞳に炎が宿る。他の三人はすでに、準備も覚悟もできていた。

「よし、やるぞ。連携が鍵になる。息を合わせていこう」

「不安になったりしたら、みんなの顔を見ようね」

「いつものサウナと小川、大草原を思い浮かべるんだ。そうすれば必ず、ととのえる」

それは、悪あがきと言うには、意志と覚悟が現れすぎていた。

当然だ。四人は誰ひとり、ドラゴンに敗北する姿など想像していないのだから。

ととのいの最大の利点は、前向きになること。裏を返せば、前向きになればこそどんな状況でも、ととのうことができる。四人はそう信じているのだ。

「よし、準備はいいか——ととのうぞおおおおおおおおおッッ！」

ベルは皆を鼓舞するように叫ぶ。

そうしてパーティは、勇ましく飛び出していった——。

「うおおおおおおおおおおッ！」

「おらあああああああああああッ！」

叫びながら大岩に炎を浴びせるのは、高虎とピィレーヴェ。

ピィレーヴェは火炎魔法で、高虎はケープマントを煽いで火炎を放出する。

大きな岩なのでサウナストーンとして機能させるまでは容易でない。ゆえに火力も最大級、ととのいのために全ての魔力を出し尽さん勢いで、高虎とピィレーヴェは燃やし続けた。

「ハアアアアアアアアアアアッ！」

「ドラアアアアアアアアアアアッ！」

その間、ドラゴンの相手をするのはベルとエウフェリアだ。

二人共ドラゴンの攻撃によって、身体の至《いた》る部分が悲鳴を上げている。ベルにおいては頭から血を吹き出している。

それでも近い未来、己がととのう姿を想像し、今は苦痛を溜めている時間だと割り切る。

サウナを愛する者は、苦痛を我慢することなど屁《へ》でもないのだ。

その時、カンッという音が鳴り響く。

「来るぞ！　二人共、大岩から離れろ！」

そう呼びかけながらベルは、ドラゴンの視線を誘導し、大岩の方へ向けさせる。

すると放出された火炎放射は、見事に大岩へと命中。更に急激に熱されていく。

「やった！　うまくいったぞ！」

「よくやったよベゥ！　その調子で奴の火炎放射もいただこう！」

まさかこれからととのうなど、夢にも思わないドラゴン。もちろん火炎放射が利用されていることにも気づかない。そのおかげで高虎やピィレーヴェは、魔力を節約できるのだ。

そうしてしばし続けていると……。

「あ、あ、あ……アツゥイ！　サウナの暑さに近いぞ、高虎っ！」

エウフェリアが悲鳴に近い声を上げる。彼女の言う通り白き大樹の間はすでに、サウナを思わせる灼熱《しゃくねつ》の暑さであった。

「よし！　ならこのままキープだピィレーヴェ！　そして時折、水をかけるんだ！」

大岩の温度調節とロウリュはピィレーヴェに任せ、高虎もドラゴンに相対《あいたい》する。

「この環境――サウナで五分だ！　我慢できるな⁉」

「お、おおっ！」

「ぐぬぬぬぬ……負けるかぁっ！」

普段のサウナの入室時間はもっと長いが、今回はこの特殊な状況で異次元の負荷《ふか》もかかっている。ゆえに五分間と短めの時間設定である。

ただ、それでは満足できない上級者のヒト向けのサービスも、用意していた。

「全力でこい高虎！　でなければ私はととのえない！」

「よし、いくぞベル！　俺の熱波を喰らえええええええっ！」

「ふううううううんっ！」

アウフグースである。高虎はドラゴンがそっぽを向いた瞬間、ベルへとケープマントで熱風を浴びせていた。もちろん炎は出さないよう注意しながら。

ドラゴンと戦っている最中とは思えない異常な光景だが、恐ろしいことにこれが、高虎とベルにとっての『いつも通り』なのだ。

対して熱に弱いヒト向けに、こんなアメニティも。

「ピィレーヴェ！　俺のサウナハット使うか⁉」

「え、なんで持ってるの？　ありがたいけど……」

「小虎《ことら》とはいつでも一緒だからな！」

「わ、怖っ」

そうは言いつつ高虎のサウナハットを被《かぶ》るピィレーヴェ。少しサイズは大きいが、それでもピィレーヴェにとってはのぼせ防止になるだけでなく、『いつも通り』の演出になる。

ドラゴンは体温が高いせいか、灼熱になったこの空間でも変わりなく暴れている。

現状こちらに不利な状況になってしまっているが、それも全てはととのうため。ゆえに高虎もベルもエウフェリアも必死に耐えながら、なんとか抗戦していた。

そうこうしているうちに、五分経過。

「よし！　頼むぞピィレーヴェ！」

「りょーかい！　はい、ひとりずついらっしゃい！」

ピィレーヴェは熱し続けていた大岩を、氷結魔法で急冷却。ジュウウウウッという音が響き渡り、徐々《じょじょ》に空間の温度が下がっていく。

そんな中、まず持ち場を離れてピィレーヴェのもとに向かったのは、エウフェリアだ。

「や、優しく頼む……」

「任せて！　えい、カッキーンッ！」

次の瞬間、エウフェリアの全身がパキンッと凍《こお》った。銀狐の氷漬《こおりづ》けの完成である。

「おっとやりすぎた。解凍解凍」

「──っぷはぁ！　ピィレーヴェおぬしぃぃぃ！」

「ごめんごめん、こんなもんかなー、カッキーンっと」

「ひぃぃぃぃ！　しゃむぅぅぅぅい！」

ちょうどよく凍《こご》え上がる程度の氷結魔法を受け、エウフェリアはその場でジタバタ。サウナで熱しきった身体が一気に冷やされていく。それを二十秒ほど行い、終了である。

「はい終わり！　次の方どうぞー」

「ふぅん！」

ベルと高虎も、ピィレーヴェによる氷結魔法を体感。その間残りの二人がドラゴンの相手、という寸法である。無茶な流れだが、こうする他に方法はなかった。

最後にピィレーヴェ自身も冷却したところで、外気浴タイム。

空間内が元の温度に戻りつつあるところで、高虎が穏やかな風を起こす。またピィレーヴェの氷結魔法も最弱レベルで発動し、風に乗せることで心地の良い空間づくりをサポート。

「はふぅ……」

「あぁ、気持ちの良い風じゃあ……」

「ガアアアアアアアアッ！」

ただ気持ち良くなりすぎるとドラゴンに瞬殺《しゅんさつ》されるので、注意が必要だ。隙を見て良い塩《あん》梅《ばい》でボーっとするのがコツである。

本来の外気浴とかけ離れた精神状態であり、ここがととのうまでの最大の難関と言える。

ただし身体は確実に、心地良さを感じている。その感覚に賭《か》ける他なかった。

外気浴を堪能《たんのう》したところで、次はベルとピィレーヴェがサウナ作りのため大岩を熱し、ロウリュに徹する。高虎とエウフェリアがドラゴンの気を引いている間、火炎魔法を唱え続けた。

灼熱、冷却、ボーっとする。そしてまた灼熱。

ハナから成功する保証などない。しかし絶望的な状況の中で、ただひとつの希望がサウナであるということは、運命と言ってもいいだろう。四人の絆はサウナにあるのだから。

四人は耐え続けた。暑さにも寒さにもドラゴンの猛攻にも、耐え続けた。

一抹《いちまつ》の不安がよぎった時は、そばにいる見慣れた仲間の顔を見る。

大いに苦しみ悶えている仲間の表情を見て、心の中で叫ぶのだ。

「俺たちは——」「私たちは——」「ピィたちは——」「わらわたちは——」

「「「「ととのえば、勝てるッ！」」」」

そうして迎えた三セット目。全員、瞳孔《どうこう》が開ききっていた。

「はい終わりッ！　お大事にッ！」

「あ、ありがとうございますッ！　押忍《おす》ッ！」

高虎の冷却を終え、これで全員が外気浴に入る。高虎が穏やかな風を吹かし、ピィレーヴェがほんのり冷気を流し、全員でボーッとすることに努めながら戦う。

すると、真っ先にその時が訪れたのは——ピィレーヴェだった。

「ハッ……きたああああああああッ！」

遠吠《とおぼ》えのように響くピィレーヴェの叫び。彼女の持つ杖が、異様な輝きを放つ。

「ピィ！　まさか……ととのったのか⁉」

返事をするよりも早く、ピィレーヴェは詠唱。そして解き放つ。

「んんんんバチバチバチバチィィイイイッ！」

ピィレーヴェが放った雷魔法は、過去に類を見ないほどの壮絶な威力だった。耳をつんざくような音を響かせ、ドラゴンの頭に直撃。

「ガアッ、アアアァッ……！」

　すると、先ほどは雷を食らっても平然としていたドラゴンが、確実によろめいた。

　それには三人も歓喜《かんき》の声を上げる。そしてピィレーヴェは、高らかに言い放った。

「ととのったああああああああっ！」

　その勢いのままピィレーヴェは、ドラゴンへと攻撃魔法をぶち込む。

　火炎に爆裂、氷結などバラエティに富んだ魔法が面白いように炸裂《さくれつ》。もちろんそのどれも、先ほどまでとは段違いの威力である。

　そんな中、更なる追い風がパーティに吹く。

「――ハアアアアアッ！」

「ギャアアアアアアッ！」

　電光のような速度で、ベルがドラゴンの太い足を一閃《いっせん》――鱗ごと斬り裂いた。

「なるほど、これがオアサイトの効果か。全身の筋肉が弾《はず》むように、躍動《やくどう》している」

「ベル！　おぬしもととのったのか⁉」

「ああ、みなの協力のおかげだ。特に、この緊迫した状況下での、高虎のアウフグースは……」

　ふううううんっ、最高だったぞ！」

　ベルもピィレーヴェに続いてととのい、魔石の力をその身に宿す。アスリオスはもちろん、初体験のオアサイトも好感触のようだ。

　ピィレーヴェが遠距離から攻撃魔法を加え、その間を縫《ぬ》うようにベルが剣撃。反撃にも絶妙のタイミングで、ピィレーヴェが防御魔法で防ぐ。

一番長い付き合いだけあって連携はそつなく、効率よくドラゴンへダメージを与えていく。

そんな中、何度目かの牙の音が響く。

「火炎放射が来る！　一時離脱するぞ！」

「いや――その必要はない」

そう言ってベルの前に立つのは高虎だ。

牙を何度も鳴らすドラゴン。大口を広げると、生き物のように暴れる猛火を吐き出した。

しかし、それはベルのもとへは届かない。

「オラァァァァッ！」

高虎がケープマントを一振りすると、ドラゴンの息吹は高虎の放つ烈火《れっか》に巻き込まれ、引き返すようにドラゴンを襲った。

「オラアアアアアッ！」

「ギアアアアアアアアッ！」

莫大《ばくだい》な炎に脅《おびや》かされたドラゴンは、それを嫌うように何度も首を振る。

ドラゴンの息吹に対し、何度も敗《やぶ》れてきた高虎が一振りで勝利。その理由は言わずもがな。

「お前もととのったか高虎！」

「ああ……外気浴の間もずっと動いてたせいか、少し遅れたが……無事にととのえた」

「すごい……それがベゥのダメージ反転に、アスリオスの効果を加えた力なんだね……」

召喚獣・高虎もまた、ととのったことで過去最大の強さを得た。アスリオスによる魔力増幅に加え、オアサイトの肉体強化によりパワーや飛行速度も上がっていた。

ひとり、またひとりと、ととのっていく。ドラゴン討伐への希望が大きくなっていく。

だが――ただひとり、絶望を見出《みいだ》す者がいた。

「……なんでじゃ……なんでわらわだけ……」

「エウフェリア危ない！」

ドラゴンの突進に気づかず突っ立っていたエウフェリアを、高虎が急降下して助ける。

「エウフェリア、どうした⁉」

「高虎ぁ……なぜじゃ……なぜわらわだけ、ととのえないんじゃあ……」

エウフェリアは目に涙を浮かべ、顔を歪《ゆが》ませる。彼女の身体能力には、一切変化がない。

「エ、エウフェリア……」

彼女がととのえない理由は、いくつでも思い浮かぶ。

この三セットの間、高虎たちは大岩を熱す役目で戦線から何度か離脱したが、エウフェリアだけは、ドラゴンと抗戦し続けていた。一番過酷《かこく》な状況だったのだ。

何よりもエウフェリアは、ドラゴンへのトラウマを依然《いぜん》として抱えたままなのだ。それでも勇敢に立ち向かっていたが、往々《おうおう》にして心は言うことを聞かない。

精神の安寧《あんねい》が足りなければ、ととのうことはできないのだ。

「わらわは、出来損《できそこ》ないじゃ……おぬしらとここで一緒にととのえなければ、肝心《かんじん》なところで役に立たねば……皆を幸せにするなんて、できないではないか……」

それでもエウフェリアは、全ての自分のせいにしてしまう。自らを追い詰めてしまう。

「こんなことでは……わらわはおぬしらの仲間では、いられぬ……」

「エ、エウフェリア！」「そんなことはないよエゥッ……」

高虎とピィレーヴェが必死に慰《なぐさ》めようとする中、ベルの透き通った声が、二人の間を通る。

「高虎、ピィ。少しドラゴンの相手を頼む」

そう言ってベルは、エウフェリアのもとへ駆ける。

服の裾《すそ》を握って俯《うつむ》き、泣き崩《くず》れそうなエウフェリア。ベルは、彼女の前に立つと——。

「え……？」

ギュッと、抱きしめた。

「大丈夫だエウフェリア、大丈夫」

「ベル……」

「仮にここでととのえなくても、私たちはお前を追い出したりしない。お前は私たちの大事な仲間なんだ。ととのう、ととのえないは関係ない。共に戦い、共に在《あ》るだけで良いんだ」

「……っ！」

銀狐族だから。たったそれだけで追い出され、除《の》け者にされてきた。

だが今、エウフェリアがいるのはどこまでも美しく、まっすぐなパーティ。共に戦い、共に在るだけで良い。それはエウフェリアにとって、一番欲しい言葉だった。

「……えふふっ。わらわが、一番の幸せ者かもしれないのう」

最上の安寧を得たエウフェリア。その先に待っていたのは、無上の幸福感。

そして——脳から筋肉へ、光のように駆けるインパルス。

「……む、エウフェリア？」

いつの間にかエウフェリアは、ベルのそばから消えていた。

瞬間移動。それはまるでコメディリリーフのようだが、転移魔法でない。

走って移動している、ただそれだけのことだ。

銀狐の血が、肉体が、躍動する。

「——シッ」

「ガアアアアアアアアッ！」

エウフェリアは目にも留まらぬ速さで、ドラゴンの顔面に蹴りを叩き込んでいた。

速さだけではない。その蹴りの威力も尋常《じんじょう》でなく、ただの蹴りのひとつで、なんとドラゴンの巨体は倒れた。轟音《ごうおん》が響き渡る中、エウフェリアはニヒルに笑う。

「はっ、なるほど。悪くないのう、魔石ってヤツも」

「エ、エウフェリア……お前がやったのか？」

「当たり前じゃろう。勝手に倒れたとでも言うのか」

「じゃあエゥも、ととのったの⁉」

「当然じゃ！　おぬしらにできてわらわにできないことが、あるわけないじゃろう！」

エウフェリアは居丈高《いたけだか》に言い放つ。その様子をベルは、おかしそうに眺めていた。

これで全員がととのった。細工は流々《りゅうりゅう》、あとは０階層を脅かす怪物を、討伐するのみ。

再び立ち上がったドラゴンは、憤《いきどお》りを露わにするように咆哮を上げる。

だがそれで縮《ちぢ》こまるような者は、もうパーティにはいなかった。

「ベル、見えるか？」

「ああ、はっきりと見える。これならやれる」

「よっしゃ、ならとっとと斬り落としてやれ。今夜の飯《めし》はドラゴンの肉じゃ」

「あー良いねぇ！　何が合うのかな、ビールかな、ワインかな？」

作戦会議のような世間話のような会話を終えて、四人は最後の一撃を入れに、駆け出す。

「バチバチバチバチィィィイイッ！」

ピィレーヴェによる特大の稲妻が、ドラゴンの頭部へ命中し、全身を駆け巡る。

すると悲鳴もなく、ピタッとドラゴンの動きが止まった。

「頭が高いんじゃ、貴様はずっと」

エウフェリアが音を置き去りにする速度で、ドラゴンの頭部へ蹴りを一発、二発。

そして一度着地したと思えば、瞬発的に飛び上がって顎を天井へと向けさせられる。

「ガアアッ……」

強烈な一発にドラゴンは、首から一直線に伸びる顎を天井へと向けさせられる。

そこへ襲いかかる、ふたつの影。飛行する高虎に、ベルが摑《つか》まっていた。

「最高速でいけ、高虎」

「一撃で決められるのか？」

「愚問だ」

すでに深く集中しているベルは、口数が少ない。

高虎は言われた通り、出せる限りの最高速でドラゴンへと突っ込んでいく。

到達する直前、ベルは高虎から手を離し、空中で剣を構える。

狙うは、ドラゴンの弱点『逆鱗』。

それがどこにあるのか。どうやって見極《みきわ》めるのか。その算段は立っていた。

なぜならベルにだけは、逆鱗がどこにあるか、見えているのだから。

先ほどサウナストーンに使った大岩。そのてっぺんでは場違いな魔石が共に熱されていた。

「採掘した後、またガーゴイルの頭蓋骨《ずがいこつ》に入れたまま忘れてたんだよねぇ、アレ」

「相変わらずおぞましいの。整理整頓《せいとん》くらいしっかりせんか」

ピィレーヴェがガーゴイルの頭蓋骨に入れたまま、ポシェットの中で眠っていたもの。

それは、琥珀色《こはくいろ》の魔石。品評会で効果を発揮したもののひとつ。名をレイサーユという。

『求めている物を見つける魔石……？』

『それも求めている物が何なのか、正確に思い浮かべないと発動しないんだ！』

その効果は、今求めている物を見つけること。そして発動条件は、求めているものの姿形を具体的にイメージできるかどうか。

ベルが今求めている物、逆鱗。一度だけ見たことがある、ベルにだけイメージできている。

今は亡き父が、かつてベルへ自慢げに見せた逆鱗。時を経てその記憶が、彼女を救う。

「見える、見えるぞ逆鱗――ここだあああああああッ！」

「ガッ――」

神速で駆け抜ける。それはまるで鎌鼬《かまいたち》のように、ベルの剣撃はドラゴンの顎の下を斬り裂いた。するとその傷はみるみるうちに広がっていき、ついには首を一周。

ドラゴンの頭が、ドサっと地面に落下した。

＊＊＊

「お、おい見ろ！　ベルのパーティが！」

「ド、ドラゴンの首⁉　まさか、あの四人で討伐したのか⁉」

ダンジョン0階層の入り口、大広間が一気に沸き立つ。

帰還したベル率《ひき》いるパーティが、ドラゴンの首を持ち帰ってきた。

それはすなわち、もう0階層でドラゴンに怯えなくても済むということだ。

他の冒険者たちがベルたちを称《たた》える中、それを遠巻きに眺める人影が、ひとつ。

「うっそーん。あの後、ドラゴンを倒したの？」

カップを口へ傾けながら、心底意外そうな口調のコメディリリーフ。目立たないよう、長い耳を畳《たた》んでフードを被っていた。

「どうやって倒したんだろー、うえー見たかったなぁ。残ってればよかった。ぬぬぬー」

コメディリリーフは四人の姿を悔《くや》しそうに、だがどこか愉快そうに見つめる。

そうして踵《きびす》を返すと、ダンジョンの内部へとポテポテと歩いていく。

「まぁー、それほどの実力ならまた、すぐにでも会えるよね。その時にでも聞いてみよっと。それじゃベル、タカトラ、ピィレーヴェ、エウフェリア——英雄候補の諸君」

最後にはふっと、幽霊《ゆうれい》のように消えるのだった。

「『下』で待ってるよ」

Epilogue

エピローグ

夜は更《ふ》け、ベルの家は暗闇《くらやみ》に包まれていた。

ドラゴン討伐《とうばつ》を終えて帰宅したのは、たったの一時間ほど前。高虎《たかとら》だけでなくピィレーヴェとエウフェリアもやってきたが、恒例《こうれい》の慰労《いろう》サウナをする気力はなく。

そもそも、ダンジョンの中でととのったばかりなのである。

ゆえに水を浴びて汗《あせ》や汚れを落とし、軽く腹に物を入れれば途端《とたん》に四人は眠気に襲《おそ》われた。

疲労困憊《こんぱい》を絵に描いたような状態だ。

現在ピィレーヴェとエウフェリアは、別々のソファで寝息を立てている。

そして高虎とベルは、いつものように二段ベッド。ベルは下のベッドに潜り、高虎はハシゴを登って上へと向かう様《さま》を、なぜかピィレーヴェは呆《あき》れた表情で見届けていた。

「――高虎、起きているだろ？」

ふと、下から声が届く。

「バレてたか」

「ああ、寝返りの数が多すぎだ」

小声でクスクスと笑うベル。彼女もまた、眠れないようだ。

「あんな戦いの後ではな……身体《からだ》は疲れているが、頭が騒がしいんだ」

「ああ、私もだ。あいつらはよく眠れるな」

ピィレーヴェはむにゃむにゃと言っており、エウフェリアは「んがーっ」と小さめのイビキをかいている。二人ともぐっすり眠っているようだ。

「高虎……この世界は、その……どうだ？」

ゴニョゴニョとした要領を得ない質問に、高虎は思わず吹き出してしまう。

「なんだよそれ。どういうことだ？」

「いや、その……高虎もこの世界に来て、いろいろな経験をしただろう。くだらないことや、どうでも良いこともあったが……今日ほど戦慄《せんりつ》を覚えた日はないだろう？」

ベルの声は少しずつ小さくなり、どこか寂《さび》しそうな響きを帯びていく。

「冒険を続ければ、同じようなことはきっと何度もある。地下層へと進むのなら尚更《なおさら》。だからその……私は、お前が元の世界に帰りたいというのなら、止めはしない」

「…………」

「い、いやもちろん私はいてほしいし、いなくなったらその、寂しいが……それでも、止めることはできない。もしもお前が万が一にも命を落としたら……妹さんに顔向けできない」

会ったこともないんだがな、と自虐《じぎゃく》めいた苦笑が高虎の耳に届く。

高虎が伊予《いよ》のことを思って、元の世界へ帰ってしまうのではないか。

どうやらベルは、ずっとそんな不安を抱えていたようだ。

「だからもしそう思っていたなら言え。なんなら何も言わず、元の世界へ帰ってもいい。ピィとエウフェリアは私が説得するし、ダンジョンとか私のことは、忘れてくれても……」

「本当に止めないのか？」

言葉を遮《さえぎ》る高虎の問いに、ベルは「え……」と戸惑《とまど》いの声を漏《も》らす。

「俺が帰りたいと言ったら、本当に少しも引き留めず、去って行くのをただ見ているのか？」

「ほ、本当だ。お前がそう決めたなら……」

「………………」

「……いや、すまん。今のはウソだ。きっと私は、引き留めてしまうな」

その答えを聞いた途端、高虎は声を殺すようにして笑う。それは悪戯《いたずら》の後のような声だ。

「な、何がおかしいんだぁ……」

「ふふふ、いやすまん。嬉《うれ》しいんだ、引き留めてくれて」

「え……」

「心配するなベル。このまま手ぶらで帰る気は全くない。それに、ピィレーヴェが前に言っていたが――なかなか良いパーティだろ、俺たち」

「……ふふ。ああ、その通りだな」

「だからまぁ、俺はまだまだお前の世話になるだろう。だからこれからもよろしくな」

「もちろん。こちらこそ、よろしく頼むぞ高虎」

ベルのその声は、安堵《あんど》するような、温かな色を滲《にじ》ませていた。

「さあ、そろそろ寝るぞ。じゃないとまた寝足りないまま、エウフェリアに叩《たた》き起こされる」

「ああ、朝イチでサウナに入れろと言い出すだろうな」

「何か腹に入れなければサウナには入室させないがな。空腹状態でのサウナはご法度《はっと》だ」

「それで言ったらピィも、起き抜けにドラゴンの肉で一杯やるだろう。それも阻止《そし》せねばな」

「もちろんだ。アルコールを完全に抜いてからでなければ、磔《はりつけ》にしてでも入室させない」

そばで寝ている仲間の行動を見越し、回り込んで警戒《けいかい》する二人。

それだけサウナに対しては、どこまでも真摯《しんし》なのである。

「ベルも、明日は八分の壁を越えるぞ。何をしてでも越えさせる」

「ふぅぅうん……望むところだっ」

そして、どこまでも変態なのである。

その話題を最後に、高虎は口を閉じる。

ベルがふっと、消え入りそうな声で呟《つぶや》いた。

「おやすみ高虎――ありがとう」

あとがき

持崎湯葉《もちざきゆば》です。

お久しぶりです。DX文庫さまからは実に六年ぶりの刊行ですって。いや怖っ、六年て。

今作の見どころは、なんと言ってもサウナです。

いいですよね、サウナ。僕はもうハマってからというもの、都内のあらゆるサウナへと足を運ぶようになりました。

そこで、僕が感銘《かんめい》を受けたサウナを、この場その場の個性みたいなものがあって、楽しいんですよ。

勝手にです。僕個人の見解でありホニャララなので、ご了承ください。

今回語らせていただくのは埼玉のマブダチでお馴染《なじ》み池袋にあります、『かるまる』さん。

その界隈《かいわい》では言わずと知れたサウナの楽園。サウナのデパートです。

有するサウナの数は実に四種類。広々とした空間でアウフグースなども楽しめるサウナに、ひとりで入れるサウナなどバラエティ豊かですが、中でも注目は薪《まき》サウナ。現代では珍《めずら》しい、薪ストーブによって熱するサウナなのです。

木の香りが漂う空間で、パチパチと燃え盛る薪の音を聞きながら身体《からだ》を熱する。最高です。

本作で高虎《たかとら》と共に転移し、ベルたちが楽しんでいるのも薪サウナだったりします。今この本を読んでいるのも何かの縁《えん》。ぜひ『かるまる』さんにて薪サウナを試してみてはどうしよう。

ちなみに『かるまる』さんは水風呂も四種類あります。中でもサンダートルネードと不穏《ふおん》な名前の水風呂は、超低温な上にジェット水流が巻き起こっており、入っている間中「俺が何をしたんだ……」と思わせられるハードな仕様《しよう》が特徴です。作った人は鬼です、これ。

更《さら》に『かるまる』さんの施設内には、お料理やおビールが楽しめる食事処《どころ》や、コワーキングスペースまで完備。本作の企画書作成の際には大変お世話になりました。

マンガなどが楽しめる広いリラックススペースもあります。またお部屋などでの宿泊もオススメです。ド深夜にゆっくりサ活して、そのまま布団《ふとん》へ直行、なんて夢の体験ができます。

あぁ住みたい！　『かるまる』さんちの子になりたい！

他にもまだまだ語りたいサウナは数多くありますが、今回はこの辺《あた》りで。

ここらで謝辞《しゃじ》を述べさせてください。まずイラストを描いてくださいました、かれいさま。キャラの表情による説得力が凄《すご》く、唸《うな》りました。最高です。ありがとうございました。

編集部ならびに担当編集さまもありがとうございました。引き続きよろしくお願いします。

最後にここまで読んでくださいました読者のみなさま、ありがとうございました。

持崎湯葉

ダッシュエックス文庫

異世界サ活
～サウナでととのったらダンジョンだ！～

持崎湯葉

2022年7月27日　第1刷発行

★定価はカバーに表示してあります

発行者　瓶子吉久
発行所　株式会社　集英社
〒101－8050　東京都千代田区一ツ橋2－5－10
03（3230）6229（編集）
03（3230）6393（販売／書店専用）03（3230）6080（読者係）
印刷所　株式会社美松堂／中央精版印刷株式会社
編集協力　蜂須賀隆介

ISBN978-4-08-631478-7 C0193